迷失

册儿 著

中国工人出版社

图书在版编目（CIP）数据

迷失／册儿著. —北京：中国工人出版社，2020.4
ISBN 978-7-5008-7395-2

Ⅰ.①迷… Ⅱ.①册… Ⅲ.①长篇小说—中国—当代 Ⅳ.①I247.5

中国版本图书馆CIP数据核字（2020）第045004号

迷 失

出 版 人	王娇萍
责任编辑	姚 宁
责任印制	黄 丽
出版发行	中国工人出版社
地 址	北京市东城区鼓楼外大街45号 邮编：100120
网 址	http://www.wp-china.com
电 话	（010）62005043（总编室） （010）62005039（印制管理中心） （010）62379038（社科文艺分社）
发行热线	（010）62005049 （010）62005042（传真）
经 销	各地书店
印 刷	北京市密东印刷有限公司
开 本	880毫米×1230毫米 1/32
印 张	8.125
字 数	211千字
版 次	2020年5月第1版 2020年5月第1次印刷
定 价	38.00元

目录

Contents

序章

到了地铁站前，她执意不要他送。

“我自己还可以哦。”她微笑着撒娇，因为喝了一点酒越发红润的脸庞看起来细腻而富有弹性，不像三十几岁的皮肤。

他并没有不放心，只是觉得送喝醉的女人回家是常理，可是拗不过她。于是他们各退了一步，在进站闸机前挥手道别，他看着她苗条修长的背影裹着风衣消失在电梯口。

他们开始交往没多久，说不上感情有多深，可是相处得很舒服，好像两个人已经认识了很多年。他们从一开始就跳过了热恋期、稳定期等固定的恋爱环节，直接进入了平淡不惊细水长流的阶段，颇似一对结婚多年的夫妻。大概是因为都过了而立之年，爱情也变得温暾起来。

她比他之前交往过的每一个女朋友都更加女性化，这个比喻很奇怪，不过确实是这样。与她相比，其他女性都像是小孩儿，只有她，让他感觉交往的对象是一个活生生、触手可及的温热的女人。她温柔可人，独立开朗，身上具备所有男人憧憬的一切特质。她有着几乎完美的外貌和绝佳的气质，平易近人，却又始终保持着某种神秘感。可这样一个女人的感情经历竟然是空白，这又为她增添了一份圣洁之感。初次接吻的时候，她两颊绯红，羞涩地低下了头。

秋季的夜不冷，却也含了一丝凉意。他独自走在回家的路上感到有些冷清，想着，自己刚才应该坚持送她的。

这时，他的手机响了，是她。

“怎么啦宝贝儿？”他问。

手机那头响起的却是一个粗犷的男声：“你是萧思语的家人吗？”背景也是一片嘈杂。

顿时，不祥的预感漫上心头，他问：“你是谁？”

“我是警察。她刚刚在地铁站遭遇意外，想请你过来一下。”

“她怎么了？”

对方沉默了两秒，大概是在考虑他的承受能力。“她已经去世了。”

萧思语死后半年，陈默居然收到了一封来自她的信，是那种手写的信，挺厚一沓，通过年轻人流行的时光邮局寄来的。他很惊讶，一是因为他不知道萧思语还喜欢这种充满了少女情怀的东西，二是他想不到她还有什么话留给自己——她自杀前留下的遗嘱中，已经把所有的遗产都留给了他。

她总是带给他意外，有惊喜，也有冲击。

陈默摩挲着信封，久久不舍得打开。他有种奇怪的感觉，可能一打开这封信，曾经笼罩在她身上的那层迷雾就会消失了，会露出一具被剥皮后血淋淋的肉体，他不忍看这样的她。

半年前那个夜晚，陈默发疯一样奔进地铁站拨开重重人群后，看到的血腥现场带来的视觉冲击让他终生难以逃脱。

警察说她是自杀的，可是陈默不相信。于是他们给他看了事件发生时的监控视频。

视频里她独自走进地铁站，一路上并没有遇到认识的人，然后径直走向站台尾端，朝车来的方向张望。刚装好的屏蔽门还没有投入使用，她独自一人站在门旁。视频中也看不出她有头晕、不舒服或者意外触电等异常表现。车辆进站，隧道里亮起了光，风吹起了她的长发。她突然毫无预兆地扔掉了手中的提包，纵身跳下了铁轨。

陈默不忍看最后的画面，扭过头去。他完全搞不懂她到底在想什么，到底为什么。他也说不出她有什么家人或者朋友，他这才发觉，原来他根本不了解她。

几天后有律师找到了陈默。说按照萧思语的遗嘱，她把一切财产都留给了他。其中包括存款、不动产、公司、持有股份等，总价值过亿元。

这是天上掉馅饼的事儿。陈默怀着极其复杂的心情接受了这份遗产，他搬进了萧思语的房子里，妄图在属于她的空间里找到些什么。在这房子里，他时常感到疑惑、不安、感激、悲痛和愤怒。这笔遗产对他来说是馈赠，也是折磨。

如今，终于等来了解开谜题的线索。

陈默缓缓地拆开了信件。

你好啊，我爱的人。

很感谢人生中有你陪伴过我，不过我还是很累了。

不是那种普遍的、疲于奔命的劳累，也不是抑郁症患者常有的那种对日常世事感到身不由己、无可奈何的心累。我只是找不到新鲜感了。

说一说我如何？如果你爱我的话，也许会感兴趣。希望我留给你的遗产能弥补接下来你将要受到的惊吓，来进入正题吧。

在这世界上活着吧，人多少都得有些癖好。比方说小孩子会说自己喜欢唱歌、跳舞、画画、武术，女人会说自己喜欢看电影、听音乐、做美食，男人会去健身、打高尔夫、钓鱼、收藏等。似乎所有人都能准确地说出自己的爱好，但很多人其实都只不过是在寻找一种适合自己身份的发泄精力的方式。真正的癖好不是这样的，那是一种从一出生就注定好了的，渗透在骨子里的偏执，是对某一事情、某个情景特定的喜爱，往大了说，这种热爱能让人从中感到自己人生的意义，往实际里说，这种偏执能带给人快感。多数人都有正常的癖好，所谓正常，其实就是大部分人都认可，而且不会对他人造成什么不良影响。但少部分人的癖好是不好说出口的，有些古怪、特殊，比如偷窃癖、异装癖，听起来很羞耻，难登大雅之堂。

但这些都是正常的。世界遵循熵增规律，一切都是自然地朝无序发展。自然产生的东西很多就是毫无规则毫无秩序。人类必须尊重世界的多样性，允许这些逆反的东西产生，而不是压制它，否则会出现更严重的后果。

比方说我的癖好就是破坏，摔摔东西什么的可不算。要破坏的，应该是被精心维护的精妙事情，越精致越有序，破坏之后产生的成就感就会越令人激动。

我一共杀过十五个人。

杀人这件事吧，对我来说是会上瘾的，做过一次之后，就不由自主地想要再次体会那种感觉。可惜所有的瘾都是越来越深的，欲望也越来越难以满足，然后就逐渐失去了本来上瘾的乐趣，变成了依赖和习惯。于是人生就又失去了新鲜感。

我第一次杀人是在六岁的时候，死者是一个八岁的乡下小姑娘。

第一章

20 世纪 80 年代末的北京建造得很仓促，在原本的基础上突然要朝着世界顶尖城市改造，处处都凸显着揠苗助长的尴尬。人潮拥挤的街头，破烂房屋群中突然升起了一栋栋高耸的大楼，鹤立鸡群般让人敬畏，也令住在破烂房屋中的当地人心中油然生出自豪感，仿佛他们就像这楼一样高大，值得被人仰视。这些高大的当地人围成一圈，中间地上坐着一个正在抹泪的外地男人，显得他更加无助。

“哟，这是怎么啦？大老爷们儿哭什么呀？”热心的人往前凑。

马上有另一个人回答：“您说说，这能不哭吗？大老远领闺女上北京玩儿一趟，还没等转呢，孩子先丢啦！”

“哟喂！这可怎么说的……丢哪儿啦？”

“知道丢哪儿那叫扔不叫丢，能不找吗？北京可大了去了，这往哪儿找去？我看多半儿……够呛。”北京人大多都很热情，可惜话贫，听着总有那么一两句多余。

“火车站恁多人，指不定多少人贩子，抱着孩子随便上一趟车……啧啧，没地儿找去啦！”

人们议论纷纷。

“您甭哭了，起来吧，领您上派出所报个案，没准孩子都让人送派出所去啦！”一个人上前安慰着，把那男人从地上扶起来。

“对对，赶紧去派出所瞧瞧吧。哭有什么用啊，这要是丢了孩子回家可怎么跟媳妇儿交代哟。”众人闪开一条路，在这些热心人的帮助下，男人被送去了派出所。

“叫什么名儿啊？”

“赵红军。”

“孩子呢？”

“赵彩霞。”

“多大了？”

男人犹豫了一下，觉得这个问题应该是问的小孩：“八岁了。”

“头回上北京来？”

“是。”男人说着，想到刚下火车还没看清北京的样子，一转身孩子就不见了，又着急又窝囊，不由得又抹上眼泪。

年轻的警察很无奈：“哟喂，您哭……您哭有什么用呀？这不正问着找呢吗？”

“甭着急，北京治安好着哪！您瞧见没，这么多派出所，只要是人看见孩子了，指定送派出所。您说说孩子长什么样儿，说不定打几个电话一问就找着了呢。”一个上岁数的警察抱着大玻璃瓶装的茉莉花茶过来安慰，绿色制服洗得发白，显然是个老资历。他的话多少让男人定了定心，燃起一丝希望。

男人想着女儿的模样，可是却有些想不起来。女儿又瘦又黑，穿着一身绿色的粗布衣裤，是去年城里的远房亲戚给的旧衣服，这是她最好的一身儿衣服。家里三个孩子，赵彩霞是老大，她懂事早，又勤快，家里、地里的活儿都会干，还能照料弟弟妹妹，实在是父母的好帮手。她今年八岁了，长得却瘦小，看起来就像人家五六岁的孩子。但具体她长什么样子，男人却不太说得出。

这是难免的。虽说十个手指头咬哪个都疼，可凡事一旦有了比较，就不可能真正公平，总会有偏爱。会哭的孩子有奶喝，太懂事的却常常被忽略。男人只记得女儿小小的身影在家里进进出出，两条细细的麻花辫甩来甩去。一天忙里忙外，他实在没工夫仔细打量孩子的长相。她现在长什么样了？大家都说女儿像她妈妈，那大概挺漂亮。男人还记得，结婚之前的老婆似乎还不像现在这样满脸皱纹、蓬头垢面，不过十年的时光，她就像换了个人。或许女儿将来也会这样，忙里忙外，大声吆喝，她的麻花辫最终也会乱成一团。

小小年纪的孩子很聪明，村里小学老师总是夸奖她灵透，什么都一学就会。她还那么懂事，不跟人出去疯跑，默不作声地出入厨房、猪圈，哄着弟弟妹妹。男人虽然想不起女儿的长相，但想起的都是女儿的好。记忆中，他几年前还抱着女儿逗弄，一转眼，这个可爱的小大人就被他弄丢了。

偌大一个城市，他幼小懂事的乖女儿在哪里呢？她渴不渴饿不饿？她是不是痛哭流涕地在找爸爸？有没有人给她口水喝给她碗饭吃？她会不会碰到坏人？

男人实实在在地体会到了心痛。

裴凌是在街头碰到小姑娘的。她五六岁，独自一人坐在树荫下的马路牙子上，乖乖地一动不动。裴凌路过时好奇地看了她一眼，正对上小姑娘的眼睛，她一下就走不动了。孩子的大眼睛里转着泪，却强装镇定，她在发抖。意识到小姑娘是在求助，裴凌没有犹豫地上前询问：“小宝贝儿，你还好吗？”

孩子眼中的泪刷地落了下来。

听完了孩子跟父亲走散的遭遇，裴凌买了饼干和果汁，看着小姑娘狼吞虎咽地吃完。她准备带这孩子去派出所，便伸出手说：“阿姨带你去找爸爸好不好？”

女孩怯怯地用小手握住她的手，大大的杏眼黑白分明，小脸儿上露出腼腆的笑容。那一瞬间，裴凌感到女孩温热的手指抓住了她的心，让她生出了一个不该有的想法。

鬼使神差地，裴凌带着女孩一路哄着，转了两趟公交车，避开街坊的目光，把她偷偷摸摸地领回了自己的家。

放水让她洗了澡，小姑娘变得干干净净，乖乖地坐着。裴凌握着她柔软的长发用剪刀稍微剪了剪，修出了刘海，又戴上一个亮晶晶的发卡。镜子里的小姑娘干净利落，五官清秀，颇像城市里的孩子。裴凌把自己的白色半袖衬衫给女孩穿上，扎紧了腰带，再换上刚买的运动鞋。这个小天使在镜子前打量了自己片刻，回头朝裴凌甜甜一笑，她立刻在这笑容中沦陷。

她有种命中注定的感觉：这就是我的女儿。

萧立夫下班回家时，是一个清秀的小女孩开的门。他愣怔片刻，诧异地喊着妻子：“裴凌，这是谁？”

妻子从厨房探出头来，微笑着招呼他进来。炒菜的香气涌进客厅，小姑娘坐在沙发上玩着玩具，这一刻，萧立夫觉得，自己好像过上了梦寐以求的一家三口生活。

“这是我们的女儿。”裴凌愉悦地笑着。

仔细问完了小姑娘的来历，萧立夫大吃一惊：“你简直是胡闹！”他转身抓着女孩的手要带她去派出所，但裴凌比他更快地堵住了门口。

“求求你……”她哽咽着说，瞬间已经泪流满面。

女孩被吓到了，她挣脱了萧立夫的手扑向裴凌怀里，惊恐地看着他。女孩对裴凌表现得那么信任依赖，好像她们本来就是母女。

不能生育不是裴凌的错，萧立夫不怪她，可他内心还是一直想要个孩子。现在，这个天使般的小姑娘就依偎在裴凌身边，只要他妥协，就是圆满的结局。可萧立夫实在没办法接受这样一个偷来的孩子，于是他后退了一步：一起吃过晚饭，再送女孩去派出所。

吃饭前，女孩主动去厨房帮着端碗端菜，乖巧极了。裴凌做了一桌子菜，多得两天都吃不完，三个人慢慢地吃着，吃出了三口之家的温情。晚饭后，裴凌和萧立夫一左一右牵着女孩上街，女孩看着道路旁琳琅满目的商铺渐渐有些走不动，裴凌不由分说地带她一一逛了过去，只要她眼中流露出欢喜的神情，便立刻买下她中意的东西。

夜深了，女孩头枕在萧立夫肩上睡了过去。禁不住裴凌的哀求，萧立夫同意了让女孩再在家里过一夜。

第二天上午，萧立夫硬起心肠带着女孩去了派出所。

“哟，捡到孩子了？”

警察们看到这样一个可爱的小姑娘，纷纷围了上来，你一句我一句地问着。女孩半低着头，牵着萧立夫的手，不太敢说话，全凭萧立夫回答。害怕警察追究责任，萧立夫把捡到女孩的时间改到了今天早晨，也没提给她换掉衣服的事情。他说谎说得很真诚，连自己都要相信了。女孩抬头看他，并没有反驳一句。警察们从孩子的穿着打扮和平淡的反应推测，这大概是附近谁家的孩子，可能不是第一次走丢了，估计不久就会有人来找。

“对了，昨天接到东城那边的电话，说有个外地人丢了孩子，我再问问。”一个警察突然想到昨天这码事，虽然觉得可能性不大，还是拨通了那边的电话。

“喂，我这边有人遇到一个小孩……对，女孩……不，不像乡下孩子，穿的倍儿时髦……几岁？我问问……”警察说着回头看着小姑娘问，“小妹妹，你几岁啦？”

女孩口齿清晰地回答：“六岁。”

“哦，那不是……年龄对不上，可惜了……行，好，回见！”

忙乎了一上午，警察记录下萧立夫的家庭住址和联系方式，没有更好的办法，便只好让他带着孩子回家了。

萧立夫牵着女孩的小手出了派出所大门，想想又折了回去，拽着一个小警察磕磕巴巴地问，如果一直找不到这孩子的家人，他是不是可以领养。

警察们一听，都警觉地抬起了头。“说实话，这孩子到底是你捡的还是偷的？”

“当然是捡到的了！”萧立夫急切地分辩，“就是，我想，万一找不到这孩子的家人……”

看着萧立夫一副文质彬彬的样子，众人又打消了疑虑：“就算真找不着，那也得经法律手续，还要去孤儿院一趟。你要真想领养，估计得等一阵子。”

“好，好。”萧立夫应着，低头看了看小姑娘，她朝他露出了笑容。

两人往外走的时候，听到背后的警察聊天：“估计这孩子的家人一会儿就得来报案。”

“那是，谁丢了孩子不着急啊。昨天那个外地人，急得满北京跑。听说他明天就得坐火车回老家。”

“啊？找不着孩子就要走哇？”

“不走怎么办？家里还有两个孩子呢，总不能在北京要饭不管家里了吧？”

“怎么仨孩子？”

“为了要男孩超生的呗……”

萧立夫无意识地觉得心里轻松了不少，他想，或许这孩子对她的父母来说没那么重要。

或许这是上天给他们夫妻的恩赐。

萧立夫请了假，和妻子带着小女孩去了游乐场。一整天的游玩中，女孩一直笑得很开心，没有要过爸爸妈妈，也不多说话，却在不知不觉中和他们夫妇越来越亲密。萧立夫拎着包，看裴凌抱着女孩坐在旋转木马上一圈圈转着，兴奋地朝他挥手，突然感到幸福得有些晕眩，所谓天伦之乐不过就是如此了吧。萧立夫和裴凌心里都暗暗祈祷着，千万别找到这孩子的父母，就让我们这样下去吧。

可是他们的心中还是有些许不安，似乎这幸福是夺来的，萧立夫对丢孩子的外地人一事始终耿耿于怀。于是他决定，明天要带孩子去一趟北京站。

一大早，三个人穿戴整齐，磨磨蹭蹭地乘公交到了北京火车站。萧立夫抱着女孩下了车，他感到周围的人似乎都投来了异样的目光，好像所有人都知道，这孩子不是他的，是偷来的。他低着头匆匆向前，裴凌则对周围毫无知觉，目光一直盯着女孩。如果真有人来相认的话，简直就是要了她的命。

萧立夫在火车站前的广场上把孩子放下来，帮她整整衣服，柔声说：“乖宝，如果看到熟悉的人要告诉我。”

女孩轻轻点头。裴凌不说话，将一把伞撑在女孩头上。萧立夫不悦地皱眉：“你干吗？”

“怕太阳晒伤孩子的脸。”裴凌不看丈夫，硬生生地回答。

三个人就那么站在拥挤的人潮中，毫不显眼。萧立夫一直四处顾望，众多陌生的面孔令他茫然。自己究竟在等什么呢？是盼着有人上前来认出孩子，还是盼着永远不要有人来？裴凌倔强地陪着，她知道丈夫的性格，就算心里已经有了目标有了期待，甚至做好了决定，也还需要给自己找一个不能反驳的理由，只有由着他去，才能让他过了心里这道坎。三个人几乎站了一天，像傻子一样。天色越晚，裴凌脸上的喜悦就越明显。她生怕哪个陌生人冲上来抱着女孩痛哭流涕，那么两天的幸福就会成为幻影。幸运的是什么都没有发生，女孩不说话，默默地站着，大眼睛有时会看路过的行人，更多的时候是低着头。

裴凌冥冥中感到，她赢了。

我看过一个电视节目，乡下的孩子与城里的叛逆少年交换身份过几天，体验彼此的生活，来达到教育的目的。

扯淡的策划。人很难因为一段短暂的经历而彻底改变，除非你牢牢抓住它。

我印象最深的不是那些叛逆少年的转变，而是一个乡下男孩终于靠着自己的淳朴融入了新班级，被同学们接受之后，参与了一场盛大的晚会演出。刚开始的时候，他兴致勃勃，可是看着看着，他就不由自主地哭了起来，无法自制。

当世界向你打开了一扇大门，显示了它的精彩，你才知道活着原来可以这么有趣，本来的人生是那么苦闷乏味、不值一提。然而在你进去之前，这扇大门又被无情地关上了，你明知道这世界存在很多新奇未知，可所有的精彩都将你拒之门外。

那种心情挺绝望的。如果可以选择，如果没有摄影机拍摄，我想大部分人会选择拼命抱住那扇即将关闭的大门，将自己留在门的另一端。

那一年我站在北京站广场上，尽管人海茫茫，但还是瞥到了父亲的身影。他背着破旧的大包，还是我们来时背的那个，他苍老又疲惫，茫然四顾。我想他就算看到，大概也认不出我现在的样子。我讨厌我原来的样子，害怕会变回去，会离开高楼林立的大城市回到什么都没有的小山村。我必须远离那一切。

不知过了多久，我抬起头来环顾四周，那个狼狈的身影已经消失无踪。

一个八岁的名叫赵彩霞的乡村女孩，便彻底从这个世界上消失了。

第二章

随着一声铃响，体育课结束了。郭期鸣扔下篮球擦了把汗，余光瞟着女孩的身影从球场边离开，嘴角露出一抹微笑：她绝对是喜欢我的。

到水池边用冷水洗了脸，郭期鸣赶在上课铃响前一秒跑回了教室。物理老师正在门口背着手，冷着脸看学生陆续奔回来。郭期鸣朝老师傻笑着，蹭着他的衣角跑过去，萧立夫忍俊不禁地露出一丝笑容，他拿这种既聪明又调皮的孩子没辙。

学生们总是认为只要不坐在前两排，老师就不会看见你的小动作。当然不是。萧立夫一边讲课，一边觉得好笑。只要站上讲台，哪怕是角落里微小的动作都能引起老师的注意，至于要不要说出来，就看老师的心情了。

“……所以这整体的电阻需要……郭期鸣！”

被叫到名字的学生打了一个激灵，猛然站起来。

“你说说，接下去该怎么算。”萧立夫看出他在走神，故意敲敲黑板。

郭期鸣仔细看了看黑板上复杂的电路图，思考片刻，就给出了完整的答案。

萧立夫微微一笑：“坐下。”

少年坐下之前，得意扬扬地朝前排的女生看去——女生并没有回头，依旧平静地低头做笔记。萧立夫觉得少年就像一只开屏的孔雀，并不是为了炫耀自己多漂亮，而是有其他目的。他不安地看看专心做笔记的萧思语，而她抬起头却面无表情，似乎根本没有察觉刚才发生的一切。

只是似乎而已。

放学后，萧思语作为物理课代表，抱着厚厚一摞作业本跟在萧立夫后边进了教师办公室。

“今天晚自习有英语测验，我不回家吃了，爸爸给我饭钱。”

“你就是知道今天没好菜故意的吧？”萧立夫无奈地掏出钱包。

萧思语撒着娇：“妈自从看了那个教做菜的节目，天天试验新菜，没几次成功，我可不想再当小白鼠了。”

“就是让我一个人当呗。”

“今天真是有英语测验嘛……”萧思语把饭钱装进口袋。

“刚刚那道题你会不会？”

“当然会啦！我可是物理课代表，再说，我要是不会多给你栽面儿啊。”

“上次可是郭期鸣第一。”

“一次第一能代表什么，我可不像他那么爱炫耀。”

听到女儿的口气似乎有一丝嫉妒，萧立夫反而放下心来：“我先下班了。你别去外边小摊买那些东西吃啊，不卫生，去食堂吃饭。晚上回家跟人结伴走。”

“知道啦。”萧思语回头甜甜一笑，关上了办公室的门。

晚自习之前有一个多小时的晚饭时间，大部分学生吃完饭都不会马上回教室，而是在操场上转一会儿。

郭期鸣仍然抓着这个机会打球，他的晚饭向来在晚自习课堂上解决。受了最近风靡校园的日本漫画影响，篮球场成了吸引少女聚集的地方，球场上的佼佼者往往会受到她们的青睐，如果人再长得帅，性格又比较冷淡的话，还能成为少女们暗恋的对象。郭期鸣球技好、人又帅，而且平易近人，因此成了女同学们倾慕的对象。经常有人送他各种小礼物，可他都不在意。

他在意的，只有那个夕阳下认真背单词的身影。

萧思语站在操场角落，距离人群有一段距离，手里捧着个小本子喃喃背诵着。她有着姣好的面庞，肥大的校服反而衬托出她修长苗条的身材，长度适中的马尾辫亦有着恰到好处的弧度，显得那么青春靓丽。她可真漂亮。郭期鸣做出的许许多多的举动，都只不过是为了引起萧思语的关注，但是她根本没有留意过他。

天色暗下来，晚自习的预备铃声响了。

郭期鸣气喘吁吁地跑回教室坐下。他不用买晚饭，课桌里总会有别人送来。果然，他翻到了一个奶油面包、火腿肠、饮料，还有……一张纸条。

纸条上写着：晚上能一起回家吗？

太能了！郭期鸣几乎要欢呼着回答这行熟悉的字迹。她终于注意自己了！天哪，真幸福！

好不容易挨过难熬的英语测验，他都不知道自己答了些什么。放学后，大家纷纷离开教室，郭期鸣注视着前排移动的身影，慢慢跟在她后面。她的个子比大多数女生要高一些，在人群中很显眼，尽管大家穿的都是一样的校服，她却总能抓住别人的目光。学生太多，楼道太窄，人流慢慢向前涌动，郭期鸣有些不耐烦。走在前边的萧思语仿佛感觉到有人注视自己，忽然回头张望，四目相对，她朝他笑了笑。

郭期鸣觉得心头酸软，好像瞬间全世界的花都开了。

好不容易出了校门，学生们立刻分散开，三五成群地聚在一起。整条街道因为这些路灯下跳动的校服不再寂寞，欢声笑语在空气中流动，有些吵，但是很有意思。

郭期鸣看看周围没有认识的同学，便跑了几步追到萧思语身后，他想了想，伸手拍拍她的右肩，想趁她回头时从左侧上前，和她并排走。但是她直接就朝左侧回头了，正好和他对视上。这已经是第二次了，她朝他微笑起来："老套。"

"你怎么不上当呢？"他挠着头问。

"太老套了啊。"

"是你太聪明。"

"那当然。"说这话的时候，她笑得更灿烂，透过路灯昏黄的灯光，树影投在她脸上，明暗相间，有种盛夏时分丛林深处的神秘美感。

随便聊着，便到了高中家属院，两栋楼房矮旧但威严，好像无形中板着脸：小子，你禁止进来。

郭期鸣自觉地停在了大门口。他稍微有点疑虑，因为明明是她约的自己，却表现得像什么都没有，什么都不说。不过，可能这就是女孩子所说的矜持。既然她约了自己，这是第一步，那自己是不是该表示一下。

"那个……明天，还能一起走吗？"他努力了，却只能说出这句。

萧思语不说话，低着头靠过来。郭期鸣问出口后就屏住了呼吸，他觉得自己要窒息了。

"好。"她的声音微不可闻，与此同时，他感到一只柔软瘦弱的小手飞快地勾了勾自己的手指，顿时令他心花怒放。

期中考试过后，萧立夫简直不相信自己的眼睛。郭期鸣的成绩掉得太厉害了，每一科都下跌了二三十分。看着他的试卷，该说是不会呢，还是答题的时候心不在焉？萧立夫隐约觉得，这孩子身上发生了什么事情。他不是那种凡事就爱请家长的老师，准备先从学生自己身上找原因。这天轮到萧立夫带晚自习课，他把郭期鸣叫到办公室谈话。

少年走进来，低着头，有点不好意思。

“知道为什么叫你来吗？”

“知道，这次考砸了。”男生挠挠脸难堪地回答。

“什么原因？”

“没有，就是……这些天没睡好。”

“没睡好？我看你上课也经常走神。有什么事吗？”

男生的目光开始躲闪：“不，也没……没什么事。”

萧立夫狐疑地看他：“那怎么没睡好？”

“这些天晚上有 NBA 篮球比赛，我没忍住。”

真是让人哭笑不得，这时候还熬夜看电视，少年真是不知愁滋味。“就因为这个？”

“嗯。”

“从今天开始，你不许打篮球了！我再在球场上看见你就踢你！”

少年抬眼微笑：“行……您说的能不听吗？”他的笑容有些微妙，似乎有什么特别的情绪。不是不尊敬，反而像是一种亲近的感觉。

没想到这么容易就解决了，萧立夫挥挥手让少年回班。

晚自习上到第二节，突然停电了。这阵子电压不稳是常有的事，班里学生们的课桌抽屉里都会存着蜡烛，一般过三四分钟就会来电，如果超过了十分钟，恐怕当天晚上就修不好了，学校就会提前放学。这次已经过了十五分钟还是没有来电，楼道里已经有别的班级传来了欢呼声，萧立夫叹口气，起身去班里准备宣布放学。他走到教室后边，从后窗户看到学生们几乎都在聊天说话，心里已经长了草。微弱的烛光下，他清晰地看到郭期鸣朝女儿扔了一个纸团。他心里一紧，女儿打开后朝后看去，可是先看到了后窗上自己的脸，立刻面无表情转回了头。

回家他得和女儿好好聊聊了。

宣布放学后，学生们欢呼着往外跑，萧立夫大声提醒着别跑注意安全，可是心花怒放的孩子们根本听不进去。

郭期鸣随着人流下楼，萧思语在他身后不远的距离。他在学校里从不跟萧思语过多接近，就连说话也尽量变少，这是萧思语特意要求的。其实就算她不说，郭期鸣自己也是这么打算的。再过半年毕业之后，上了大学就能脱离她爸爸的监控，到时想怎样就怎样，不必这么小心翼翼了。说不定班主任会变成自己的岳父，郭期鸣得意扬扬地想。

因为黑暗，人流比平时更加缓慢地移动着。突然，楼道里的灯闪了一下又灭了，学生们都错愕在原地。有人突然高喊："快跑啊，来电就不放学啦！"

人群骚动起来，学生们拥挤着。

郭期鸣被人推搡着，已经下到这一层台阶的最下边。他回头在一片黑暗中试图寻找萧思语的面孔。

这时，一个女生突然尖叫起来，然后人群中爆发出一连串的惊叫，楼梯上的孩子们像多米诺骨牌一样飞快地倒了下去，一个压一个，力量逐渐累加。黑暗中大家抓不到可以着力的东西，只得四处摸索。混乱一发不可收拾，楼道里回响着众人的尖叫、呻吟、咒骂和哭泣。

灯亮起来了。孩子们惊恐地看到，二楼到三楼之间的楼梯下半截处摔成一片，叠在一起的人群都在挣扎着爬起来。有好几位老师听到惊叫声冲出办公室，奋力拨开人群向混乱处奔来。

萧立夫本来正在收拾办公桌准备走，突然听到楼道里传来的尖叫，心中顿觉不好，夺门而出。只见二楼、三楼之间的楼梯上，拐弯处的人都还不知所措地站着，下面却已经摔得乱七八糟。他一眼就看到自己的女儿站在摔倒的人群径上两级台阶处，靠着墙壁，捂着脸瑟瑟发抖，她没事。她面前就是倒下的一大片学生，旁边还有个面熟的男生扶着楼梯惊魂未定。萧立夫松了口气，他不能直接越过别的学生朝女儿跑去，只得一边安抚周围受惊吓的孩子，一边在人群中慢慢朝下走去。这时，他看到女儿已经回过神来，正在扶起旁边的同学。

通向二楼的楼道上，大家也正在相互搀扶，几位从二楼赶来的男老师冲到楼梯上强拽起倒在地上的孩子，女老师则在一边维持秩序，把吓坏的学生们往旁边疏引。很快，大家都被扶了起来。

除了最下边的地上还躺着一个人，一动不动。

人群再一次爆发出尖叫声。

在这次的踩踏事件中，共有十三名学生受伤，一名学生死亡。不幸遇难的学生叫作郭期鸣，是这一届高三有希望考上顶尖大学的苗子。事故发生时，他好像正在回头，突然被人压倒，后脑撞上了楼梯扶手。

事件发生以来，市里的各相关部门三天两头跑来学校调查，追查会议开了一次又一次。萧立夫坐在后排，听着校长在台上应付教育局领导，又开始痛心疾首地说那些陈词滥调，心里满满的不屑。像这种不教课的学校领导很难再体会当老师的心情，他们所想的是学校的名誉、形象、招生率等，而不是一个学生死亡的事实。

萧立夫闭上眼睛，眼前还映着遇难学生的影子。他本该能上个好大学，有无量的前程，却在一片黑暗中猝然结束了人生，这是个怎样的悲剧！还有家长，那孩子的父母该是怎样悲痛。事故第二天他们来到学校的时候基本上已经发不出声音，肿胀的脸上有着闪光的泪痕，相互搀扶着，极慢地收拾儿子的遗物。萧立夫看着那一幕，心里想着，如果遇难的是萧思语的话，他和裴凌该如何面对这种打击……这令他在心中感到后怕。

踩踏事件被追究责任的单位还包括教育局、电力、城建等，当然主要责任还是在学校。外边的事情由上层处理，自教导主任往下，要处理学校内部的事情。

“萧老师，等会儿你来一下。”教导主任来到萧立夫身边轻轻吩咐。

会议结束后，萧立夫莫名其妙地跑去主任办公室。

“张主任，你找我什么事儿？”

“哦，你坐。”主任客气地让了一下，进入正题，“我听二年级组的老师说，事故那天你是第一个从三楼往下跑的老师？”

萧立夫回忆片刻，当时确实没见到前边有别的老师：“我记得也是。怎么了？”

“那你记不记得当时看到什么场景？”

“我到的时候早就摔完了，灯都亮了，学生们趴成一片，正往起爬。”

“那你记不记得站在摔倒学生最上边的学生，有印象吗？”

“是……”萧立夫想了一下，不知为什么突然有点警觉，“怎么了？”

教导主任面有难色：“你知道，第一个跌倒的是个女生吧？已经查出来是谁了。她说，当时本来是跟班级里同学一起走的，不知道怎么就被挤散了。突然有人高喊了一句‘快走’之后，身后的人踩了她的鞋，她本来趔趄着能扶住楼梯的，又突然被人从背后推了一下，才摔倒的。她在最上边，往下一倒，就压倒了一片。”

“现在是要查谁推了她？”

“对。”

萧立夫回忆着当时的情景。灯亮着，他看到女儿站在人群上方，靠墙，双手捂脸。她旁边有个男生，男生扶着楼梯，那男生是……

他给出了高三年级有名的顽劣学生的名字。

“唐峰！我就知道这浑小子早晚得惹出事儿来！”张主任愤愤地用纸张拍着桌面。

“他也不一定是故意推人的，当时萧思语也在边上，要不我回去仔细问问她？”萧立夫不愿随意给一个学生定罪。

张主任不耐烦地摆着手：“用不着，你刚不是说了吗？灯亮的时候，萧思语靠墙，唐峰扶着扶手，第一个摔倒的孩子也在扶手那侧，用屁股想都知道是谁推的！这浑蛋，早就应该给开除了！”

“也可能是她旁边的人先摔倒，情急时从背后推了她一把……”萧立夫想替学生辩解两句，但自己都觉得可能性不大。

“不可能！老萧你先回吧，我去找十六班班主任。”张主任急不可耐地站了起来。

十六班是高三最后一个班。由于是按照成绩排名分班的，这个班可以说是了无希望的班级。虽然正在上课，年轻的老师自顾自慷慨激昂地讲着古文，但台下睡倒了一大片，后排还有兴致勃勃玩扑克侃大山的。这个班没什么想上进的孩子了。这群人中，唐峰坐在最靠后的位置，手里捏着个小游戏机噼里啪啦玩得正爽，这已经是他最好的课堂状态。张主任看着这个班丝毫不上火，每年都有大批的毕业生，其中只有一少部分能为学校争光，而这些混高中毕业证的废物也从没被指望过，放弃都是相互的。张主任敲敲门，打断了年轻老师的讲课，把唐峰叫了出去。

“我问你，踩踏事件那天，是不是你在最后推的人？”刚进办公室，张主任就开门见山地问。

唐峰瞬间不再是无所谓的表情，心里一沉。该来的还是来了，他早就知道这事儿最终得问到自己，可还是怀着侥幸心理，黑漆漆的，谁能看见谁呢？到底是谁告了密？

那天晚上，唐峰跟几个哥们儿下楼，周围黑咕隆咚的，也看不清身边到底是谁。电光一闪过后，就听后边有人咋呼：“快跑啊，来电就不放学啦！”他本能地向前冲了一步，然后踩到了什么东西，大概是前边人的鞋跟。那人猛地向前扑去，之后就听见有个女生的尖叫，脚下踩着的鞋子突然抽离，唐峰一个趔趄，慌忙抓住了楼梯扶手。只听前方接连响起重物落地的闷响，夹杂着各种人声，前边的人呼啦啦地成片倒下去。他知道事情不妙，丝毫不敢再动，紧盯着眼前的漆黑，可是什么也看不见。

也就是几秒之后，灯亮了。唐峰看到自己面前的楼梯下方全都是纠缠在一起的校服，叠在一起的人山，像待宰的动物一样扭动挣扎着，根本分不出谁是谁。唐峰平时觉得自己除了学习不行，方方面面都挺牛的，哪知道到了这时候，脑子就成了凝固的水泥，连动动手的思维都没有，只会傻站着。

看唐峰不说话，张主任急了，直接逼问：“你是不是踩人脚了？是不是你喊的快跑？”

听到他把后一个罪名也安到自己身上，唐峰算是不能忍了：“你看见啦？你哪只眼睛看见是我喊的？”

张主任上前打了他一巴掌：“你什么态度？就说是不是你踩人脚了？”

“我是踩着人了，可不是我喊的！骚乱责任不在我，踩人脚犯法吗？”

“你知不知道后果多严重？谁死了你知道吗？郭期鸣！人家一个顶你

一万个，你这是惹的什么祸！”

唐峰气得七窍生烟：“我是故意的吗？你他妈说什么都没用，我只踩了前边人鞋了，又不是我把他压死的！”

“你还不是故意的？你踩人家鞋不故意，你推人也不故意吗？在楼梯间打闹傻子也知道多危险，像你这号人真早该开除了！”

“我再说一遍，”唐峰上前拨开张主任正指点着他的手，怒气冲冲地说，“我是踩人鞋了，但我没喊‘快跑’，也没推人，你爱找谁找谁，谁死了也跟我没关系！”

说完，唐峰直接冲出了主任办公室。

唐峰被正式开除了，萧立夫想，这孩子现在办转学，影响肯定很大，但是对他本人来说也无所谓。在决定是否开除唐峰的会议上，唐峰和王希西两家人对峙过。王希西就是第一个摔倒的女孩子，她坚持说事发当时身后的人踩了她的鞋，还在背后推了她，才导致她摔倒。而唐峰一口咬定，自己确实踩了前人的鞋，但绝没有推过她。两家人差点当着老师的面打起来。

面对这场闹剧，校长和主任都上前调停，萧立夫抱着双臂坐在一边不为所动。事情已经过去了一个星期，所有的教学秩序都按部就班回到正轨，悲痛也过了，剩下的就是谈赔偿，这也是两家人和学校扯皮的最重要原因。对萧立夫来说，失去一个得意的学生才是最痛心的，后续的事情他已经不想管了。

喊“快跑”的人始终没有找到，真追究起来，这个人也脱不了责任，根据周围人的说法，只能判定是个男生。问题集中在唐峰和王希西的摔倒有没有直接干系，这涉及踩踏事件是完全意外还是部分人为，如果是后者，校方可以把大部分经济责任推给一个向来顽劣的学生承担。听了两人的说法，大多数老师倾向于相信王希西说的有人推了她，毕竟她是个成绩不错、行为良好的优秀学生，不会故意撒谎无中生有。而唐峰一贯惹是生非，光是打架就不止一两次被抓到，就是现在他身上还背着处分呢，所以他的话不足为信。

萧立夫仔细听了两人的话，觉得其中有一点奇怪。唐峰说自己踩了前边的人，那人向前扑了一下才发出尖叫，然后他便立刻撤出了脚，导致他也没站稳，扶住了楼梯。王希西则称，正要向下迈步的时候，后边的人踩住了她的鞋，她尖叫一声想扶住楼梯，那人又在她背上推了一把，才彻底失去重心倒下去的。别的老师都把注意力放在到底有没有那“一推”，而萧立夫觉得，这个过程中似乎有那么一秒钟的延迟。

萧立夫不愿意轻易怀疑任何学生，他只是觉得，两人所叙述的事实中差的这一点很诡异。如果两个人都没有撒谎的话，其实口述的细节中是有一点差异对不上的。到底是踩脚的同时尖叫，还是扑倒的过程中尖叫，扑倒到底是因为被踩了鞋，还是因为有人推了一把？除非他们之间还有一个人，被唐峰踩到之后自己也向前扑去踩到了王希西，然后才发生尖叫和推人。可偏偏这一切都是发生在黑暗中，谁也不知道身边人是谁，唐峰也只能说出前面的人是个女生。如果真的存在这样一个人的话，那人要么一起滚下去，要么就站在唐峰前边。可是灯亮之后，萧立夫明明看到站在最前边的是唐峰，还惊魂未定地抱着扶手。

萧立夫苦笑，完全放弃了这种推测。他想起下楼时看到萧思语双手掩面，吓得花容失色。他叹了口气，希望思语不会因为这件事情受到太大打击。萧思语和郭期鸣都很优秀，如果两人都能保持进步的话，他也不愿意干扰孩子们之间的事情。毕竟他也年轻过。倘若没有发生这个不幸，也许将来郭期鸣会成为……可惜，这孩子的一生就在这里完结了。

事情最后也没有一个定论，不管怎样，校方都要承担最大的责任，这也是无可厚非的。老旧的教学楼使用了二十多年，本来就计划要重建，这件事一发生，学校立刻把新建教学楼的计划提上了日程。另外，教导主任当场宣读了对唐峰的开除处分决定。即使不是这件事，平时累积的太多小祸也足够他被开除了。

会议结束后，唐峰一家并不服这个决定，留下来跟教导主任扯皮。萧立夫正要回办公室，却被校长叫住了。

“老萧啊，你知道T大学保送生的事情吧？”

“嗯，本来是郭期鸣的，真可惜，这么有前途的一个学生……”萧立夫以为校长也在为郭期鸣惋惜，不由得感慨道。

“对，现在不是这样了吗？我打算跟高三组老师商量商量，再选一个人。”

“哦。”萧立夫心不在焉地说。

“你看萧思语要不要这个名额？”

“思语？”

“本来按照成绩来说，她也是相当不错的。你也是学校老资历了，这个名额给她也是正常。”

萧立夫没说话。他当然觉得这个机会很好，但是萧思语并没有保送的资格。

校长看出了他的疑惑，压低声音说：“上次那个物理奥赛得奖的不是郭期鸣嘛，结果还没正式通知，是我通过内部人知道的。但是当时参加的几个学生里不是也有萧思语吗？我想，要是我去说说……”

萧立夫难以置信地看着校长。他们两个是大学同学，毕业后一起分到了这个学校，共事多年，交情一直不错。校长属于那种术业很好，还很会办事儿的人，十几年后就熬到了领导层，萧立夫则停在了高三组物理主任的位置上。

他转身就走。

“老萧，”校长赶紧追上来，“你说你这个人，怎么这么古板！我知道思语其实用不着这个，可是高考这事不是平时好就行，还是看那一次成绩，谁知道会不会出什么岔子？而且她的英语成绩一向都偏弱，还有这次的事儿，她受不受打击……”

萧立夫站住了脚。他倒不是对自己的女儿没信心，只是突然想到这个事件可能带给女儿的打击。高中家属院里有人撞见过女儿和郭期鸣在大门口停留，虽然他们之间没什么特别的举动，但是大家都心下了然。成年人丝毫不比孩子更成熟，反而八卦得不行，两个孩子密切的关系已经是大人间公开的秘密。萧立夫倒是也听说过，但他并没放在心上。他觉得两个人只是亲近的朋友罢了，自己的女儿纯真得根本不懂爱情，这些都是大人硬加给他们的想法。可是如果两个人真的已经走到了恋爱那一步，这件事对女儿的打击绝不容小觑。

但这个时候校长提出保送生这件事，是真心实意为自己考虑吗？萧立夫没敢贸然回答。

回到家里，萧立夫跟裴凌说了这件事，她的反应是瞬间同意。T 大就在本市，离家不过半个小时的车程，就算萧思语想天天回家住都可以。有时候萧立夫觉得，裴凌对女儿的爱是一种占有，时时刻刻都想把女儿拴在身边，可能正是因为不是亲生骨肉，才这样害怕分离。

裴凌推门进了女儿的卧室。萧思语正趴在数学卷子上，擎着笔发呆。

她还是受影响了。裴凌怜爱地看着自己的女儿想。

“思语，喝牛奶吧？”

萧思语吓了一跳，猛然回头看向妈妈。裴凌把牛奶杯放到女儿身边，问："你觉得T大学怎么样？"

"当然是最好的呀。"

"我也觉得，而且离家近，你将来可以天天回家吃妈妈做的饭。"

萧思语没吭声，喝了口牛奶说："可是我不一定考得上啊。"

裴凌神秘地笑笑："校长跟你爸爸说了，今年T大的保送生给你。"

女儿一下子睁大了眼睛："真的吗？什么时候？"

"当然是真的，今天刚说的。"

萧思语愣了几秒，笑起来："那我就能每天回来吃妈妈做的饭啦，太好了！"

母女俩其乐融融，至少看起来是。

我差一点没得到T大保送生的名额。

当时校长正在往市里教委的某个职位努力着，学校里出了那样一档事，基本算没什么戏了。爸爸有位好朋友在市里任职，多多少少算是个关系。听说他托爸爸介绍了那个人，再托那个人介绍了高层领导，中间好几层关系，真麻烦。可是最终还是我获益了。爸爸原本不打算帮校长介绍的，可是为了我，他妥协了。

他知道郭期鸣的死让我很难过，因为他看到我暗自哭泣。

郭期鸣的死真的那么让我难过吗？有一些，但是也没那么难过。我是故意哭给爸爸看的，让他觉得我需要那个保送生的名额。

话说回来，如果没有踩踏事件，校长进市教委本来也是落定的事，结果绕了个大圈子，除了郭期鸣的死，相关人员也没有别的损失。反而是我这个罪魁祸首得了最大的便宜，人生可真不公平。但我喜欢这种不公平。

那原本就是一个意外。

电光一闪之后，我听到身后有人高喊："快跑啊！来电了就不放学啦！"

然后，我感到窸窸窣窣的人群耸动，本能地向下迈步，感到脚尖踩住了什么东西，后脚却提不起来，因为同时有人踩住了我的鞋跟。前方响起一声尖叫，我向前倒去，慌乱中双手撑了一下前面人的背部，与此同时后面踩住我的脚松开了。我才好不容易站住，但是前方的人已经开始噼里啪啦地倒下去了，周围开始响起一片惊叫声。我觉得事情不妙，虽然不敢动，还是本能地向楼梯另一侧慢慢挪过去，我记得那里没有人。我捂住嘴，掩饰住了惊慌的呼吸。我绝不要叫出声来，绝不要和这帮蠢货一样容易受惊吓。

灯亮了，我看到眼前的人一个叠一个摔在楼梯上，延续到下一层楼道。大概有不少人受伤，可惜没有重伤的。我平静下来，开始像平常那样露出温和的表情，扶起前边的人。

然后我又听到一阵尖叫。我朝二楼看下去，发现有人仍趴在地上。看那发型我就知道是谁。

郭期鸣死了。

老实说我是有些难过的。

这么多年了我一直说不清自己是不是喜欢郭期鸣？那个少年的脸，我已经有些记不清了。他长什么样子来着？是哪里吸引我的？对了，我好像是有些嫉妒他的。他那么聪明，什么都学得好，不用费力就能超过我。

所以我只是想让他分分心、散散神，不要那么优秀。这本来不是什么大不了的事，偏偏发生了那个意外。

他的死让我获益。

也让我知晓，世界上根本没什么因果报应。不仅是基础物理中“上帝在掷骰子”，世间的一切都是随机概率。

善，恶，都不会有什么区别，收益才是真实能拿到手的东西。

第三章

万芳芳真是讨厌透了同寝室的女生。

她不知道自己怎么会被分到这样一个寝室。明明应该是跟同班同学在一个寝室，可她作为学号最后的那一个，却被分到了混合宿舍里，和其他专业、其他学院的三个女生共享生存空间。

其实跟不同班不同专业的人合住本来也没什么，可她就是不喜欢那三个女生。伊笑是外语学院的院花，魔鬼身材天使脸蛋，要哪儿有哪儿，人还新潮会打扮；邢静妍人如其名，因为姣好的外貌称霸电商专业；萧思语倒是和万芳芳一样是理科生，化学专业，不像另外两个那么花哨会打扮，可她天生丽质，朴朴素素的校服，套上实验白大褂俨然就是个冰山美人。她们三人都是一线城市土生土长的姑娘，从穿着打扮到言行举止，都透露着大城市的优越感。

万芳芳原本其貌不扬，既不算漂亮，也不算难看，是扔在人堆里找不着的那种长相，可被另外三人一比，就成了土里土气的灰姑娘。她来自小县城，家境普通，对时尚、流行完全没有概念；作为理学院的学生，看起来也缺乏那种严谨的气质，显得呆头呆脑。这样的她处在这个宿舍里，显得与其他人格格不入。

平心而论，最开始的时候，那三个人并没有排挤过万芳芳，可是不知不觉几个人之间就出现了差距，而这并不是某个人能左右的。刚入校时，万芳芳还没有感觉到这种差异，单纯地和其他三人一起出门、吃饭，可是不到一个月，她就渐渐从别人的目光和言语中发现自己与另外三人相比是多么卑微。不断有各个年级的男孩子上来搭讪，三个女孩子大概见得多了，嬉笑推诿着几句话便能打发了对方，次数一多，有时她们觉得烦，也会不客气地直接拒绝。万芳芳从一开始跟着笑到渐渐笑不出来，因为她发觉从来没有哪个男孩子是追着自己来的。她虽然看着呆，但不是傻子，当然明白是怎么一回事。

然而她越来越不能释怀。

相貌、出身，这些都是无法选择的东西。有人漂亮，有人丑陋；有人富有，有人贫穷；有人聪明，有人愚钝，世界把不公平的对待公平地洒向每一个人。而万芳芳原本不觉得什么，可在这些受上天宠爱于一身的女孩子面前，她深受折磨，似乎世上所有的不公平都流向了自己。她也暗地里尝试打扮、化妆，可是镜子里出现的丑小鸭让她心中小小的期冀一败涂地。即使再努力，她仍然远远比不上她们。

很自然地，经过了一段时间之后，万芳芳开始独处独行。

然而很多东西并不是你选择忽视它，它就会消失的。那些命中注定的不公平永远存在。

大二以后，万芳芳和其他三人的关系已经平淡如水。伊笑和邢静妍起初还试图和她拉近关系，被冷淡对待后颇有些愤愤。萧思语则从头到尾置身事外，似乎对万芳芳脱离小群体的行为毫无知觉。她无论什么时候都保持着与他人若即若离的感觉，好像脑子里就只想着学业，课外生活很简单——泡图书馆，回家。

宿舍里新安装了电话，装在每个寝室门口，一到傍晚时分就响个不停。伊笑和邢静妍每天都接到不同男生打来的电话，一番嬉笑后打扮好出门赴约；晚上回来还要和不同的人煲电话粥，两人拉着电话线走到走廊里，关上门跟人打情骂俏地聊天。就连萧思语都偶尔会有男生打来电话找她，虽然她说是亲戚家的堂弟，可在万芳芳听来，更像是男朋友。而万芳芳自己，除了每月接到一次父母的电话外，就再也没人找她了。在这个小集体里，热闹和寡淡两极分化严重，双方间也就越来越冷淡。

冷淡过了头，分裂就开始了。

伊笑和邢静妍擅长打扮，以前总是喜欢居高临下地给万芳芳和萧思语的穿着装扮提意见。比方说，“思语你个子高，穿长风衣好看”“芳芳娃娃脸，穿粉色的特别显嫩”“哎呀你穿这个款式真难看”，等等。无论她们是用劝说还是嘲讽的口吻，萧思语照单全收，总是笑着回答“我就是没有审美怎么办嘛”，而万芳芳却只能接受肯定型的建议，略直白一点的否定便能在她心里留下痕迹。比方说“黑色的裙子显瘦，能遮肉”，便是犯了她的忌讳。为什么萧思语和万芳芳对同样的话语反应如此不同，归根结底，还是取决于各自的心底吧。

邢静妍说话是出了名的刻薄，虽然并没什么恶意，但说几句话就会让人感到她的傲慢态度。而这在万芳芳听来，对方句句都是侮辱。以前万芳芳总是忍着，直到有一天，邢静妍又像往常一样对万芳芳的穿着嘲讽了几句，彻底引爆了万芳芳的不满。那天除了萧思语以外，大家都在寝室，万芳芳和两个骄傲的美女大吵了一架，从此双方开始冷战。

女生吵架后总是喜欢拉帮结派，对方已经有两个人，万芳芳却是一个人，双方都想拉拢萧思语，用的方式也都差不多，无外乎背后说说坏话追求同感而已。可惜的是，不知道萧思语是太精明还是太傻，总是油盐不进，不偏向任何一方。

毕竟双拳难敌四手，万芳芳在伊笑和邢静妍日积月累的调侃中败下阵来。女孩子间的争斗没有明火，但是暗箭难防，几句指桑骂槐、讽刺调笑之间胜负便见了分晓。言语上的挫败感累积到了内心，发酵出越来越无法压制的恨意。于是，从某天万芳芳偷偷将墨水泼到了邢静妍的作业本上开始，一场战争开始逐渐积蓄能量。

战争的前奏足足打了半个学期，各种阴招儿接踵而至：把袜子挂在别人洗脸毛巾旁边；凳子腿被折断又原样立好；书被撕掉，碎片扔到床上；鞋子里扔了大头钉；枕头上插了针……

寝室里的生活像在前线雷区，每个人都小心翼翼又愤愤不平，唯独萧思语似乎毫不在意，因为她与这些纷争无关。久而久之，万芳芳恨她中立的冷漠态度甚至超过了恨那两个人。萧思语对那两人欺负自己的行径听之任之，凭什么她可以独善其身？自己要把她也拉进来。

万芳芳自认为拉萧思语进“战场”的方法很聪明。她不是什么都看不到吗？那就让她受受这样的伤害吧，选一个合适的时间，合适的方式，就算邢静妍和伊笑猜到是万芳芳做的，只要萧思语心存怀疑就好了。

周三的晚上，万芳芳从自习室回到寝室，邢静妍和伊笑都在。她推开门，一人回头看了一眼，另一人根本连看都没看。万芳芳心里冷笑着想，待会儿有你们看的。

四个人的热水壶都放在各自的书桌下。热水壶还是刚开学时大家一起买的，款式颜色都相同，只是壶把上用修正液写着各人的名字。原本邢静妍和伊笑都不是很勤快，有时懒得打水，就借万芳芳她们两人的，说是借，可从来没还过。跟万芳芳闹崩了之后，她们就只跟萧思语借水用了。

晚饭时，她看到那两个人都拎着水壶打了开水回来，今晚肯定用不着跟萧思语借水了。于是她提早离开，又趁其他人都出去之后偷偷回来，将一包泻药混合在水里，又把水倒进了萧思语的水壶中。

晚上九点钟，萧思语回来了。她进门就像平常一样大声说："都回来啦？"像是跟室友说话，又像是自言自语，根本不需要人回答。万芳芳冷笑，明知寝室现在的局势还要不冷不热地打个招呼，何必这么虚伪呢，马上你就知道中立的态度不是那么好站的。

萧思语把自己的包放在凳子上，弯腰提起水壶。她顿了一下，好像在犹豫。万芳芳心里一紧，她察觉了？怎么可能？

萧思语小声自言自语："得先洗洗手。"她给自己的杯子里倒了一满杯热水，又把脸盆从架子上抽出来，拎着暖水壶去了寝室对面的公用水房。

万芳芳放下心来，把自己杯子里的水喝光。她的水里也有泻药，待会儿她要做出拉肚子痛不欲生的样子。一个寝室里两个人同时拉肚子，会是巧合吗？还是有谁害的呢？萧思语就算再中立，也会想想是怎么回事儿。

这时，水房里传来"嘭"的一声巨响，紧接着是女孩子的惊呼。之后寝室门就开了，萧思语一脸沮丧地拎着破掉的水壶走进来："这地面也太滑了，真是的！"

伊笑说："是啊，你还是咱们几个里第一个碎暖水壶的呢！你用我的水吧，我足够呢。"

充什么好人，平时借的水从没见你还过，现在装大方。万芳芳心里暗想。

萧思语朝她笑笑："好啊，谢啦！"她把湿掉的裤子换下来放到盆里，穿上睡裙，又推门去了水房，并没有动桌上的那杯水。

万芳芳不着急，她早晚得喝水不是？

可是直到万芳芳不得不起身跑出去上厕所，萧思语还在水房洗着裤子。等她两腿酸软眼冒金星地回到宿舍，却看到萧思语正忙不迭地拖地，嘴里还抱怨着："这一晚上真是遭了水灾了！"她白色的瓷杯子掉在一边成了碎片，水洒了一地。也不知她到底有没有喝一口。

晚上万芳芳在床上折腾得翻来覆去的时候，听着另外三人均匀的呼吸声迷迷糊糊地想，看来她是一口都没喝到，计划泡汤。

万芳芳是不会轻言放弃的，可是第二次陷害得另想个方法，倒不是显示自己多有想象力，只是第一次的代价有点大，实在受不了。这回必须更狠一点，还得伤不着自己。

星期五早晨没课，大家都睡到了八点钟。还是萧思语先起来穿衣洗漱。

过了一会儿，她回来了，神色慌张。万芳芳趴在床上眯着眼睛偷看她。萧思语把脸盆和毛巾都放好后，收拾了东西摔门而出，发出了巨大的声响。

邢静妍立刻坐了起来大喊："要死啊？不会轻点关门？"她的声音很尖，一定能传到萧思语耳朵里。万芳芳埋着脸偷偷笑了，这事儿肯定没完。不过，她不会去找老师吧……万芳芳可没想闹那么大。

九点钟，邢静妍和伊笑都收拾完毕，给各自的某个追求者打了电话，下去吃人家送上门的早餐顺便约会。万芳芳趴在床上不动，心里越想越后怕。又过了一会儿，萧思语回来了。

她沉默着走到自己的桌前坐下，兀自发着呆。万芳芳按捺不住，装作刚醒来的样子打着哈欠坐起来。

对方察觉到她醒了，把目光投上来，没说什么。万芳芳心里满是紧张，嘴上还装着轻松："你怎么还没去图书馆？"

萧思语低下头不吭声。万芳芳不知道该追问还是该说点什么，只好慢悠悠地穿衣服。

“芳芳，其实，有一天我看到邢静妍往你鞋里放图钉了，我给倒出来了，没跟你说。”萧思语声音低低地说。

“啊？”万芳芳不知道说什么好，只能表现出震惊的样子。实际上邢静妍的想象力实在有限，每次都是学她的招数，是她先往人家鞋里放的，所以她每次穿鞋都很小心，但一直没发现过，还以为邢静妍不敢了，原来是被萧思语发现了啊。这个笨蛋，整人都整不好。

“她真是太过分了，你知道吗，她今天在我洗脸毛巾里放了刀片！”萧思语愤愤地说。

万芳芳立刻夸张地表示愤怒：“什么？她也太坏了！你伤到了吗？”

萧思语摇摇头：“还好刚要洗脸时掉出来了……”

“真是万幸……”万芳芳心里得意，放的位置太妙了，再隐蔽一点势必划到她，那就会把事情闹得不可收拾。“她们就是很过分，你知道吗？我跟你说……”她添油加醋地叙说着那两个人是如何欺负她的。

“天啊，她们怎么这样？我只知道你们不太好了，怎么会有这样的事儿？”萧思语的反应很大，她好像真的没有察觉到寝室里的事情，紧接着提出了最麻烦的建议，“我们去跟老师说吧？”

“千万别说，”万芳芳赶紧摆手，“明枪易挡，暗箭难防。万一她们回来变本加厉怎么办？咱们还是小心着吧……”

“可是，这日子还长着呢……”

“你傻啊，咱俩一头，她们人数就不占优势了，不敢怎样的，大不了我们也回击呗！”

“回击？怎么回击？”

“她骂你你就骂她，她打你你就还手，这还不会？”

“我……我不敢……”萧思语低声垂头。

万芳芳气得要死，原以为她是精明的，原来也不过是个草包：“算了，先别搭理她们就好了！”

“嗯。”萧思语点点头。

寝室的局势开始变化了。

萧思语突然和万芳芳亲近起来，有说有笑，时常一起吃饭打水。原本一触即发的大战也不可思议地搁浅了下来，四个人两两成双，互不干扰，互不交往。

万芳芳觉得好像就是人多势大，人数平均之后，邢静妍再也没主动挑过事儿。虽然萧思语也算不上是个帮手，可有个说话的人也不错。

一个月过去了，寝室里相安无事。两方人虽说互看不顺眼，但没有了暗地里的斗争，毕竟轻松了不少。最先开始说话的是萧思语和伊笑，萧思语先前一直是中立派，伊笑虽然不忿万芳芳，但她没有邢静妍那么伶牙俐齿咄咄逼人，以前的战斗中，大部分也是万芳芳跟邢静妍在斗，所以这两个人之间态度松动也合情合理。

周末，萧思语突然提出，她有四张电影票，全宿舍可以一起去看。伊笑立刻答应了，也说动了邢静妍，万芳芳挺生气她自作主张邀请对方，好像自己先示弱了似的，但是又没有不去的理由。于是，看电影这件事就这么约好了。

可是临到看电影之前，邢静妍突然不好意思地说，她有个朋友想一起来。万芳芳不说话，伊笑跟萧思语都不好意思说不行，那人就厚脸皮地跟来了。

万芳芳认得那人，自己班上的一个男生，最初和她关系还不错，万芳芳对人家稍有动心过，可是后来才发现他接近自己是为了托她追萧思语。输给美女本来没什么好说的，可是这男生接触上了萧思语后就冷落了她，实在是有点过分。被萧思语拒绝之后，他又盯上了邢静妍。按理说邢静妍是看不上这样水平的男生的，可自从寝室里彻底闹翻，邢静妍又回头搭理他，也不知是出于什么心态。她对男生不接受也不拒绝，享受着这个男生给的各种节日小礼物，却连“备胎”也没有他的份儿，一吊就吊了大半年。而这次原本是四个人去看电影，她非叫上这么个人，真是倒胃口。

看电影前，大家在影城楼顶小吃街吃饭。这里是市中心，吃东西比学校贵了两倍，大家都是各付各的。万芳芳点了份套餐，另外三个女生都点了各种小吃和饮料，而那个男生只要了最便宜的蛋炒饭。他请不起五个人吃饭，也不好单请邢静妍一人，只管自己还只要了这么便宜的饭，想必钱全都花在邢静妍身上了。

离电影开始时间还长，邢静妍和男生边吃边聊，都是各种没意思的话题。男生做作地微笑着，邢静妍则做出一副怕气氛尴尬主动放低身份跟人聊天的善良姿态。另外三人早已吃完，要么随意聊两句，要么看看菜单，早已无聊透顶。

男生很不知趣，低声捧邢静妍的同时，不忘踩踩自己班里的女生和拒绝过自己的人，邢静妍微笑着回应：“别那么说人家啦……”

好不容易吃完饭到了看电影的时间。邢静妍和男生坐在万芳芳前边，挡住了一大半屏幕，两人的头靠在一起不时说句悄悄话，男生还偶尔回头看万芳芳一眼，眼神充满嘲弄。她心里暗骂着，傻瓜，连当了“备胎”都看不出来。

看完电影回到宿舍，原本松动的气氛再次回到了绷紧的状态。连伊笑背地里都抱怨，本来想缓和的，这是干什么嘛。

万芳芳原本有些生气，但想到经过这件事，萧思语再也不会站到对方那边，又不由得开心起来。而且，伊笑也不知不觉有点偏向她们这一边了。

转眼过了一周，又到周五。伊笑从摄影社团回来，抱着一架相机。萧思语很感兴趣，围着问这问那，伊笑其实自己也不懂什么，加入摄影社团只是当模特，享受众人追捧免费拍照的好处。见有人关注，不由很自得，把照片和相机都展示给萧思语。

萧思语一边感叹真好一边叫万芳芳去看，万芳芳想这是个跟伊笑拉近关系的机会，就也凑了上去。萧思语看着胶片好奇怎么冲洗显影，伊笑便邀她们一道去摄影协会办公室看看，那里有冲洗照片的暗房。

参观完冲洗胶片的暗房回来后，三个人的关系好了很多。现在，微微有些邢静妍被孤立的意思了，为此万芳芳得意许久。她想，上一周是萧思语组织了活动，这周是伊笑，下一周如果我也准备个什么活动，三个人的关系就会更好些了吧？

周五晚上下自习后，她就开始忙着买零食。她想着邢静妍第二天要出去，她们就在宿舍里边吃边一起说她的事吧，肯定会起到同仇敌忾的作用。

回到宿舍已经接近十点，萧思雨和伊笑坐在自己的位置上聊天，邢静妍还没有回来，肯定又被哪个男生约出去了。万芳芳心里冷笑一下，打开散称的零食招呼另外两人吃。零食甜得齁人，万芳芳正要倒水，才发现自己今天忘记打水了。伊笑主动让她用自己的水，万芳芳很开心地倒满杯子，但水太烫，无法马上入口。她起身出门去了趟厕所，回到寝室时发现邢静妍已经回来了，伊笑上床换好了睡衣，萧思语又在打扫满地的暖壶残渣。

万芳芳问：“你怎么又把暖壶打碎了？”

“是啊，刚想借杯水……”她抬头朝伊笑道歉，“真抱歉。”

万芳芳想幸亏自己抢先倒了一杯，她端起杯子吹吹热气喝了一口，继续收拾零食。

很快，她觉得喉咙发紧，全身不适，思维一片混乱。她手中的东西先落在地上，紧接着整个人也倒了下去，不由自主地抽搐着。她眼前闪现出一片光斑，紧接着是扑面而来的黑暗。在恐惧全面侵袭之前，她已经丧失了意识。

万芳芳死亡两天后，警察再次来到学校，分别讯问同宿舍的三人。伊笑单独坐在校保卫科的审讯室中，满心惊诧。自从万芳芳死后，其余三人就再没住过宿舍。周五晚上在宿管室跟警察耗了一宿，第二天是周六，受尽惊吓的三人各自回家。周一刚到学校，就被警方拦下来，直接到了这里。

她至今还不明白这到底是怎么回事，那天晚上发生的一切历历在目。

当时伊笑已经爬上了床，邢静妍刚刚回来心情不怎么好，直接躺上床翻小说。然后突然一声巨响。伊笑伸头往床下看，万芳芳蜷缩在地上抽搐着。

萧思语正在拖地，见状惊呼了一声：“怎么了？”便上前查看。

“干吗……不会是癫痫抽风吧？”邢静妍也坐了起来，满脸不安。

“哎呀你先别动她，万一是中风不好乱动的……”伊笑说着就跳下床。她母亲是医生，耳濡目染，她多少知道些医学常识。可当她跳下床靠近的时候，直觉却突然拉住了她——危险。她伸出的手正要碰到那个还在微微抽搐的身子，不由得猛地停住了，而后转身用宿舍的电话拨打了120。

二十分钟后，救护车来到，与此同时班主任、辅导员都赶了过来，但已经于事无补。医生检查了一下万芳芳，立刻回头扫视同宿舍的三个人，口罩和帽子遮住了他整个脸，露出的眼睛布满震惊的神色。他简短地说了一句：

“报警。”

警察赶到后，将所有人带到宿管室，分别询问事件发生的经过。

但是当问到“她最后吃了什么”的时候，三人一时说不清了。

“我没看到，我已经上床了。”邢静妍说。

“喝了水……”萧思语说。

伊笑回忆着：“是吃了散称蛋糕……”

警察的目光在被讯问对象的脸上来回打量。讯问直到深夜一点才结束，三人在辅导员老师的安排下取回了自己被检查过的被褥，住到了一个空房间里。大家都坐着，不说话，垂着头，在刚刚的混乱中，她们已经猜到发生了什么事情。

一夜无眠。

现在，伊笑单独坐着，对面几位警官不苟言笑地重复着事件发生那天问过的问题，也不时地提出新问题。

“你们宿舍几个人，关系怎么样？”

“万芳芳跟邢静妍有什么矛盾？”

“你跟邢静妍关系比较好是吧？”

“前两周你们全宿舍跟一个男生一起去看过电影？”

“你听没听说过那男生跟万芳芳的关系？”

“听说你带万芳芳去过摄影协会？她有没有对什么很感兴趣？”

问题越来越多越来越杂，伊笑有些摸不着头脑，这些都有什么意义？万芳芳究竟是怎么死的？她犹豫着要不要回答这些问题，这里面可包含着女生宿舍见不得人的明争暗斗。后来伊笑发现，这些问题集中在万芳芳与邢静妍的关系中，她觉得，警察好像是在怀疑邢静妍跟万芳芳的死有关。但伊笑觉得这根本不可能，说白了，邢静妍这种美女平时要什么有什么，哪里会去杀人，要是遭人嫉妒被杀还有可能……

想到这里，伊笑感到很接近真相了，突然身上发冷，踌躇片刻，她嗫嚅着说："有一次，我好像见过万芳芳给邢静妍下药……"

"什么？"警察们的眼睛一下子都亮了起来。

伊笑回想着。有一天她去上晚自习时忘了带书，就返回宿舍，明明寝室应该没人的，门却开着。那段时间寝室气氛很尴尬，伊笑不想突然进去，就悄悄推开一条门缝，看到万芳芳背对着门，正往邢静妍的水壶里倒什么东西。

"结果呢？"

"我没敢吭声，关上门走了，她不知道被我看到了。后来我把这件事告诉静妍，我们把水倒在盆里用手试了试，应该不是硫酸什么的，但水有点发黄，摸着滑滑的，我们猜可能是洗衣粉或者肥皂水。静妍悄悄把水倒了，没喝。"

警察们有点泄气："就是说这是你的推断，没什么证据。"

见自己的证言没有得到认可，伊笑挺不服气："那我们能怎么办？又不知道她放的是什么东西……"便又说出了自己和邢静妍经常受万芳芳所害，作业本被撕、枕头上插针之类的事情。警察态度严肃起来，一一记录到笔录上。

三个人分别接受了讯问之后，警察让她们坐到一起，神色变得更加严肃起来："你们到底还有什么没说的？都说说吧。"

姑娘们吃了一惊，彼此看着："没有什么啊！"

"你们都说万芳芳对你们这不好那不好，你们就没有对人家报复的时候？"

邢静妍和伊笑都不吭声了，最初，她们也用相同的手段回击过，但万芳芳的行为上升到枕头插针、鞋里撒图钉之后，她们就不愿意再继续了，两个美女每天的生活阳光灿烂，怎么会把时间浪费在这件事上呢。两人都跟各自的辅导员谈过寝室里的别扭，老师们却都没放在心上，认为这是混合宿舍常有的问题，除了长篇大论地劝解学生退一步海阔天空之外再没别的处理。

"有一回，邢静妍在万芳芳毛巾里放了刀片……"轻轻开口的是萧思语。

邢静妍立刻炸了毛："什么？我什么时候往她毛巾里放刀片了？"

"我……我没看到，是万芳芳说的，她说你们两个都欺负她，我觉得她可怜才跟她一起的……"

"哦——"邢静妍夸张地拉了长音，满脸恍然大悟，"我说你上个月怎么跟她走得那么近，敢情她跟你造谣来着啊！我告诉你，我从来没往她毛巾里放过刀片，你也不想想，就她那脸，毁容等于整容！倒是她给伊笑毛巾里放过刀片，我看见给拿出来的！"

萧思语惊讶得张大了嘴，警察们看向伊笑，后者重重点头肯定。

三人站到了统一战线，纷纷说了万芳芳的恶劣行径及混合宿舍的无奈，警察听了半天，找不出可质疑的方面，便提出了别的问题："你们知道万芳芳是怎么死的吗？"

三人对视一眼不说话了，肯定不是正常死亡，这时她们不由得心中一凛，可能杀人者就在三个人之中。

"她死于中毒。"

"中毒？鹤顶红、老鼠药还是砒霜？"邢静妍态度直接地问道，她知道的这些剧毒都是从电视里看来的。警察看看她，摇摇头。

"你们摄影协会……"警察转向伊笑，"上星期丢什么东西了吗？"

伊笑除了当模特，对协会的事根本不上心，只得茫然回答："不知道。"

警察的目光又转向萧思语："你是化工学院的？实验室里有不少有毒药物吧？"

萧思语点头："是的，但是危险性化学药品每次使用前后都要跟老师汇报，由老师配发，而且要做详细重量计数，所以很难偷拿出来。"

警察再次环顾三人，微微点头，让另外两人先回去，却单单留下了伊笑。

"这本书，你见过没有？"警察拿出一本书放到伊笑面前。

伊笑低头看，那是一本深色封皮的旧书，书页已经发黄了，贴着学校图书馆的标签，书名很有趣：剧毒物质在推理文学中的运用。

一看到这书名，伊笑觉得脑子里好像被撞击一样瞬间发蒙，不由得咬住了下唇。

警察的眼睛亮起来，马上追问道："你见过？在哪里？"

"在……在万芳芳桌子上。"伊笑说这话的同时，她觉得自己已经知道了真相。

考虑到这个寝室发生过命案，三人不适合继续同住，各学院内部的女生寝室都做了调整，空出床位，三人分别搬去和各自同专业的女生住了。原本的宿舍搬空了，上了锁。伊笑想警方大概已经查明了真相，只是没有公之于众，确实也没什么必要了。

一周后，上午的课刚刚结束，邢静妍来教室门口找伊笑，她的眼睛红红的："我知道真相了。"

"什么？"伊笑勉强追问了一句，但她想这原本就很明显，几个当事人早晚都会知道。而真相只会让人心情低落。

"你跟我来，咱们叫上萧思语，让她也知道知道万芳芳是什么人！"说完，邢静妍拽着她快步跑了出去。

现在正是吃饭的时间，食堂里挤满了学生，两人在打饭的队伍中找到了萧思语。三人在案件后第一次聚在一起，却已经没有共同的宿舍可回去，只得各自打了饭坐在食堂的角落里发呆，说不出的感觉压着每个人的喉咙。有个不识相的男生过来搭讪，被冷冰冰地打发掉了。半个小时后，食堂里人潮散去，保洁阿姨开始慢慢打扫，周围终于清静了下来。

邢静妍一口饭都没吃，抬眼愤愤瞪着萧思语：“你还说我给人家毛巾里放刀片，你知道万芳芳都干了什么吗？”

萧思语满脸茫然：“怎么回事儿？”

眼泪从邢静妍漂亮的眼睛里落下来，她控制不住自己的情绪，又一把抓住萧思语的手带着哭腔说：“幸亏你，不然我死都不知道是怎么死的！”说着她号啕大哭起来。

伊笑和萧思语面面相觑。等了好半天，邢静妍慢慢平静下来，说的第一句话就是：“万芳芳其实是想要杀我的！”

“你说什么？”萧思语吃了一惊，伊笑却没什么反应，经过上次的审讯后，她心里已经隐隐有这种感觉了：万芳芳有可能是自食其果。

“伊笑你不是带她们去过摄影协会的暗房吗？冲洗照片的那个房间，那里有洗照片用的显影液，万芳芳偷了一瓶回来，都倒进我的暖壶里了！显影液里有什么氢氧化物，是剧毒！”

“氰化物。”萧思语纠正道。

邢静妍不耐烦地摆摆手：“那就氰化物，反正是有毒的，她本来想要毒死我！幸亏你不小心打翻了她的水杯，又打了伊笑的水壶，只能从我的水壶里倒水，结果反而把她自己毒死了！就差一点，差一点死的就是我！”说着，她又抹起眼泪来。

“你怎么知道是这么回事？”萧思语问。

“我们辅导员说的！警察在公共卫生间的纸篓里找到了显影液的空瓶，上面有摄影协会的标签，还有她的指纹，肯定是那天你们去暗房时她趁机偷的；还有我的暖壶盖上也检测到了万芳芳的指纹，我们都好几个月不讲话了，她动我暖壶盖干什么？反正那天要不是萧思语打翻了水，我就死定了！”

“那……动机呢？她为什么要杀你？”

邢静妍瞪了伊笑一眼：“你是不是傻？她一直都乐意搞这些阴招，你忘了？”

“可是……这可是杀人啊……”萧思语还是难以置信。

“所以我让你看看清楚啊，她是什么人！咱们看电影那天，我不是带了万芳芳她们班里的一个男生吗，那男生条件太一般了，我本来不想搭理他，他缠得太紧，我又不好意思伤人家脸面，后来我才知道万芳芳还喜欢过他！可能这是直接的原因吧。早知道我让给她就好了呀，省的她这么恨我！”

伊笑知道邢静妍这句话半真半假，她根本就知道万芳芳对那男生有好感，叫他去看电影就是为了气她，现在只不过是随口一说。

萧思语追问：“警察确定了吗？真是她想杀你结果自食其果了？”

“反正我们辅导员把他知道的都告诉我了，根据当时咱们现场留下的线索，警察就是这么推断的。辅导员还跟我说，像我这样漂亮优秀的女生本来就招人嫉妒，让我以后处处小心些，真是人心难防！”

三人集体沉默片刻，萧思语闷闷地说：“你说我救了你，可我感觉好像是我间接杀了万芳芳似的……”

邢静妍打断了她：“你别犯糊涂了，那天她要是不死肯定就是我死了，难道我就该死？再说我晚上都喝运动饮料的，很少喝水，倒是你们两个当天晚上都没水了，谁倒我的水喝都会死，你这是救了三个人，救了你自己！你再想想她以前干的事……”

邢静妍喋喋不休地数落着。伊笑听着，心思却开了叉，她偷偷瞥着萧思语的表情，后者皱着眉，聚精会神地听邢静妍说话，脸上神色颇为纠结，好像心中仍有不安，楚楚可怜。伊笑却冷不丁打了个哆嗦。

早在万芳芳死亡当时，伊笑就凭着脑子里被母亲从小灌输的急救知识发觉，这人状况异常，恐怕不是突发急病。后来状况混乱，伊笑脑子一直蒙蒙的，直到返校后又被警方讯问，她才一点点捋顺了自己的想法。

首先，万芳芳是被杀害的。死因不用说，没有外伤，一般死因都是中毒。

除了战争中使用的毒气，伊笑能想到的毒杀都是直接吞下的，那她死前吃的食物里必然有毒。伊笑当时只想到了万芳芳买来的蛋糕，还想也许是食品质量问题，可是当时萧思语提到，万芳芳喝了水，伊笑立刻反应过来那水本来是邢静妍壶里的，她猛然又想起了曾经撞见万芳芳往邢静妍暖壶中倒水的那一幕。

万芳芳终于对邢静妍下了狠手，却不小心害了自己。然而，真的是这样吗？

伊笑又想起些别的事情。两个多月前的一天晚上，萧思语打翻了水壶和水杯，就在那天夜里万芳芳好像跑了一夜厕所，这两件事有关系吗？萧思语有时会看些推理小说，万芳芳就借了那本什么毒药与推理文学，这事又有什么关系？

最重要的是，万芳芳死的那天很晚才回来，拎着一大袋子零食。她忘了打开水，伊笑便让她用自己的。万芳芳倒了一杯水后去卫生间，萧思语拎着脸盆路过，却不小心碰翻万芳芳的水杯。

“哎呀！幸好只洒在了地上……”萧思语边收拾边说着，“伊笑，再让我倒一杯吧，一会儿芳芳回来看到水洒了肯定会说我……”

“你怎么这么笨，倒吧。”

萧思语过来拎伊笑的水壶，只听“砰”的一声巨响，满壶开水都洒在了地上。

伊笑无奈地抱怨：“你能不能小心点？”

萧思语快要哭了：“我怎么这么倒霉啊，对不起伊笑，明天我赔你一个新壶外加满满的开水……静妍，让我倒一杯你的水好不好？”

“给她啊？不行！”

“求你了，你知道她有多唠叨……”

“知道她烦了？那你还跟她好？”邢静妍坐起来斜眼看着萧思语，“倒吧倒吧，只怕说了这是我的水人家还不肯喝呢！”

于是，两人看着萧思语用邢静妍壶里的开水灌满了万芳芳的水杯。

万芳芳回来后丝毫没发觉自己杯中的水被换掉了，之后就发生了那样的事情。

再次因为打破了水壶逃过一劫，真的都是巧合吗？伊笑没法不怀疑。

一周来伊笑不断回想这两年共处的日子，突然发现自己竟然根本弄不清楚萧思语究竟是怎样的人。她聪明、漂亮、认真，脑子里好像除了学习没有别的，但似乎不管谁跟她谈话都不缺话题；她个性平和，对人亲切，仔细想想却并没有特别要好的朋友，好像跟所有人都保持不远不近的距离；她有美丽的外貌但不注重形象，原本可以耀眼的女孩子却给人留不下什么印象，简单来说，她是个乏味没有个性的漂亮姑娘。伊笑觉得，她就像朵普普通通的淡蓝色花朵，在花丛中只能凭着特殊的颜色吸引人注意，但也让人转瞬即忘，并不具有威胁性，也没人能叫得出花的名字。

然而现在伊笑觉得，搞不好这朵气质淡然的花是有毒的。

现在想想，那件事情有太多地方不对头。一直以来，萧思语对宿舍里的明争暗斗没有参与，也没有受害，但她真的一无所知吗？萧思语平时生活中并不是个大大咧咧的人，从没有丢过东西，也很少打碎什么，偏偏两次打翻水，而且都是在水中有问题的时候；万芳芳和萧思语平时很少不打开水的，可是那天两人都忘了打水，一定要用邢静妍的水，怎么会有这么多巧合……

伊笑不敢往下想了。

有种想法在脑中生出，而且越来越不容忽视：很可能万芳芳要投毒这件事萧思语是知情的。也许万芳芳曾跟她商量过，或者是她自己发觉的，但她肯定是知道，而她只是将计就计，利用万芳芳下的毒反杀了她。这么一想，也许萧思语曾经投靠万芳芳也是有意图的。

伊笑抬眼看着萧思语，她正极力安慰邢静妍，她脸上担忧的表情那么自然。伊笑不自觉地咽了一下口水，她想，这是三人最后一次相聚了，以后她再也不会跟萧思语来往了。她身上有那个惊魂夜晚残存的气息。

危险。

低级，她们之间的战斗太低级了，撕作业本、洒墨水，简直像两个小孩打架互相往对方身上吐唾沫一样可笑。我不知道当人们之间明明没有利益冲突的时候，为什么还会有如此多的怨愤不满，这些细微的负面情绪得不到正当的发泄，只能诉之于拿不到台面上的低端手段。我只是这场闹剧的冷眼旁观者，从没想过这些幼稚的行为关我什么事。

但是等到事情发展到插大头钉的时候，我就无法再置身事外了。虽然看上去与我无关，但早晚有一天会误伤到我，我是不吝于把已知的坏人想得更坏的。

我的应对是万事小心。床上用品全换成了浅色，有人放了什么一眼就能看到；物品收拾得规规矩矩，重要的东西全锁起来；鞋子每天上床前都要放倒，第二天穿的时候先倒一下；暖壶盖下压了一小根头发，如果有人动过能马上看出来。

那一天我发现壶盖下的头发移位的时候，有种果然来了的感觉，立刻装作不小心打翻了水壶。本来我不知道是不是多心了，可当夜万芳芳跑了好多次厕所，第二天却没跟我抱怨吃坏了肚子什么的——她一贯是不放过任何一个抱怨生活的借口的，这是我烦她的原因之一。如果是邢静妍害了她，她是不会善罢甘休的，那么很可能是她为了做出同样被害的样子自己动的手脚。

这件事之后，我开始留心她们之间的战斗，渐渐发现邢静妍已经在后退了，万芳芳却仍是不知收敛，但是一个巴掌拍不响，我本来以为她会消停下去，却疏忽了。那天早上洗脸的时候，如果不是及时发现毛巾里的剃须刀片，想必现在我脸上会多一条疤痕。同样的招数用得多了是无法掩盖加害者身份的。

意料之外的事态让我愤怒。既然你这么想把我拉进战斗中，那我也没办法继续退避。如果很喜欢往别人水里下点什么药的话，自己也尝尝这种滋味可好？这是我想到的最自然的方法。

机会并不是时时都有的，好在我也并不着急。有些东西需要慢慢渗透。

我给万芳芳推荐过许多推理小说，大都是讲毒杀的。她在学校图书馆里借这些书，借书证上会留下记录。那本讲毒药的书是我无意中发现的，我觉得它可以派上用场。有一天我装作忘带借书证，让万芳芳帮我借了它。然后我找机会把它放在万芳芳桌上显眼的位置，让其他两人留意到，也许当时不会怎么样，但后来她们就会想起，原来那个人还找过这种书。这样事情就会自然很多。

至于到底是什么毒药，我还没有想好。我没有信心挑战法医，毒杀一个人却不被查出来是什么毒物是不大可能的，所以选择合适的药品非常重要。如果是纯净的化学药品，第一个被怀疑的就是我；如果是老鼠药、农药，这些低级的东西倒是随处可以买到，但恐怕会缺乏万芳芳本人持有毒药的证据。我本来是想着在宿舍演一场有老鼠的戏，但是又怕演技拙劣被拆穿。怎样让她合理地拥有毒药，是个很重要的问题。

在为了毒药发愁的时候，还需要考虑动机，必须有个合理的动机，导致万芳芳做出极端的行为，这动机需要我来制造。如果要制造出凸显在这两人之间的矛盾，首先要有两人相处的机会，于是我开始慢慢缓和四人之间的关系，在差不多的时机，再制造新的矛盾。

我用几张电影票换来四人相处的机会，至于邢静妍为什么会带上那个不识趣的男生，当然是我无意间对她提过，正追求她的男生曾是万芳芳的心仪对象，邢静妍这样的美女不会放过任何一个在自尊上碾压他人的机会。

在这种长期准备下，万芳芳意图杀人却自食其果的假象渐渐开始形成了。动机有了，铺垫有了，还差关键的东西。然而时机不知不觉就到来了：伊笑肯定不知道，我想要参观摄影协会的意图并不是欣赏她的美照，只是想带着万芳芳拿点东西。

一切都准备好之后，有项非常麻烦但是会起决定性作用的任务要处理。

指纹。

显影液的瓶子上、瓶盖上都要有万芳芳的指纹；邢静妍的暖壶盖上则必须有我、邢静妍和万芳芳三个人的指纹。然而这并不好处理。

我想了最简便的方法。首先，将显影液整个瓶子擦干净，将瓶盖拧下来随意放在万芳芳不经意会碰到的地方，她自己无意中就会留下指纹；万芳芳经常会用我的水，她的指纹会留在我的壶盖上，这样每天早上把我的暖壶盖外表擦干净，然后跟邢静妍的壶盖互换，这样就能保证下毒时机突然到来时所有的证物都齐全。

最终事情发生后，警察应该发现这样的证物：死者杯中的水来自对头的水壶，水壶中掺了毒药；水壶盖明显被擦拭过，外面有其他两人的指纹，而内侧却有被忽略掉忘了擦拭的、死者自己的指纹；凶器被扔在卫生间的纸篓里，瓶身上擦得很干净，瓶盖上却有模糊的死者指纹。这样的证物会将下毒的嫌疑首先指向死者本人。

接着追查下去，可以查到死者与对头的矛盾、毒药的来源、积蓄已久的预谋、以往下药的事实。至于死者为什么会喝到对头水壶中的水，是由于室友阴差阳错的意外，这是不可控事件，无法追究。

整个事件看起来很完美，然而事后我的内心是忐忑的。真要追究起来，死者为什么选择这一天下毒，完全随机还是有什么理由？凶器明明都擦干净了指纹，却只扔到了咫尺之遥的卫生间里，似乎很违和；甚至，邢静妍晚上有时是喝运动饮料而不喝水，这会是最大的疑点。

万幸的是警方偏重于实际证据和动机的调查，太明显的谋杀结果和自食其果的真相也符合多数人心中的因果观念，心中认定是这么回事，就是这么回事了，没有太多可争议的部分。

当时还是太年轻，会为这些事情困扰不已，害怕处理不当搭上自己。后来才发现，所有的生命都毫无意义，死的是谁，怎么死的，不过是随机的参数，根本不用患得患失，当你的时刻到来的时候，自然就轮到你了。

第四章

“再交上这样的东西，你也不用来上班了。”

办公室的大姐把资料甩回许梦洁桌上，毫不客气地扭头走了，连个修改意见都没说。几个同事都低着头，装作什么也没看见，避免尴尬。许梦洁低头强忍着眼泪不敢哭咬牙坐着，马上就到午休时间了。

十二点一到，大家都忙不迭地离开座位奔向食堂，许梦洁这才开始整理自己的文件。她是用心做的，可是刚上班真的什么都不知道，问了几个同事，都对她爱答不理地说了两句就不肯再说，各个语气酸得不行。

因为她是空降到这个单位的办公室来的。

别人要么是高学历，要么是挨了十几年才终于坐了办公室，只有她在一线干了两年就平步青云，怎么可能不招人嫉妒。而且她看上去好像没有多硬的后台，只是托托关系挤进来体制的合同工而已。

“小许，这是报表往年的标准格式，今年你做完的照着这个改良就行。所有报表、文件的格式都是有明确要求的，你仔细看看。”一本资料递到眼前，说话的人是办公室的高学历美女姐姐，平时有点冷，许梦洁本以为她会是最难接触的，之前根本都没敢问过她，却没想到人家会主动来帮忙。

许梦洁蒙蒙地接过对方递过来的东西，脑子有点转不过来。“谢谢你萧姐……”

对方朝她露出一个微笑便转身离开，许梦洁仍然在想着，她可真漂亮。

单位食堂的饭不算难吃，毕竟是国营的大企业，除了保证铁饭碗，员工生活也还是不错的，所以有那么多人削尖了脑袋往里挤。许梦洁端着打好的饭四处看了看，自己办公室同事那一桌还有个空位子，她硬着头皮走过去打招呼坐下。

办公室里男女各半，本来聊得挺高兴的，可她一过去大家就像约好的一样停止说话，着急往嘴里扒拉饭，不到五分钟都吃完了，然后便集体起身。

“思语，还没吃完吗？我们等你。”一个男同事朝萧思语献着殷勤。

萧思语朝他笑了笑：“不用啦，我吃得慢，你们先走吧，我和小许一起，多谢啦。”

她的话刚说完，大家意味深长地“哦”了一声，眼神怪怪地看了看她们，离开了餐桌。

许梦洁感激地看向萧思语：“姐，你不用特意等我……”

萧思语仍然微笑着说：“没有啊，是我今天打的菜太多了。你也慢慢吃。”说着，她把自己的餐盘挪到许梦洁对面，两人的距离一下子近了好多。

上了一个月班之后，许梦洁已经熟悉了办公室里的所有人，他们对她仍有些看不上，但好在她性格开朗，工资又没有他们高，还不牵涉到评优秀、提升资格等问题，大家对她也就宽容了很多。许梦洁承认自己智商不高，但情商还是很够用的，她跟每个人都处得不错，但心里真正觉得好的只有萧思语一个，因为她是第一个主动帮助自己的人。

萧思语长得漂亮，高高瘦瘦的身材，平时不言不语，工作上很利索，名牌院校对口专业毕业，她是有资本骄傲的，为人却非常低调。她对待每个人有礼貌又谦和，始终保持着不远不近的距离。许梦洁偶尔听到有女同事在背后议论她，也无非是说她假清高之类的。许梦洁心里想，她们还不是因为嫉妒。

直到有一天，许梦洁在厕所偶然听到几句话，才反应过来事情要比自己想象中复杂。

“……要不她那么个人，装的不食人间烟火似的，干吗非得跟那个合同工好？”

“哦……怪不得呢。人家可真是厉害，高才生就是有眼光……一眼就看出谁是真的靠山。”

听了这么没头没脑的两句话，许梦洁愣了一会儿才反应过来她们是在说自己和萧思语。看来，她们对自己的情况都清楚了。

这么好的单位，像许梦洁这样的专科毕业生能干了两年一线就坐进办公室当然是有理由的——她的外公是单位已经退休的一把手，不过知晓内情的人并不多。她托外公的关系进了企业，先在一线做了两年来掩人耳目，又以合同工的身份进了管理层，再过两年就能转正了。

同事们说，萧思语是看上了许梦洁的背景才跟她走得近的，这让她有点受打击。

许梦洁才二十五岁，她很年轻，她觉得人跟人之间不应该全是利益关联的。她觉得自己就算没什么本事，至少性格不错，多少还有点人格魅力，难道人们跟她好，都是看上她的背景了吗？而且，萧思语的工资不低，但她之前还朝自己借过一笔不小的钱，虽然每个月都会还她一些，可是，她是不是为了这个才跟自己搞好关系的？许梦洁感到很失落，不觉中开始减少跟萧思语的来往。

又过了两个月。办公室里的人对许梦洁的态度又有了几次变化。大家一起出去吃饭，老是撺掇许梦洁请客，开玩笑说她有钱大方；很快要评优秀了，好几个人主动帮她做杂事，聊天中有意无意地显示出自己对她多好，又在言语中透露出自己很需要一个优秀名额。许梦洁对他们的举动哭笑不得，其实她只是在规规矩矩地上着班，对所有评优、人事变动根本没有任何参与的权力。

只有萧思语仍然对她一如既往，还清欠她的钱之后，除了表示感谢并没有进一步的要求，既不求她办什么事，也不主动献殷勤。她们只是有时中午吃饭时聊聊闲天，出去聚餐时萧思语也从来不起哄要她请客，都是各付各的。

许梦洁想，这下傻子都看得出来，萧思语才是真正把她当朋友对待的，平日里说说笑笑，困难时相互帮忙，除此之外对她一无所求。这反而让她产生一种必须要报答对方的念头。

“哥，你就看看嘛，这人真的不错……”

“我说，什么时候轮到你给我介绍对象了？”许志洁不耐烦地回绝了堂妹的介绍，“有多不错？达到我的标准了吗？”

许梦洁看着堂哥撇嘴：“反正配你绰绰有余。”

许志洁正在玩新买的手机，不耐烦地挥挥手：“一边儿玩去。”

许梦洁不太喜欢自己的堂哥，他自己外貌一般，找对象却要求很高，快三十岁了只谈过一次恋爱。如果光按照外表来看，他是远远配不上萧思语的。可是说起家庭条件的话……

许梦洁祖父一家都是在电力系统中工作的。电力原本是国家企业，体制改革后成为公司，许梦洁的祖父是经由一辈子打拼爬到企业顶层的，退休之前，他将自己的几个子女都安排到了电网公司的管理层，注定孙辈的几个孩子也都会走上这条路，算是家族式的传承。祖父和外公的理念倒是很像，想要抱着自己捧起来的铁饭碗世世代代吃下去。

在父母这一辈中，所有的叔伯舅舅阿姨全都按照祖辈的期望规规矩矩地走上了她们面前坦荡的大路，只有许梦洁的妈妈是个例外。倒不是她不如其他的兄弟姐妹，恰恰相反，她是个有能力而且要强的人。她年轻时在外公的单位干了五六年后，因为听不惯办公室里有人说三道四毅然辞职，独自做起了餐饮行业。经过二十多年的打拼，她现在已经创出了有自己特色的连锁餐饮公司，除了经营餐饮，还涉猎其他方面的投资。和妻子比起来，许梦洁的爸爸是个没什么野心也没什么本事的人，安安分分地在电网公司里的位置上干着，没有任何其他想法，每天热衷于吃喝玩乐。

在野心这方面，许梦洁随爸爸，但她佩服母亲的能力，也很清楚自己并不具备这种能力，也吃不了苦。她觉得女人还是应该有份安分的工作，找个门当户对的男人嫁了，不愁生计，生活轻松愉快最重要。

基于这种生活理念，她能想到的报答萧思语的方法就是给她介绍一个好男人。当然，事前许梦洁已经多方面打听了萧思语的个人情况：没有男朋友，也没有什么朋友圈子，每天下班就回家，父母都是中学教师，母亲两年前已经去世……总之，这个冷淡的美女是个非常简单的人，没有财力没有背景。但如果她成了许梦洁的嫂子，那么许家不管是在钱财上还是在事业上都会给她很大的帮助。虽然堂哥算不上优质男人，但至少是个有钱的男人，许梦洁沾沾自喜地想，她一定不会拒绝的。

可惜许梦洁没想到，竟然会在堂哥这里刚开口就碰了钉子。于是她拿出自己的手机调出一张跟萧思语的合照，硬牛生打断了堂哥的游戏："看看看看，就是这个，漂亮不？"

许志洁瞥了一眼，又瞥了一眼，然后接过手机放大图片慢慢直起身来，嘴里嘟囔着：“比你高一拳头，至少有一米六八啊，长得也还凑合……”

许梦洁抢过手机：“怎么样？见不见？”

“别闹，我都没看清楚呢……”

“等看到真人再看清楚吧！”

“你真是……算了，随你吧，你说见就见一面，我可不保证能看上她啊。”许志洁半推半就地应承下来。

许梦洁看着堂哥笑起来，心里想着：指不定谁看不上谁呢。

之前问过几次萧思语的个人情况，她那么冰雪聪明，应该已经猜到许梦洁是想给她介绍对象了，所以这次提起这件事，萧思语并没有很惊讶，稍稍推辞了两句就答应下来，但是能看出她的兴趣不大，只是不想驳了介绍人的面子。

许梦洁热心地给他们约好了见面的时间和地点，心里祈祷着堂哥千万别掉链子，万一要是有什么丢人的举动，自己以后还怎么见萧思语啊。

见面那天，许梦洁陪着堂哥一起去了咖啡厅，她特意安排提前十分钟到，生怕迟到会给萧思语留下不好的印象。两人刚进店里，许梦洁就看到靠窗的桌前坐着一个熟悉的背影：朴素大方的白色棉质T恤显露出肩背线条，马尾扎得不高不低，弯成恰好的弧度垂到肩上，露出白皙的脖颈和耳朵，及膝百褶裙下两条纤细的腿并拢着，良好的坐姿凸显出女子的教养。许梦洁马上捅捅堂哥，示意他对方已经来了。

“思语姐！”许梦洁走到桌边才出声叫她。

萧思语肩膀微微颤了一下，目光从窗外移向许梦洁，看到她们来了，微笑着站起身来。她穿了高跟鞋，更显得身材高挑动人。给两人互相介绍的时候，许梦洁发现堂哥的眼神闪闪发光，好像盯住了什么宝物。

寒暄了几句，许梦洁发现萧思语并不像平日那样少言寡语，笑容也多了起来，偶尔还开个玩笑。许志洁原本是不怎么会说话的人，常常几句就能把天聊死，但萧思语总能在他说出不适合的话之前把话题截住，场面比他以往的相亲要融洽很多。

许梦洁适时离开，留下两人单独相处。走出咖啡厅后，她透过玻璃窗看到堂哥正手舞足蹈地说着什么，萧思语满面笑容地听着。

晚上全家都在爷爷奶奶家聚会，堂哥满面春风地来了。

“怎么样？”

“什么？”

“相亲啊！明知故问。人家对你印象怎么样？”

“那肯定特别好，过去哪个相亲的女的对我印象不好？都是我看不上她们。”堂哥大言不惭地擦着眼镜。

许梦洁心里笑，就是因为你太没有自知之明才惹人讨厌，要不然以家里的条件，女方肯定都愿意。“那你对人家印象怎样？”

许志洁喜滋滋地说：“还行，你这朋友人不错，跟我观念都挺合的。长的也挺好的。”

“那恭喜你了，终于有个你能看上的了！”许梦洁话里挖苦堂哥，但他根本没听出来。看来这边已经没什么问题了，就是不知道萧思语会不会看上他。

第二天上班，许梦洁找机会悄悄问萧思语对昨天的相亲有什么印象。

萧思语低头笑笑，没说话。

完了，看来还是没看上。

看到许梦洁露出失望的表情，萧思语马上解释：“我觉得你哥人很好啊，不过我们目前了解不多……”

“那你们多见见面就了解了嘛。”许梦洁立刻提起了精神。

“可是……”萧思语话锋一转，流露出有点尴尬的表情，“我也没交过男朋友，不知道怎么跟他聊……而且，我家只是普通家庭，跟你们的生活圈子也不一样，所以有点说不上话……”

许梦洁立刻反应过来，一定是昨天堂哥又话里话外不离自己家多么有钱有势了。她急忙说：“哪儿有什么说不上话的，咱们俩不是天天都有话说嘛！思语姐，只要你说你愿意跟我哥处对象，别的都不是问题！”

萧思语红着脸沉默了片刻，轻轻点了点头。

许志洁正式确定跟萧思语交往后，许梦洁就开始有意无意地把她带进自己的朋友圈子里，有时候一起逛商场，或者出来聚个会、去外地旅旅游。当然，大部分交际都是许梦洁花费，她对待真心的朋友从来不计较钱的问题，自己宽裕，就多出一些，何况这还是未来的嫂子。

长辈慢慢都知道了许梦洁的好朋友是许志洁的女朋友，都没表示同意或者不同意，在他们看来结婚应该找个门当户对的家庭，但是许志洁年纪不小了，而且反正男方也不吃亏，就让他先处着试试。

两三个月下来，听说两人还处得不错，长辈们就提出把人带回来看看。

先提起这件事的是大伯父：“志洁啊，听你妹说，你那女朋友人不错，带回来让我们见见吧，不行好趁早找下家。”

许梦洁听了这话心里老大不乐意，话里的意思就是自己看中的人只是个跳板呗。

二伯父挥挥手：“不用看，就是一普通教师家庭，还是单亲，我看根本成不了。早拉倒早好。”二伯父是许志洁的爸爸，打心里看不上这门亲事，一心还想着要攀门好亲家，也不看看自己的儿子是什么条件，堂哥说话难听就是从他这里遗传的。

“话不能那么说，志洁也老大不小了，相亲那么多次了哪次对方看上过他？有个好姑娘能相中就不错了，梦洁可说那姑娘在她们单位工作挺好的，而且老多人追呢。”许梦洁的爸爸是家中老小，受宠惯了，平日哥哥们都得让着他，说话也是一针见血。

二伯父讪讪地扭过头不说话了，他一向说不过弟弟。许志洁对小叔的话嗤之以鼻，也扭过头去。

大伯父家的哥哥许世洁走过来，抱着六岁的儿子说：“二叔，现在都婚恋自由，让志洁自己处吧。”他回头看看妻子不在身后，小声补充着，“家里介绍的也不一定合适。三婶说呢？”

许梦洁的母亲在旁边安安静静地吃着水果，突然被问及，只朝侄子笑笑，对婆家这些事情她向来是不发言的，她根本看不上这些靠父母生活的兄弟姐妹。

许世洁就是家里一手包办的婚姻，妻子也是某国企的世家出身。两人在一起是大少爷碰到了大小姐，谁也不让谁，日子过得磕磕绊绊，他们的孩子让全家惯成了小皇帝，娇宠得要命，什么都得由着他。

经过一番讨论，最终祖父决定，下次的家族聚会把人带来家里看看。

萧思语第一次进许家的大门，是以许梦洁的好朋友身份，由她带着去的。虽然不年不节，萧思语还是准备了礼物，毕竟这有可能是未来的婆家。许梦洁生怕她带些脑白金之类的营养品，赶紧往袋子里瞄了两眼。萧思语主动把东西都拿出来征求她的意见：“我不知道该带什么，你看这个行不行？”

许梦洁接过来，是两瓶红酒，看上去普普通通的，写满了洋文。许梦洁不喝酒，也不懂，不过爸爸兄弟三个倒是挺喜欢喝红酒的。萧思语是以她朋友的身份来做客的，礼物不宜太贵重，送酒是外国人做客的礼数，双数也符合中国人的传统观念，倒是挺不错。想到这些，许梦洁点头：“没问题。”

萧思语笑：“那我就放心了。”她又从随身的背包里拿出一个小盒子，“另外，这是送你的。”

许梦洁接过来拆开包装，是一瓶爱马仕的香水，不规则的瓶子上有漂亮的碎花图案，她惊喜地叫出声来：“哇！限量版的法布街 24 号！”

“果然还是你厉害，一眼就认出来了。我上学时关系好的学妹现在在外国留学，回来时买给她妈妈的，但她妈妈不用香水，就给我了。”

“这个……可贵了呢！真要送我吗？”

萧思语笑着点头：“我根本不懂香水的。好东西当然要送给识货的人。”

“谢谢姐……”许梦洁开心地抱抱对方，心想等这么大方的嫂子进了门，以后自己就有福了。

因为只是许梦洁的朋友，全家人都装作不清楚许志洁和她交往的事情来接待，热情中掺杂着冷冷的审视，但萧思语出色的外貌很快让大部分家人抱着肯定的态度，不由得亲热起来。除了许世洁的老婆有些不开心——虽然她当年作为长孙媳妇受到过更热情的接待。而一向受宠的“小皇帝”许洛洛已经习惯了被众人捧在掌心，但今天家人把注意力都放在了一个陌生人身上，让他很不高兴。

“爷爷，你跟我玩儿宝剑吧。”

大伯父好言哄着：“洛洛乖，自己玩儿去吧，大人说话呢。”

洛洛瞪着爷爷开始闹起来，许世洁见儿子闹得不像话，赶紧过来低声呵斥，却被老婆一把拉开：“小孩子嘛，受了冷落哭一哭怎么了？你干吗凶他？”

气氛有点尴尬，大伯母也过来了：“干什么啊？说说孩子也要管，谁家当爸的不教育孩子？大惊小怪。洛洛，到奶奶这儿来，有好吃的。”

“到底是奶奶好，嘴上向着儿子，行动上也不亏了孙子，里里外外就我一人不对……”儿媳妇冷笑着说风凉话。

两人都不愿甘休，低声拌了几句嘴，抱着孩子到客厅另一边去了。

祖父不动声色地喝着茶，他今年八十岁，耳不聋眼不花，但是常常装成什么都看不到听不到，图个清静。

许梦洁心里尴尬极了，初次来做客就见到一家子不懂事的大人，不知道萧思语会怎么想他们一家。许志洁就在旁边，几次不看眼色想凑上来说话，生生被妹妹瞪了回去。这次见面，长辈们都装着不知道他们的关系，明显是要考察考察女方，怎么也得把这场戏做足了。

洛洛跑过来翻许梦洁的包，拿出香水拆了包装就到处喷。许梦洁心疼得不行：“洛洛，快还给姑姑！”

“不给不给！”小孩子爬上沙发打滚，正好踩到萧思语腿上。

萧思语笑笑，没说话。

许梦洁的母亲正坐在一边，眼睛瞪着小孩低声喝道：“下去！”

洛洛在全家除了三奶奶谁都不怕，看看周围没人帮忙，只得爬下去，手里攥着香水。

“把东西还给姑姑！”

洛洛看着手里的瓶子，不愿松手，正巧这时许世洁的老婆走过来，小孩马上哭着扑到母亲怀里。

“怎么啦宝宝？委屈什么啊？”嫂子哄着小孩，不敢瞪小婶，只好来回瞪着妹妹和客人。

这位嫂子也是出了名的不讲理，许梦洁只得好言解释：“嫂子，没人欺负他，你让洛洛把香水给我，可贵了呢……”

“什么香水啊？洛洛还给她，破东西，咱们不稀罕！”

“我不！”小孩把香水用力砸到地上，瓶子很结实，正弹到萧思语脚边，没有碎，但是瓶子角摔坏了，玻璃碴子掉了下来。萧思语捡起瓶子看看，递给许梦洁，脸上露出一个笑容，朝她微微摇头示意没关系。

许梦洁又气又羞，居然让她看到这么丢人的家庭。许世洁走过来接过妹妹手中的香水，一脸尴尬：“待会儿我给你钱，再买一瓶。”

“大哥，不是钱的事儿……”许梦洁不好意思地看萧思语，“这是思语姐刚送我的……”

“多少钱给你不就行了嘛！洛洛不用怕，什么破东西，我们赔得起！”嫂子说完抱着孩子离开了。

许世洁不好意思地跟萧思语道歉，她没说话，只是回以微笑。他又跟妹妹说：“千万别说东西贵，或者坏了要赔，他听了非得弄坏不可。这孩子让你嫂子惯得越来越不像话，上次在商场划了人家钢琴，赔了三万元。”

“世洁，这孩子再不好好教育，会出大事。”许梦洁的妈妈突然冷冷地开口，她一向懒得对家里的事情说话的，虽然不常发表意见，但她的话在家里还是很有分量的，许世洁点点头。

下午萧思语离开后，一家人开始了热烈的讨论。

许志洁赶忙问父亲：“怎么样？”

二伯父点点头：“还行，人挺老实的，长得不错。虽然是普通家庭吧，家教还挺好。”

大伯母立刻接上话茬，眼睛瞟着自己的儿媳妇：“普通家庭就行啦，这是志洁有福，姑娘多漂亮啊，性格还好，懂事。不像有的那家里养的大小姐，天天就会耍脾气！”

“妈你说谁呢？”许世洁的老婆立刻横眉竖目地冲了上来，两人又开始拌嘴，许洛洛上前帮着母亲推搡奶奶，许世洁赶紧上前拉开，孩子就又开始摔东西发脾气，砸了太奶奶喜欢的摆件。祖母又是心疼东西又是心疼孩子，许梦洁见状马上过去帮忙收拾。

“大嫂，我可没看出她懂事来，也不知道来厨房帮把手……”二伯母叨叨着，自古婆媳是仇人，还没过门就开始看不顺眼，虽然自己的儿子是那副德行，还是觉得谁都配不上他。

许梦洁爸爸又不以为然地开口：“不是你们都要装不知道他们谈恋爱的吗？人家是作为梦洁朋友来玩儿的，要帮什么手？我看这姑娘人不错。”大伯父边哄着孙子边附和。一时间孩子哭大人吵，鸡飞狗跳好不热闹。

“行啦！吵什么吵，烦死了。”祖父突然把报纸拍到了桌上，所有人都不说话了，各自干各自的。“我看行，志洁，你也老大不小了，早点定下来吧。”

老人虽然年纪大了，也不太爱管事，但毕竟是家族里的权威者，一句话把事情定了下来。

只是谁都没想到，这句话也定下了一个人的死期。

自从许志洁以女朋友的身份正式带萧思语回老家，得到全家认可后，他们已经交往四个多月了，许志洁不知不觉间已经深深迷恋上了她。但是萧思语一直没有带他回过自己家，他多次提起想去她家里看看。

“我爸爸很好说话的，从来不管我谈恋爱的事情。只要我们交往得好，准备结婚前再见面就好了。”每次说到这里，萧思语的语气就会变得悲伤起来，“我妈妈去世之后，家里就我们两个人，我还想再陪陪他。如果现在就带你回去，他会觉得女儿马上也要嫁人了，多孤独啊。”

“你也快二十五岁了，早结婚早生孩子恢复也好……”许志洁觉得自己是在为她着想。

萧思语挑起眉毛看他，眼里满是戏谑："这么快就想要孩子啊？我还想过几年二人世界呢，你找别人生去吧！"

"别呀……"许志洁笑着去握她的手，却被她灵活地抽了回去。

"真要了孩子，你想握手亲热都没时间，你自己想想吧！"萧思语说完又看了他一眼就走了，眼神像是玩笑，又带着嘲讽，话说的半真半假。

许志洁觉得，自从跟她在一起后，自己好像变了很多。

他原本觉得人找对象结婚无非就是为了生孩子，可交往下来竟然体会到恋爱的乐趣。许志洁没有什么恋爱经验，对女人不甚了解，原本以为她是那种害羞的乖乖女，可好像并不完全是那样。萧思语很会聊天，言语中总是很礼貌，但偶尔一句玩笑话就突然拉近了距离，让人产生一种很亲热的感觉。她时刻保持优雅的仪态，不过有时会瞬间松懈下来流露出慵懒的一面，眼睛慢慢转动，淌出独特的风情。她在他眼中的形象逐渐和最初见面时文静大方的传统美女大相径庭。她是个妩媚撩人的女人，比起现实中的漂亮姑娘，更像油画中那些朦胧不可碰触的美丽女子。

所谓爱情就是为了对方的一颦一笑动心，总觉得心里痒痒的酥酥的，就想什么都不干天天和她在一起，看着她，听她说任何话题。热恋的感觉让他眷恋，不知不觉在心里把结婚生子的计划都推后了。

但是说是热恋，两人却少有亲热的举动。一方面是许志洁不敢主动，另一方面是他好不容易鼓起勇气时却往往会被拒绝。萧思语总是抽出被他握住的手，敷衍地回应拥抱，灵巧地躲开他的接吻。然而这些都没让他感到厌烦，反而觉得她很可爱。实际来说，就是她只用言语就能把他抓得死死的。

而且萧思语是个特别机灵的人，她可以轻易地让所有人喜欢上自己，给不同的人留下不同的好印象。现在她几乎每隔两周就会去许家一次，每次都带些给侄子的小礼物。她进门先跟长辈打完招呼，就去欣赏奶奶的各种盆栽，然后再跟爷爷聊聊最近的实事，回到客厅跟家里的女人们讨论衣服、护肤品，还会去厨房帮着保姆洗洗水果什么的，家里上上下下都很喜欢她。许志洁全程跟傻子一样跟着她呵呵笑，听她跟大家说着各种话题，觉得自己都感到脸上有光。他想，如果有谁不喜欢她，一定是她自己选择不让人喜欢。

家里唯一一个对她不甚热情的人是小婶，许梦洁的妈妈，这也不奇怪，小婶本来就很严厉，也许萧思语也怕她。

又一次周末的全家聚会。午饭后，小叔一家先走了，大伯跟父亲出门钓鱼，大伯母和母亲也马上去跟牌友打牌。许世洁要回单位加班，嫂子想和朋友逛街，这样一来，许洛洛就没人管了。爷爷奶奶年纪太大，又不放心留在家里。

嫂子边穿衣服边对大哥说："给你爸妈打个电话，别钓鱼打牌了，先回来看孩子吧。"

"他们好不容易放松一回，你不就是逛个街吗，把洛洛带着吧。"

"什么好不容易啊！他们每个月都至少去两回好不好？我跟人约好了要做指甲做头发，带着不方便。"

"有什么不方便的？不就是个孩子吗？大不了别去了！"

"我都约好了！人家都不带孩子，就我带，多累赘！"

"你也知道累赘？平时不是说洛洛可乖吗？你……"

眼见着两人要吵起来，奶奶赶紧上前调停："把洛洛放家里吧，我们看不了还有保姆呢……"

哥哥和嫂子都不说话了，互相瞪着，也不松口。他们都知道，洛洛这孩子实在太皮，老人和保姆根本管不住。

嫂子看看许志洁说："志洁下午不是没事吗？要不你们带洛洛一起吧。"

许志洁很不愿意，回头看看萧思语，她还是笑着，并没有反对的意思，只能答应了。

“志洁真对不住啊，打扰你们约会了……”大哥顺口客气了一句急急忙忙地走了，想必这也就是嘴上说说，心里并没感到不好意思。

等到家人都走了之后，许志洁和萧思语最后离开了爷爷家。许志洁开着车，从后视镜看正在吃零食的侄子，没好气地问：“我们去哪儿？”

“去公园吧。”萧思语的声音也没精打采的。她说得对，许洛洛在商场见什么要什么，还弄坏过很多东西，去咖啡馆、电影院他又吵，也只能去公园了，就让他随便跑跑吧。

正开车往公园去，许志洁的手机响了。他接起电话，是公司打来的，刚建好的高压塔线路出了问题，正准备找工人抢修，让他先过去监工。

没办法，只能掉头先赶过去。

“怎么必须你先去啊？”萧思语问，语气中并没有不满。

“没办法，这不一层压一层吗？”

“没有值班的吗？”

“嘿嘿。”许志洁讪笑了几声，“其实今天应该是我在办公室值班……”

萧思语不满地瞪了他一眼：“敢情你是不用值班的特权人士啊。最讨厌你们这些子弟了。”她说的应该是实话，在她们单位，估计也有不少人讨厌许梦洁吧。

听两人说不去公园了，许洛洛在后座闹起来。

“等叔叔先去趟单位再去公园。”许志洁哄着他，萧思语抱着双臂闭上眼睛，一言不发。

许志洁工作的地点在市郊的山区里，开车要一个小时路程，下了车还得徒步在崎岖的山路上走一会儿才能到达值班室。特高压工程主要是为了工业用电设计的，已经开建三年多了，全部线路建设完毕，正在通电试运行，常常会出问题，所以每隔几座钢管塔就设有一个值班室，全天有人轮班。不过大部分时间没什么事情，很闲，今天许志洁就偷溜了出来，偏偏这时候出了问题。值班室很小，一张桌子一张椅子，到处是仪表。许志洁开了门锁走进去先查看片刻，立刻放松下来说："我当什么大问题呢，就是塔顶上的线路，一会儿来了人就能修好。"

"你看得懂？"萧思语问。

"当然了。我好歹也干过一线维修。"

"我还以为你这样的进来就是坐办公室呢，也没什么了不起的啊。"萧思语随便翻翻桌面上的东西一边到处观望着，一边不屑地说。

"哪儿有那么容易，你当电网公司是多好进来？许梦洁进你们单位不是也先干了两年一线吗？她那其实就是客服，接接电话而已，我这可是危险的电工活……"许志洁吹嘘着自己曾经的工作经历。

萧思语听得若有所思，突然眼睛一亮："这么说你也能修吗？这个线路事故。"

"当然了，小意思，不在话下。"许志洁听她的话里有崇拜的意思，不禁得意起来。

萧思语闭上眼睛扭过头，扑哧笑出来，笑声里有些许轻蔑。

"你不信？"

"不信。"

"待会儿等维修工来了我修给你看。"

"会修还用等人家来？"

"废话，我这不是没工具吗？"

"反正我不信。洛洛，叔叔是不是会吹牛？"

"吹牛！吹牛！"许洛洛无意义地重复着，在屋里跳来跳去。

“你等着。”许世洁好不容易遇到一个在她面前展示自己的机会，怎么可能轻易放过，马上换上工装，带了绝缘手套往外走。

“等等。”萧思语指着电闸说，“关了吗？”

“当然关了。”

“我得试试。”萧思语上前把电闸拉上，看到各仪表盘上都有了显示，又把闸拉下来。

许洛洛看到觉得有趣，嚷嚷着上前想要玩一下。萧思语立刻说：“不行，这东西可贵了，碰坏了你家可赔不起。”许洛洛不甘心地想要伸手，被萧思语打了手板硬拉下来。她还是不能放心，找了张白纸写上“施工中勿拉闸”几个字贴到旁边。

许洛洛还闹着情绪要拉闸，被萧思语拽出了值班室。

维修工已经到钢管塔下了，许志洁跟对方打了个招呼，便穿戴起对方的护具开始爬塔。维修工赶紧制止他，许志洁不耐烦地说：“没事，我都看好了，就是塔顶那里的毛病，给我工具就行。”

维修工认得他，便让步了，但是坚持要跟他一起上去。

萧思语突然笑着说：“不行就让人家一起上去吧，你要是修了半天还修不好，人家正好顶上。”

“不用！我自己怎么就不行了？”许志洁更坚决地不让人家一起上了，只身往塔上爬了上去。有两年没干一线了，确实有点手生。好不容易爬到了塔顶，用仪器测试完线路，问题跟他想的一样，出在离塔顶不远的地方，许志洁安置好自己的位置忙活起来。

十几分钟后，许志洁觉得问题比自己想象中麻烦，恐怕得叫人家专业的修，但是这样下去会让萧思语嘲笑。他怯怯地往下看去，萧思语和维修工一起仰头看他。

“不行就别勉强！”萧思语朝上喊着。

“没问题！”许志洁觉得自己不能就这样下去，必须得修好。他重新注意着手中的线路，突然感到有点奇怪，许洛洛去哪里了？

接到萧思语电话的时候，许梦洁一时没反应过来。她从没听过萧思语这样的声音，话中夹杂着慌张的哭泣声。

“出事了！”她喊着。

“思语姐，你别着急……怎么……”许梦洁尽量让对方平静下来。

“你快叫家人过来！你哥……你侄子……”萧思语说得前言不搭后语，突然挂断了电话。

许梦洁一下子蒙了，赶紧又打回去，这次是一个男人接的。只说了几句话，许梦洁便听懂了，她跌坐在地上，几秒钟后马上爬起来冲到客厅，嗓音由于紧张而劈裂：“妈——爸——”

等许梦洁一家急急忙忙到达现场时，警察已经先到了，一个身穿工作服的男人正跟警察说着什么。许梦洁透过人群看到萧思语呆呆地坐在地上，满脸泪痕却面无表情，双手捧在怀里，紧紧地握着什么。许世洁站在一边面色灰白——他本来就在公司，得到消息后第一时间赶了过来。许洛洛呆呆地立在爸爸身边，满脸想哭又不敢哭的表情，也不敢动，脸上肿了起来。许梦洁本来以为会看到一具焦黑的尸体，四处望望却什么都没有，心里又升起一丝希望，凑到萧思语旁边轻声问：“思语姐，我哥呢？”

萧思语毫无反应。许梦洁拉拉她的手，才发现她手里是一块破布，定睛看去，那边缘焦黑的破布片上还有扣子，许梦洁猛地松开了手，她认出那正是堂哥今天穿的上衣的前襟。

警察见到来人，马上反应过来这些就是死者的家属，环顾几人，朝其中最年长的许梦洁的父亲走过来：“你是许志洁的家人？”

“我是他三叔，他父母马上就过来。怎么回事？”

“那位同志说，许志洁正在检修线路时，突然通了电……”

警察的话没说完，许梦洁的父母不由得都倒退了一步。身在电力世家，许梦洁爸爸当然知道检修中通电会造成什么后果，他定定神问：“我侄子遗体呢？”

警察互相看看，都没回答，看向坐在地上的萧思语。两人顺着警察的目光看去，许梦洁满脸眼泪，哭着从萧思语怀里拿起那块破布向父母示意。

许梦洁爸爸猛地蹲下去捂住脸长叹一声，又瞬间暴怒地跳起来质问：“谁拉的电闸？谁拉的电闸？”

警察还是不说话，纷纷让开，满脸古怪的神情，一直跟警察交谈的电工只得回答：“当时我们都在特高压塔下……没注意那个孩子……”他指向呆立在原处的许洛洛。

许世洁红着眼睛走上来：“三叔，还不确定，值班室有监控摄像，待会儿调查清楚了再……”其实许洛洛脸上的巴掌印正是许世洁刚刚呼上去的，已经说明了一切。现在许世洁只不过是在尽力维护儿子，他知道，如果在这个时候说了实话，待会儿许洛洛恐怕会被二叔二婶打死。

但是许梦洁的爸爸又不是傻子，他以跟年龄不符的敏捷冲上来从侄子身后拉出许洛洛干脆利落地给了好几个耳光，许洛洛已经发现事情不对头，感觉到自己闯下了大祸，挨了顿揍连哭都不敢哭了。许世洁也不敢上前拦三叔，只得眼睁睁看着儿子被打，三婶却突然上前挡住了丈夫，顺势把孩子推进了许世洁怀里低声喝道：“还不快带他走！”

这时，远处有一辆车开了过来，下来的是许世洁的老婆，走了几步发现儿子脸肿着，惊叫着冲了上来，许洛洛见了妈妈，立刻哭出声，哀号着朝母亲怀里扑去。

许世洁的老婆做了新的烫发，像头母狮子一样抱着儿子怒吼：“谁呀？谁打我儿子？”

许世洁满腔怒火终于遏制不住，上前两步狠狠给了妻子一个嘴巴，她立刻尖叫着厮打丈夫，嘴里骂起来。许世洁一手夹起孩子一手压制住老婆往车里推，低声说了句什么，妻子立刻怔在了原地，她惊恐地想回头看，被丈夫拉着塞进了车里，全家人一溜烟儿地跑了。

许梦洁的母亲远远看着这三口人跑了，转头咬牙切齿地对着丈夫想要说些什么，半天才说出一个字：“该！”

几分钟后，又有两辆车同时到达，两家人慌慌张张地下车跑过来。许梦洁爸爸情绪已经稳定下来，跟着警察迎上前去，许梦洁妈妈厌恶地看了他们一眼，转身朝萧思语走过来。她弯腰拍拍萧思语和女儿，许梦洁回头扑向妈妈怀里痛哭，萧思语仍旧毫无反应。

许梦洁妈妈想，这姑娘太可怜了。

“王总，您女儿来了。”秘书敲敲门，推开一条门缝说。

“知道了，让她进来吧。”王总合上电脑直起身来。她的管理自上而下一直都很严，即使是自己女儿来，也要通过秘书事先说一声。

许梦洁走进来，随意地在沙发上一坐，把挎包扔到身边。

“怎么样？”王总问，她指的是让女儿问的事情。

“还能怎么样？思语姐确实辞职了，上周，理由什么也没说。我打了两次电话她都没接，估计是不想再见我了。”许梦洁悻悻地回答。

堂哥许志洁去世后两周了。因为是意外去世而且没有遗体，家里办的葬礼规模很小，通知了萧思语，但她没有来。后来许梦洁上班去，才知道她已经请了一周假。上周萧思语来了，没看出怎么精神不济，但看着好像瘦了。她跟往日一样沉默地工作，不言不语，见到许梦洁只是点点头。

单位里没有人知道她们私下的事情，都猜测是不是她们之间闹别扭了，偶尔有人说些风凉话。许梦洁不好在人前找她说话，只好等到午饭时，找机会在食堂靠近她。

“思语姐，你还好吗？”

对方朝她淡淡地点头，随便吃了几口饭便要离开。许梦洁赶紧拽住她的衣服，难过的眼泪都要流下来了：“我哥的事儿……”

萧思语回头看向她，眼神冷淡：“你别多想了。”

“可是我很担心你啊！我就你这一个好朋友，对你实在是……”

“我没事儿。”萧思语说着转身要走。

许梦洁立刻跟上：“你怎么可能没事？我妈也很担心你呢……”

萧思语停下来，再回头时眼里有了感动：“三婶还……真的，不用担心我了。”她一直随着许志洁称呼全家人，“你哥一死，对他父母的打击最大吧？我实在没心情去看他们，你替我安慰安慰吧。另外，帮我谢谢你妈妈，我真的没事。”

许梦洁见她情绪松动了，立刻趁机问：“我妈问你接下来有什么打算？她说虽然我哥人没了，但咱俩的情谊还在，让你有时间去我家玩儿……”

萧思语停顿了片刻，重新在许梦洁面前坐下，犹豫着说：“其实，我打算辞职。”

“辞职？为什么？”许梦洁惊讶地问。

“也不为什么，就是想换个环境。”

“换环境？这工作多好啊？姐，你可要想好，这种国企的工作一旦出去了就不容易再回体制里，私企的工作又累又不稳定，还没有这些福利，你可不要为了我哥放弃自己的前程……”

“这是两码事……”

许梦洁打断她：“就是一码事！你要是留在这里，我可以帮你找找人，至少少奋斗好几年……”她说着压低了声音。

萧思语莞尔一笑：“不用了。一方面，我想换个环境平复心情，另一方面，我也不想托关系什么的，欠人情还人情，太累了。”她说着站起来，收拾自己的餐盘离开。

“思语姐……”许梦洁怅然地叫她，这次她没有回头。

第二周开始，萧思语就没有再来上班了。

许梦洁跟妈妈的关系非常好，什么都聊。许梦洁刚上班时，就经常跟她说工作的事，今年转进了办公室，又开始抱怨同事间相处问题，不久之后就提到了萧思语。

在女儿的言语中，萧思语是个清高的美女，外冷内热，性格挺好。王总听得多了，觉得这姑娘还不错，女儿能远离那些世家子弟，交到一个这样的朋友也是件幸事。后来许梦洁自作主张把她介绍给了堂哥，王总还觉得这姑娘肯定看不上侄子，没想到两人竟然成了，她心里不禁多想些，也许这女孩子颇有城府，也是希望靠上许家这棵树的那类人。尤其是她第一次上门时送许梦洁的香水，虽然深得女儿喜欢，但王总觉得这对于萧思语来说太贵了，能把这样贵重的东西送人，要么是她根本不稀罕，要么是她把这个当作投资，想来获取收益。她究竟属于哪一类呢？王总心里对她一开始有所忌惮。很快，萧思语得到了全家欢心，王总看她捕获人心的小伎俩又想，她可能只是习惯了跟人和平相处，也并没什么野心，不过是个想嫁入富足家庭过上好日子的漂亮姑娘罢了。

这回许志洁的事情一出，萧思语如果真的是想靠上许家这棵大树的人，应该想方设法不能断了和许家的关系，至少要抓住许梦洁这根唯一的树杈。可是她连许志洁的葬礼都没参加，显然是不想再跟许家有瓜葛，而且连原本好好的工作也辞了，看来真是受到了不小的打击。原以为她跟许志洁在一起只是图利益，这么一看，可能他们之间的感情比想象中要深很多。

王总叹口气。都谈婚论嫁了，也不知他们生米煮成熟饭没有，现在的年轻人都开放，尤其是这种计划要结婚的情侣。许梦洁倒是说过，他们一起出去玩过几次。要是真有了实质关系，不是坑了人家姑娘吗？王总觉得心里有些内疚，总想对她弥补点什么。想来想去，别的提供不了，如果要找新工作的话，自己可能还能提供个职位，要是这姑娘能干的话，也许能换换心情。

“你再找找思语，就说我有事找她，让她来看看我。”

许志洁那个人跟国企的工作一样乏味无聊，让人厌烦。所以我根本不可能喜欢他。

但是我也不能离开他。

原本只是从无聊的生活中找点事儿干，谁知道就此惹上了一个很有背景的小姑娘，许梦洁对我感激涕零的样子很有意思。我顺其自然地跟她交往，也不期待有什么回报，谁知她竟然有那么复杂的家族背景，不过好像对我没什么不好的影响。

我仍是顺其自然地接受了她安排的相亲，顺其自然地获得了那个无聊的男人的好感，顺其自然地发展。我研究了许家的每一个人，除了许梦洁的妈妈，其他人都是在体制中生存了一辈子，也期望子女继续在这里生存的人，每个人都毫无乐趣，没有探寻的价值。我对这家人几乎失去了兴趣。然而没有特别的理由的话，我没有甩掉许志洁的借口。我想过他会移情别恋，或者我再喜欢上别人。但这两种情况都不可能出现，因为他不可能被别人喜欢，我也不可能喜欢上任何人。

所以如果他能消失掉的话最好了。

于是他顺其自然地消失了。

事发后，许家曾经试图找当天值班领导、维修工人的责任，但是因为全程透明，最后闹着评了一个因公殉职不了了之。电网公司特高压工程的值班室里的监控录像说明了一切：事发十五分钟前，我弯腰对许洛洛摆手，制止他拉开电闸，并在旁边贴上了禁止拉闸的字条，许志洁自己关上了门。十几分钟后，小男孩独自开门回来，踩着凳子拉开了电闸。

而我，只是目击了悲剧的一幕。让我吃惊的是，原本以为被电死的人会变成一团火球掉下来，但是我实在不了解特高压电网的危险。那人在一瞬间凭空消失了，只有破布片伴随着粉末烟灰簌簌飘下。那时我发出的惊叫是发自内心的，说实话要不是亲眼目击，我都无法相信这人已死。

总之在摆脱许志洁这件事情上，全程顺风顺水。检修是许志洁自己提出的，不规范作业是他自作自受，悲剧是小孩子一手造成的，有电工目击。那天是哥嫂让许志洁帮忙带孩子的。孩子是家族惯坏的。根本没有人问小孩子为什么要回去推开电闸，以他一贯的作风，大家都默认他早晚会闯出大祸来。

我想许志洁的消失其实与他的整个家庭密切相关，我所做的完全是顺水推舟，只不过是对小孩子说了几句话。

“紧跟着我，不许回刚才的屋子。”

“别动这个把手，碰坏了你赔不起哟。”

仅此而已。

摆脱了许志洁后我在家轻松了一周，之后就要回到以前那样无聊的日子，再等到新的刺激不知又要何时了。上班之后，许梦洁仍像以前一样依赖我。而我觉得她已经没有新鲜感了，便打算疏远她，谁知这时她又带给了我新的东西。听说她妈妈担心我的时候，我想事情可以有另一个发展方向，便主动辞了职，这样会让她对我留下不一样的印象。我一直觉得许梦洁妈妈太过聪明，还是不要主动接近比较好，但这一次有了正当的理由。前两次许梦洁打电话来我没接，第三次我觉得时机可以了，果然，她妈妈要见我。

在王总简洁大方的办公室里我们聊了几句，她是个非常厉害的女人，有自己的事业和人生，但在她的眼里钱只不过是个数字，成就感才是她最爱的东西。我们聊了片刻，我马上就有机会得到一个好职位。

“你可以当我的助理。”她提出这个建议后盯着我看。

我拒绝了：“我本来只是做办公室报表的，除了那些以外什么都不懂，怎么能干好呢？不过我希望能换个环境，要是方便的话，让我从底层干起吧。”

我这样推辞着，看到她眼中透出满意的目光。

第五章

晚自习结束后，张欣然收拾完东西回宿舍。从教室到女生宿舍楼之间要经过中心广场，绕过图书馆，再走三分钟的斜坡。绕过图书馆有两条路，一条是钟楼脚下的大路，另一条是相对幽静又有点绕远、被紫藤覆盖的长廊。

无论什么季节，张欣然总是走那条长廊。冬春时节，一根根干枯的藤条垂在长廊白色大理石的支柱上，有种颓废的美感；夏秋季节，枝繁叶茂的紫藤更是散发出阵阵芳香，颇似仙境。张欣然觉得，经过长廊的这段时间是她每天平淡的日子中仅有的浪漫时分。只有在其中漫步，她才觉得自己是一个二十岁的年轻女孩，其余的时间，她不过是艰辛求学的农家学生。

步入长廊之后，她深吸了一口气。初春的空气中还渗着凛冽，不过已经可以嗅到其中饱含了复苏的味道。张欣然不由得放慢了脚步。

“喂。”

黑暗中有人突然出声，是个女孩子。张欣然吓了一跳，不过她觉得应该不是叫自己，就没理会，继续往前走。

“张欣然，是吗？”

她惊讶地回头，定睛看去，长廊角落里坐着一个女生，看不清长相，她问：“是谁呀？”

女生站起身朝她走过来，身材高挑，她的面孔渐渐明晰，似乎是认识的。张欣然想不起来在哪里见过她，又不好意思再问一遍她是谁，就朝她笑笑：“哎。”

女生咧咧嘴，扯出一个有点坏坏的笑容：“我是电商的何小敏，还记得吗？”

“哦……记得记得。”张欣然说。她想起来是以前学校迎新晚会的时候一起参加过合唱的女生，不是很熟，不过见面会打招呼，“很久没见你了啊，快一年了吧？”

“嗯……我大二后半年开始忙着校外兼职了。”

张欣然很惊讶：“我也一直在做兼职呢……”她在校门口的小餐馆打工做服务员，还通过学长的介绍给附近小区的孩子做家教，再加上还要忙课业，时间总是很紧张。

何小敏笑着说：“赚得多吗？”

张欣然无奈地摇头。

“说句不客气的，我赚得很多。”

“你做什么兼职？”

“服务员。”

“待遇呢？”

“一小时二百元。”

张欣然惊呆了：“你是在连锁快餐店吗？你们那儿还招人吗？”

“怎么可能。快餐店那些地方……”何小敏看向一边，颇有不屑，“虽然做的有点像是服务员的工作，但其实应该是公关。”

“公关？”张欣然不太明白这个词，只能想到各种活动时在一边站立保持微笑的礼仪小姐。她问是不是这个意思。

“差不多。不过更具体点，就是代表一个公司陪客户吃饭，介绍、推销自己的企业。”

“哦……”

“你就当是一个公司租你去招待客户。”

那不就是陪吃陪喝？莫非是“三陪”？张欣然心里发怵了。

何小敏直接笑出声来：“你想歪了，要是‘三陪’何苦找大学生来兼职？路边拉几个社会太妹不就完了？你要通过大学生的气质、学识来展示企业形象，吸引客户跟公司合作。”

“这样啊。”张欣然心动了。

“你要是愿意，周末我们有个活动，需要五个公关，你要不要来试试？其余的人也都是咱们学校的哦。”

最后一句话把张欣然说动了。

周六上午，何小敏把四个好奇的女孩带到了一家公司，一位身穿职业套装的漂亮女人走过来，给她们安排了一个房间换上指定的服装。张欣然见几人的衣服虽然不太一样，但都不算暴露，看起来是很正常的上班族的样子，就放下心来。

换完衣服出门，刚才那个女人站在走廊里等她们，她换了一身比较休闲的衣服，手里握着小巧的手机，语气亲切地打电话。张欣然本来以为她应该是领班什么的，但这么一看并不像。女人见她们已经换好衣服，挂断电话上前来一个个打量，帮她们整整衣领、下摆什么的，又皱眉对何小敏说：“这位的妆太重了，稍微擦一擦。”她用手掌指向对方，掌心朝上，自然地比画了一下，是很尊重的手势。何小敏马上提着化妆包上前修改。

女人满意地笑笑说：“今天要跟几个银行高管吃饭，关系到公司后续的运转问题，辛苦大家帮忙招待好客人。”

女孩子们都放松地笑起来，有两个活泼些的还说着保证完成任务。女人扭头示意何小敏，她马上走到前面跟女孩子们说：“我们的工作是帮公司做成业务，一定要全力以赴、不惜任何代价拿下这几个客户。如果这一次顺利的话，可能还要有以后的业务，我们必须坚持到最终的合作完成，不能中途退出。”

见女孩们稍显犹豫，女人笑着补充道：“如果能完成这个项目每个人都有提成哦。”

女孩子们又欢欣起来。

女人带她们走出去，一辆外观像面包一样的车开了过来，张欣然跟在后面上了车，才发现里面那么豪华，完全不同于普通轿车，座椅都是独立的，内饰非常漂亮，女孩子们不由得发出赞叹声。等大家都坐好，女人对司机说：“走吧。”车子无声地启动了。

十几分钟后，车子到达市里一家很有名的饭店。女孩子们一见是正经的地方，更是放下了心。司机拉开了车门，殷勤地用手挡在车门上。女人先下了车，其他人也随后跟着，步入饭店。

何小敏上前跟前台小姐确认了预订的包间，回头说：“萧经理，没问题了。”

女人点点头，带着几个女孩朝楼上走了过去。

包间里格调不错，萧经理走进去，何小敏紧跟在她身后，安排几个女孩靠墙站着，自己站在前面。服务员走进来送了菜单。萧经理看了几眼点了些菜，说：“先上这些凉菜。待会儿人齐了再进来一次。”

服务员退了出去，萧经理坐在桌前，挺直身子侧头看向几个女孩：“几位客人马上就要来了。这是公司和客户之间的第一次沟通，请你们好好表现。记住你们是公关，为了促成合作，多少要有些牺牲，如果客人稍微有些什么不规矩的动作，希望你们不要大惊小怪，毕竟拿的是一小时二百块的工钱。明白了吗？当然了，他们是不会做得太过分的。”

几个女孩都多少吓到了，偷偷彼此打量交流。只有何小敏挺胸抬头，神色坦然。

凉菜上齐之后又过了几分钟，门被推开了，三名中年男子走了进来。萧经理立刻起身招呼：“李行长，把您给请来可真不容易啊。”张欣然注意到她说话的语气突然变了，声音中多了一点女人的娇嗔，说这话的时候，她还对后面的一个稍显年轻的男人用眼神打了招呼。

何小敏立刻把上座的椅子搬开，那位李行长不客气地坐了上去。萧经理又朝三人中年纪较大的那人伸出手去：“这位是石主任吧？都说您铁面无私，见到才觉得您这么绅士……”

那石主任有五十多岁了，身体佝偻着，满脸褶子，多少有些秃顶，能想到用绅士这个词来夸他，萧经理的词汇量也够丰富的。石主任听了这话不由得很自得，估计是从来没被人在长相上夸过信以为真了，激动得老脸一个劲儿地抽搐。

三人不知为何是分开坐的，萧经理若无其事地介绍着：“这是我们公司新来的几个大学生，听说这次是跟贵行合作，吵着要我带她们来长长见识。”说着，她自己坐到了李行长旁边，何小敏就坐到她旁边，几个女孩依次挨着坐下。

这时服务员又拿菜单走了进来，萧经理直接递给李行长，李行长又随手递给了身旁的石主任。石主任翻看几页，又递给旁边的男人。男人笑说：“今天萧经理可是特意招待两位的，我只是作陪，还是石主任点吧。”

老头儿呵呵笑笑：“那就我点吧。”接着不慌不忙地点起了菜。张欣然听着他念叨的什么鲍鱼海参的吓得直哆嗦，这得多少钱啊。可人家萧经理出得起一人每小时二百块的工钱，又怎么会在意这些呢。

点完菜，服务员退了出去。萧经理说："不如让我们小敏说几句吧。"

何小敏马上站起来乖巧地说："首先谢谢三位领导赏光。早就听我们萧经理说过几位，今天终于见到了，我们几个刚工作的毕业生都觉得特别荣幸……"

张欣然听着不对啊，怎么成刚工作的毕业生了？但是想想刚才萧经理也说她们是新员工，这场合又不好分辩，只能将错就错吧。

"……希望我们这些刚步入社会的大学生能跟李行长、石主任、宋副行长多学习学习……现在，我们更想听李行长给我们讲讲话呢……"

把话题甩给了李行长，那个中年男人哼哼哈哈这个那个地说了几句，就正式开吃了。张欣然她们几个虽然没见过大世面，可也不傻，知道这场合不是花钱雇自己来吃饭的，就都盯着何小敏看，她干什么她们就跟着学。

很快，香气逼人的菜肴一道一道地上来了，桌子很大，何小敏就顺势站起来介绍着菜式，走到了李行长跟石主任中间的位置上张罗着夹菜倒酒，剩下的几个姑娘也默不吭声地有样学样。萧经理敬了一圈酒后，何小敏紧接着又敬了一轮。推杯换盏后，三人逐渐放开了，脸红了，衣领扯开了，说话声音大了，当然行为也开始不规矩起来了。

女孩子们从最开始怯生生地招待，手下也渐渐熟练起来，偶尔还能学着何小敏紧张地搭上几句话。张欣然第一次被石主任攥了手的时候紧张地差点叫出声来，马上想到了二百块一小时的工钱，硬生生忍了下来，羞涩地抽出手。她偷眼看其他几个女孩子，多少也被揩了油，但大家都羞怯地躲着，又不甘示弱地继续着自己的招待工作，她便也咬牙挤出笑容。

两个小时后，萧经理带着五个被迫喝了几杯酒面红耳赤的女孩子在楼下送走了那三位大神，转身笑容满面地说："辛苦各位了，做得很好。小敏。"

何小敏从手包里掏出一沓红色的人民币数着，每人四百，如数交到了女孩子们手里。张欣然捏着四百块钱手都在颤抖，这是打工多久才能赚到的啊！牺牲宝贵的学习时间去端盘子、做家教，根本不如在这里硬着头皮忍两个小时！这是她一个多月的生活费啊！比起这实实在在的钱，刚刚受的那点委屈算什么呢？

"……后续肯定还有类似的饭局，如果不愿意来的现在可以退出，要么就一直接待到这项目完成为止，你们自己选择。"

听到这句话，张欣然毫不犹豫地选择了继续。她抬头发现另外几个女孩也丝毫没有退出的意思，仿佛刚才被摸了手、捏了脸、灌了酒时脸上出现的红晕，远远没有这钞票的颜色鲜艳。

真味连锁店从最开始的一家中餐馆逐渐扩大规模，先后在北京多个区开了分店，然后又向其他省市扩张领土。二十年来，真味连锁店已经在中式快餐品牌的激烈竞争中取得胜利，在全国已陆续开了几十家连锁店，算是不小的规模。

一年前萧思语辞了国企的工作到真味这来，执意要从服务员做起。她先选了一家营业状况最好的店待了两个星期，又主动跑到另一家位置很好营业额却不佳的连锁店当服务员。过了一个月后，萧思语直接交给王总一份营业问题和改良意见的计划书，其中包括了卫生条件、服务员的管理模式等详细的信息。王总看了觉得有理，虽然觉得她有些纸上谈兵，但还是撤掉了原来的经理，改用萧思语。三个月后，这家连锁店的营业额翻了两番。王总趁午餐高峰期过去看了看，店里客流量增大了，服务员都是笑容可掬的年轻姑娘，说话清楚，态度好，手脚麻利，餐桌利用率也高了很多。等到就餐高峰期过去，一半服务员脱下围裙离开，原来她们都是兼职学生。但是王总稍有不满的是萧思语自作主张稍微调整了菜单和价格，作为连锁店来说这是很不好的。王总跟萧思语提出这一点后，她立刻承认了错误，然后当即把价格改了回来，紧接着又提出推每天的优惠活动。王总一开始觉得她说得不错就同意了，之后再一算计，原来优惠的还是她调了价格的那几样菜品。王总不由想笑，做了这么多年餐饮，倒是被这个小姑娘绕进去了，但她的调价多少有理，索性由她去，并且通知所有门店都推行这个优惠活动。

因为工作实在出色，萧思语一共干了半年餐饮店经理，就直接回到了王总身边，开始上手公司运营的业务。这个姑娘总是笑吟吟的，表面温文尔雅，办事滴水不漏，心思伶俐得很。她进入管理层一年后，先后开过三次招商会，在华北地区多个城市招加盟商。她年轻靓丽，往会场上一站就能吸引人。她讲话用词大方得体，逻辑清晰，着实吸引了不少商家。在愿意签约的商家中，她又优先选择店铺地段好、营业规模中等以上的合作。在这种合作关系中，真味收合作金和保障金，提供统一的菜品、服务以及店面装修，实际上是利用已有规模的餐馆迅速扩大真味品牌快餐店的市场占有率。这是一种让对方感到有利可图的合作手段。

一年时间，真味飞快地增长了将近一倍店铺，在整个华北拥有百家连锁店。

王总对这样的成绩当然满意至极，但是心里也生出隐隐迷茫。她年轻的时候热爱美食，辞职之后才做了餐饮业。她注重味道和吃的感受，花了七八年的时间才树立起自己的品牌，开了连锁店，凭着味道独霸北京。可是萧思语只用了一年，就将她的店铺增加了这么多，原本醇美特色的美食经过量化转为了快餐，很多制作精良的招牌菜不能在新的店铺推出，虽然盈利多得可观，但做美食的初衷似乎不见了。真味成了再无任何特色的快餐店，而且受口味的影响，真味的市场只能在华北地区，恐怕再难往更大的市场进军了。

王总不知道这样快速地扩大规模是好还是不好，但是漂亮的盈利记录让她无力计较得失。看着萧思语每天忙忙碌碌地筹备新的活动，她感到自己已经老了。偶尔，王总会想起萧思语还称呼自己“三婶”的时候，那时的她和现在其实从外表看并无不同，但是总觉得像换了一个人似的。她自身从内而外的感觉发生了变化，以前的她是一只含苞欲放的花骨朵，现在正徐徐绽放。

王总觉得，现在是她下海这么多年以来遇到的最危险也最可能彻底翻身的时候。她在考虑究竟是借此机会将公司上市，还是要转行涉足其他领域。餐饮行业上市要比其他产业麻烦，何况真味是否能在其他口味地区扎根也是个未知数，不知还有多大的市场。而且根据敏锐的商业眼光，王总觉得，北京的人口还在逐渐增多，这些人的住房是刚需，新近的政策又隐隐出现房地产大热的苗头，如果现在转行房地产，绝对是一个非常好的时机。王总想，如果用真味来抵押贷款，竞拍土地开发房地产的话，会是一笔非常划得来的投资。她已经看中了一块五环外的地皮，位置较偏，大房地产商看不上，小型的公司又出不起价格，如果贷款来竞标的话，真味很可能拿得下来。

可是，问题有两处。

一是贷款，如果按照正常手续来贷款，恐怕以真味的资产，大银行不肯贷出她想要的金额，王总反复计算过投资金额和贷款的限额，只得另想办法。几家国有银行不肯贷，私人信贷是绝对不可行的，但是如果是信商银行的话，想想办法倒还是有可能的。

二是房地产开发资质，真味要涉足房地产，必须另外申请营业执照，可是时间上恐怕来不及，而且还涉及从事房地产开发年限等问题。

王总联系了很多相关人士，终于弄到了些信商银行的内部信息，如果能搞定总行中三位重要人物，这笔贷款就很有戏。王总倒是想方设法跟这三个人扯上了些关系，也搞定了其中一个，但另外两人真是无法下手，眼看着时机就要到来，如果不能贷款，就没办法办房地产开发资质，后续的竞拍土地、申办使用权等手续更没法提上日程，只能干着急。

涉足房地产的心思，她从来没有跟任何人提起过，但是，萧思语看出来了。

萧思语找了个机会用最质朴却深得人心的言语表达了对王总的钦佩，双眼放着崇拜的光芒。哪怕是曾经差点成为亲戚的王总也受不住这般吹嘘，心里实在是受用。她把计划对萧思语和盘托出。

“所以现在还卡在第一步？”

“对，贷款下不来，后边想的再美也全白搭。”

萧思语想了想说：“您要是信得过我，就让我试试吧。”

于是，王总把信商银行副行长宋明的联系方式交给了萧思语。

几天后，张欣然又被何小敏找了出去。

“还是上次那项目，明天要跟进。下午五点我来接你。”

何小敏说完就走了。张欣然虽然答应下来，但心中多少有些不安，为什么这次……是晚上？

等到了集合的时间，四个女孩在校门口等着，随便聊天。

“你觉得今天，会不会太晚了？”一个女孩低声问张欣然。她叫陈爽，外语学院大一新生，是个阳光小美女。陈爽是本地人，普通双职工家庭，出来兼职倒不是生活需要，只是想多经历社会罢了。她跟张欣然很聊得来。

“怕什么？还是那三个人，上次不是见了吗？”大大咧咧说话的女孩子嘴里还嚼着口香糖，满脸见怪不怪的神色。这女孩叫辛宁，跟何小敏同专业，也是本地人，平时不太爱学习，喜欢泡吧玩乐。

张欣然不知该做什么表示，只能默不吭声。

还有一个姑娘站在旁边不说话，默默看着表。她是土木学院的，名字叫高玉秀，性格不太合群，其他一概不知。

四个女孩在校门口惴惴不安地站了不到十分钟，上次见过的那辆车无声地靠边停下，何小敏拉开车门，四人依次上去。

“今天晚上非常重要，先去吃饭，再去唱歌，不许中途退出。”何小敏说。

女孩子们互相看看，都有些紧张，但都不约而同地点点头。

吃饭的时候萧经理也在，女孩子们直接坐到了三个熟人身边，说说笑笑地应付完了饭局，萧经理对何小敏交代了几句就离开了，剩下的人再次上了车，开始转战另一家娱乐场所。

路上，张欣然感到一只汗津津的手抓住了自己，她吓了一跳，回头正对上陈爽不停闪烁的眼神，她赶紧小声问：“你怎么了？”

陈爽也低声说：“我觉得不太对劲呀。”

何小敏突然从后座笑着靠上前来说：“说什么悄悄话呢？”

这回，三个男人的目光也甩了过来，两个女孩赶紧摇头。何小敏用双手在两人肩上拍了拍，眼中有严厉的神色。

包房中震耳欲聋的音乐声令人作呕，石主任一首接一首地唱着歌，全都不在调上。李行长抓着何小敏的手不放，她一边跟他玩着划拳游戏，一边用眼睛示意几个女孩好好伺候三位大神。高玉秀一改平日的冷面，笑容可掬地陪着他们说话。张欣然有些蒙，但是还好能应付这位年轻些的副行长，但坐在石主任身边的陈爽和辛宁就有些招架不住了，她们面色绯红地躲闪着那个老头不时伸向她们胸前、腰身的手，脸上带着尴尬的笑容，眼中开始闪着晶莹。

应酬终于结束的时候，在夜总会门口送走了几位大神，陈爽终于忍不住哭出声来：“我不干了！”她紧紧握着辛宁的手，后者也一改之前若无其事的表情，满脸气愤和委屈。

“不行！”何小敏干脆地拒绝。

“为什么不行？”

“之前不是说了，要干就要干到底，至少要把这个项目干完。”

“干完是什么时候？我们连什么项目都弄不清楚，还要多久？”

“我也不知道，这得看你们的手段和进度，早把他们拿下就早结束。”

“拿下？用什么拿下？最后会怎么样？”

何小敏轻蔑地看着她们：“你们以为一小时二百块是有多好拿？不就让人摸摸亲亲吗，又没让你们卖淫！少废话，必须干！”

“我不要做了，下次我绝不来了。”陈爽哭着说。

“不来是吧！也行。”

陈爽和辛宁眼中立刻闪出光来，张欣然也不由得竖起耳朵，说实话她也感到害怕了。

何小敏伸出手：“把上次的报酬拿出来！”

“好，还你就还你！”陈爽当即从背包里掏出自己所有的现金，数了数，还差五十多，“剩下的我回去给你，以后再也别找我了！”

何小敏数了数钱，对她点点头：“好，你不用来了。”又转头朝辛宁伸手，“你的呢？”

“我……”辛宁紧紧抱着自己的包，神色犹豫。

“你还犹豫什么？你又不是非要做这份兼职，这是人干的吗……”说到这里陈爽察觉失言，不好意思地瞟了眼张欣然和高玉秀。

辛宁还在犹豫："我再考虑考虑。"

何小敏冷笑一下，走到剩下两人面前问："你们呢？"

"我没问题。"高玉秀说。

陈爽眼神急切地盯着张欣然，希望她也能放弃，可是……张欣然狠心点了点头："我也没问题。"

何小敏当即从包里掏出现金来数清楚，发给两人每人八百，又转头递给辛宁："先拿着，想清楚了不干了再告诉我，连上次的一起还给我。"

辛宁犹犹豫豫地接过了钞票。

张欣然看着陈爽怒其不争的眼神，手中握紧了那一沓八百块钱，真厚实，这比她在饭馆累死累活打工一个月拿的都多。

她觉得手中攥着的，就是她人生的意义。

眼见着日子一天天过去，萧思语那边还是没什么动静，王总有点着急了。她相信萧思语的能力，但这本身就是一块难啃的骨头，看来还是不能完全指望她。王总实在想不到其他方法，又不甘心放过这么好的一次机会。

正想着，办公室的门被敲响了，萧思语推开一道缝，先闪进了半张脸，像个顽皮的小姑娘。王总好久没见她这么孩子气的举动了，不由得笑起来："干吗呢？"

萧思语又伸进来一只手，手上举着份资料，笑语盈盈："王总，猜这是什么？"

王总不猜，确定地说："肯定是好消息。"

萧思语走进来随手关上门："上次那家小开发商愿意跟我们合作了，这是他们公司的营业执照和资质证书等资料。王总，投资吧，这是转型的第一步了。"

王总马上喜笑颜开。

真味作为一家餐饮企业，此时转型房地产已经不占先机，如果重新注册房地产开发，虽然资金比起小公司有利，但是在房地产开发资质上还需要从头做起，很耗时间，倒不如直接投资已有资质的小公司，说白了就是前期合作后期吞并。

王总把这个想法告诉了萧思语，她马上找了几家小公司谈合作，经过双方互相试探，终于有一家接受了这笔投资，但是前前后后在合同问题上又折腾了两个多月。其实就是小公司既想要这笔资金扩大规模，又怕会马上被真味吞掉，而真味的原计划就是要建立自己的房地产开发部门，小公司就是起点，吞并是迟早的事情。双方就这一点互相扯了许久。

最终萧思语想了一个折中的办法：新成立的公司暂时独立，不属于真味，但也不能只挂原公司的牌子；办公地点另选，不在真味总部；原公司人员和职位不变，但要扩大规模，在管理层中插入真味的人，不干涉具体施工问题，但在公司战略部署等问题上有绝对话语权。

这样看起来，就是真味自己拿钱成立了一家独立的房地产公司。王总并不太喜欢这样的方式，她还是想把真味整个转型为房地产公司，但萧思语的提议有另一个好处，这家相当规模的房地产公司可以比别的小公司早一步承担较大的开发事业，尽早盈利，而真味成为这家公司的幕后老板，分开管理，不必导致原本的餐饮业受冷落。两方盈利的钱都流入真味总公司，就可以继续涉足其他领域，再找小型公司吞并……也许过上一百年，真味会逐渐发展为一个财团。

王总美滋滋地想到这里，挥挥手打散自己的美梦。她已经五十岁，早已不再孩子气，只是偶尔给自己一点做梦的时间来放松心情，很快就能回归到现实中。

就算一百年后，真味能够涉足金融、重工业、能源等领域，真的成为财团，她也注定看不到了。她最早下海时的目的不过是不再被化工厂的同事排挤而已，事业越做越大也是运气，再继续做梦可就是贪婪了，还是要看清脚下的路，一步步好好地走下去。

王总看着小公司的证件，觉得自己握住了它的命脉，同时，它也会成为自己的骨血，值得好好地投入精力和财力。“思语，你去吧。这个公司交给你了。”

“我？”萧思语表情很夸张地惊讶。王总微笑，这孩子这么久以来还是第一次没有演好。明明是她全程一个人跟进这个重要项目的，心中应该早就预想过自己新的位置了，现在还想表现出毫无其他心思的样子，却也不免在巨大的权力面前露馅了。

萧思语也察觉了自己表演得不好，一点点收敛起了惊讶，换上自信的笑容：“好的。”

接下来，两人讨论了要把哪几个人安排到新公司去，萧思语提出了几个人选，有两个王总熟知的骨干，也有她并不知道的中层员工。

人事变动商量完毕之后，萧思语又提到了贷款的话题：“银行的那几个人快要搞定了，一两个星期内就能见到结果。”

“怎么搞定的？”

“我也没有别的办法，无非是老一套。”

“给了多少钱？”

“有一个胃口不小，不过也还在我们意料中。”

王总意外地看着萧思语：“其他的呢？”

萧思语笑着说：“不过就是酒色财气，人嘛，就这点欲望，给他满足了就行了。”

“这么简单？之前我也派人陪他们去夜总会玩了好几趟，花销也不少，一直没拿下来。光叫小姐就来回换了十几个，完了还是不给办事。你是怎么搞定的？”

“也没什么特殊的，可能是这几个小姐比较符合他们的要求吧。”

王总笑：“都是夜总会小姐，能差到哪里去？陪陪酒唱唱歌，豁得出去的再跟出去开房，还能有什么手段？”

萧思语歪歪头，答非所问：“现在的男人都是傻瓜，他们的钱好赚。”

王总也笑：“什么男人的钱，几次的单还不是我们买的？女人啊，就是这样，聪明的靠脑子赚钱，不聪明的只能靠身体。唉，那些夜总会的女孩子也不过就是吃几年的青春饭，怪可怜的。”

萧思语还是笑，不置可否。

张欣然已经是第五次打工了，还是那个项目，上次何小敏说，再有一两次这个项目就能结束了，有想要退出的，结束之后就可以不用来了。当然，要是还想赚这份钱，以后还可以继续合作。张欣然既松了一口气，又感到有些不甘的失落。松了口气，是因为终于可以免受这份折磨，可以放弃这份工作了。手上已经攒了不少钱，自己已经没有绝对需要这份兼职的理由，但一想到攥住人民币时手心里的充实感，就无法决绝地放弃。

又是一顿觥筹交错的饭局，何小敏一改往日不让姑娘们喝酒的坚决态度，悄悄跟她们说稍微喝点，醉了就不觉得忍着难受了，心情会好点。离开饭店的时候，几个女孩都多少喝了些酒，醉酒微酣，心情有些飘飘然，行为举止也大胆起来。坐上那辆豪华的轿车，这次那个年轻的男人没来，两个中年大叔喝得恰到好处，开始对女孩子们上下其手。

这时候张欣然想着，还是放弃比较好。

很快到了夜总会进了包间，何小敏又要了些酒和零食，另找了两个陪酒的女孩子，陪着他们唱歌。半个小时后，何小敏看了看四周，两个男人正对夜总会的小姐搂搂抱抱地唱歌，自己带来的三个女孩子已经昏昏欲睡。

张欣然神志不清的时候，突然被人拍醒，她看到何小敏的脸出现在眼前，她说："起来，去厕所。"

张欣然迷迷糊糊被她架着出去了，这才发现她还拉了高玉秀。三人站在卫生间的洗脸台前，何小敏给两人用冰水擦了擦脸，张欣然逐渐清醒起来，才发现何小敏神色清醒，完全不像喝过酒的样子。高玉秀也不说话，两人面对面站着。

"不回去吗？"张欣然问。

何小敏朝她露出一个意味深长的笑，说："等等。"她翻着自己的挎包，找出一盒烟来，抽出细长的香烟递过来。

张欣然不知所以地接过来，高玉秀也接了。她觉得自己好像是喝得太多了，总感到何小敏给她点烟的手微微发颤，一定是错觉。三人点上烟，像那么回事儿似的嘬了一会儿，一直等到烟烧到了屁股。

何小敏盯着手中的烟头看了好久，终于扔下去，说："回去吧。"

三人回到包间，看到两个陪酒妹还在执着地唱着歌，眼神空洞，她们早已经习惯了这种生活。身后的沙发上三个人已经全都睡倒了，歪歪扭扭地横着。何小敏过去看了一眼，长长出了口气，也不知是放松，还是叹息。

何小敏拉着两人回到走廊上，结算了今天的工钱。她的目光在张欣然和高玉秀脸上徘徊了一会儿才说："这个项目已经完成，以后可以不用来了。"

"你们走吧。"停顿片刻，她又补上一句。

高玉秀二话不说，拉着张欣然的手转身就走。张欣然呆呆地跟着她走了几步突然停下来："辛宁还没走呢……"

何小敏站在包间门口看她，不说话，高玉秀脚步不停，加大了力量拉着她。张欣然反抗了一会儿，突然直觉告诉她事情有点儿不对劲，她本能地放弃了抵抗，乖乖地跟着走了。

回学校的路上好不容易打到出租车，司机是个油嘴滑舌的年轻人，言语中调戏着两个姑娘，一直沉默的高玉秀突然爆发，狠狠地把那人骂得不敢吭声。两人在校门口下了车，并肩往宿舍楼走。

张欣然觉得心里发慌，总感觉今天的事情不对劲儿。高玉秀突然回头说："你家几个孩子？"

"三个，我有一个姐姐一个弟弟。"张欣然老实地回答。

"哦，都在上学？"

"我姐姐不上了，在上班，我弟明年高考。"

"嗯。我家就我一个。"

"哦。"

高玉秀嘀咕："辛宁家也就她一个，为什么是她呢？"

"怎么了？"

"没什么。之后你还要打这份工吗？"

"还没想好……"

"那我劝你就此放弃吧。"

"那你呢？"

"我还要再做几次，我家里实在需要这笔钱。我能忍。"

听了高玉秀的话，张欣然有种同病相怜的感觉："我家条件也不好，我也能继续做……"

高玉秀突然转身朝向她说："你听我的，你家里没到绝境上，你千万不要做了。还有，无论之后发生什么，有谁问你，全都说不知道。"

张欣然呆了："到底怎么了？"

"我也不知道。我希望什么都不用知道。"高玉秀转身，头也不回地走了。

第二天，学校里爆出一个女生在寝室自杀身亡的消息。知道死的是辛宁之后，张欣然不由得打了个冷战，她确定，自己再也不会去做那份报酬丰厚的兼职了。

贷款终于批下来了。

王总心情舒畅，看着萧思语从银行带回的文件开心地又做起了真味财团的美梦。

"真好，真漂亮。"

"是啊，真漂亮。"

两人指的都是贷款的金额。

"真是全靠你了，思语，要不是你把这笔贷款搞到手，我们前边的功夫就白费了。"

"可时间也很紧了，最近很多地方都在筹备建商品房，我们已经晚了一步了。不过好在这个地址虽然在五环外，但马上要通地铁，交通还算方便，而且本来就是荒地多一些，住户很少，这样拆迁又方便许多，我们还得抓紧时间……"

王总得意地笑："告诉你，这段时间我把土地使用权和拆迁许可证那些手续都办下来了。"

萧思语又惊又喜："真的吗？"

"当然，时间就是这么用的，你有你办事的手段，我也有以前打下的关系嘛。你看，这回我们很快就可以进入工程建设阶段了。"

萧思语上前来，把所有的文件一一看过去，眼神中满是欣喜，不住地问东问西。

两人细聊了一个上午，眼看快要到饭点了，才收住了话题，全身心放松下来。

王总伸了个懒腰，又夸奖萧思语：“不管怎么说，你在这个事儿上是第一号功臣，拿下贷款比别的都重要。”

萧思语笑笑，往后靠在沙发上没说话，稍微眯起了眼睛看着王总，片刻后突然开口：“三婶，你不是一直想知道我是怎么拿下这两个人的吗？”

刚听到这个一年多没用过的称呼，王总心里完全没有准备，她惊讶地抬头看萧思语，不由得顺着她的话问道：“你怎么做的？”

要从信商银行借到这笔超额的贷款，关键是要搞定几个主管的人。王总自己摸索到主管信贷的副行长宋明这条线，也只能托他把另外两人请出来。一个是行长李成宽，另一个是信贷主任石贵昆。把负责贷款这条线上的人物一串拿下，就没有问题了。但是王总去接触过，李成宽是混了多年的老油条，习惯了拿人家的手不短、吃人家的嘴不软，红包塞过，好处给过，吃喝玩乐伺候完毕，一说贷款就打哈哈；石贵昆则是个真正的吝啬人物，又想凭着权力拿捏一把，又不知道从何下手，干脆就端着架子，总摆出一副油盐不进的样子，还次次都出来，吊人胃口。

我觉得对付这样不要脸的两个人，最有效的方法就是以硬碰硬。拿到真正能威胁他们的东西，就好谈了。

然而普通的威胁是没有用的，偷拍点行贿受贿什么的，恐怕事情小了镇不住他们，还把以后办事的路给堵了；而闹得太大了，连真味自己也得折进去。所以，要拿住这两人，就要给他们制造威胁。

完全不一样的威胁。

我在连锁店当经理的时候，那家店附近有一所大学。我试着招大学生兼职来应对客流高峰期服务员不够的问题，效果还蛮显著。高校的女孩子看起来干净清爽，头脑聪明，服务注意事项一教就会，而且多数来打工的都是家境清贫的学生，态度反而比全职的服务员要好。

在来兼职的学生中，我注意到一个叫何小敏的姑娘。同样的工作，她的手脚比别人麻利，上手快，报菜单准确，服务态度也最好。我跟她聊过两次，才知道她是城里单亲人家的独生女，生活负担很大。一个人为了生存，就会迫使自己聪明能干起来。

几个月后，我回到真味总部，把她也带了进来。聪明漂亮的女孩子不需要受普通人的劳苦，她们有更能发挥自身特长也收益更高的事可以做，只要她们够想得开，这个世界就是她们的。

在扩展真味在华北地区连锁店的招商会上，何小敏也发挥了她的作用，我果然没看错人。通过一次次的公关交际，她已经可以独当一面了。

这次搞定这两尊大神，也必须依靠同样的手段，但这次我必须导演整个剧本，她只需要按照我的计划执行就可以了。

我让何小敏在学校里找了几个同样年轻漂亮的大学生来兼职陪客，她们身上特有的书卷气、青涩的女孩子气质是夜总会小姐们身上没有的。见惯了陪酒女的风尘，想必这几个女孩子更能让这两位银行职员动心。果然，他们一而再再而三地应邀来我设计的饭局，逐渐对女孩子产生了征服欲。然而这也不是我要的效果，仅凭几个女孩是没办法让他们乖乖就范的，重要的是后续将产生的威胁。

很简单，这几个女孩中必然要有一个牺牲品。一个最后会被强奸、让我们处于道德和法律优势，而又不敢声张的可怜角色。我设计好了最后的环节，在夜总会包间中，两个中年男人最终把持不住兽欲，侵犯了我们公司一个刚工作的新员工，这位员工想要报案，最终被我们公司拦下来，这样我们就占据了主动权。为了避免涉及刑事案件，他们自然会按照我们的要求行以方便。

四个女孩中，我选择的牺牲品是那个明明不太需要这样的工作、想要逃离却又舍不得丰厚报酬的姑娘。她既没办法抛弃自尊来赚取利益，又没办法放弃到手的钱，没有主见，犹豫又贪婪，这样的人比较容易被摆布。

要按计划进行很简单，在合适的时候，用一点催情药品，再收集点物证就可以了，这些根本不用我插手。

效果很好。只有一点出乎意料，那个牺牲品在清醒之后悔恨万分，居然唤起了一点可笑的廉耻心，脑袋一热就自杀了，惹得警方调查。好在何小敏提前关照好了另外两个兼职女孩，当被警方问及的时候，她们的证言一概是“不清楚，不知道，没有逼迫涉及色情行业”。不过也好，这件案子披露出来，虽然警方对明显的自杀案不会再详细调查原因，但对那两位无耻的高管产生了足够的震慑力，尤其是我们手上还捏有证据。

所以就算我们可以抵押的资产总额不够，他们却比我们更积极地把贷款批了下来。

就是这样。

王总听完萧思语的话半天站不起身来，只觉得浑身的血液都在往脑子里涌。在商场闯荡多年，她从最开始一心坚持做美食的单纯生意人到慢慢接受了许多的社会潜规则，也会用些必要的手段来谋取利益，但是她现在觉得，在面前这个二十七八岁的姑娘面前，自己的成熟世故完全败下阵来。

萧思语轻描淡写地讲述着她布下的圈套，用“可笑的廉耻心”来形容那个不幸被牺牲的姑娘，这一切都在她意料之中，所有的残忍在她看来都是聪明的计谋，理所当然。

王总觉得原来自己是如此失败，幼稚得像个小孩。她想起最初做生意时发掘美食的愉悦、盈利带来的满足、品牌建立时的自豪感……然而现在真味已经扩张到周边省市，不再正宗的口味正像病毒一样蔓延。她感到一切都已经与初衷不符，而她无力做出改变，局面变得不可收拾。商场远比她想象中更残酷、令人恶心，那些成功人士要么是有极好的运气，要么，是有极强的内心。

她想象中的真味财团已经开始逐渐瓦解。

萧思语继续微笑着说：“当然，这件事情已经涉及一条人命，怎么说也是刑事案件呢。我也承认手段不怎么光明，如果被人知道真味转型房地产过程中出现了这样的事情，恐怕对这个品牌也很不利吧。幸好新公司只是用了真味的抵押贷款，等到明后年期房开卖，这笔资金一下子就能收回来，还上贷款还能盈利几倍。到时候如果这个新成立的开发公司不再并入真味，那么这件事情就跟真味毫无关联了。”

王总完全听明白了她的意思。怪不得当萧思语得知公司想要涉足房地产时自告奋勇积极地去找合作商，又从中选择了折中的合作方式，还费尽心思搞定信商银行的贷款。原来从一开始她隐藏起来的野心就不在真味之中，而是远远超出自己的想象。这个手段真高明，一箭双雕。她觉得，在这个姑娘面前，在商场打拼了二十多年的自己才是最幼稚的。她觉得自己真是又可悲又可笑，不由得就笑出声来，最后忍不住放声大笑。

萧思语仍然带着那副人畜无害的神情看着她，丝毫不为所动。最终，王总止住了笑，平静地问：“你不就是想要新公司吗？”

萧思语平和地说：“我只是要我该得的。”

“很好。”王总飞快地写了一份合同，盖上了公司的印章。

萧思语接过来逐字逐句地读了一遍，满意地说：“等公司正式独立后，我会把那几位真味的老员工还回来的。”说完，她嫣然一笑转身走向门口，又突然停下来，回过头。

“对了，三婶，许洛洛家移民出去有段时间了吧，估计那孩子再也不敢乱碰东西了。”

王总突然想起一年多以前，在许志洁死亡现场混乱的情况。难道她是在为未婚夫报复自己一家？不对啊，那她报复的人也不应该是自己。或者还有别的可能……王总想起萧思语看许志洁时毫无感情的眼神，第一次来许家时送给许梦洁的昂贵香水，对许洛洛种种恶劣行径的冷眼旁观……那些曾经觉得无关紧要的零碎场面拼在一起却无法串联起来，因为缺乏动机，谁也不知道这个女人到底想要什么，她身上笼罩着一层无法解释的迷雾。

王总看着眼前这位刚刚诞生的身价上千万的女老板，突然觉得全身战栗血液逆流，毛发都不由自主地立了起来。她曾经一度很期待看到这朵花苞绽开的时候，有时认为她可能是空谷幽兰，有时觉得她是朵带刺的玫瑰。如今，她终于光彩照人地绽放了，却是一朵腐生的大王花，巨大的花朵艳丽无比，却散发着腐尸的恶臭。

王总努力抑制住即将脱口而出的咒骂站起身来厉声道：“你永远也不许再接近我女儿！”

第六章

冷俊听着电话那边传来的嘟嘟声，固执地不肯挂断，直到机械的女声响起：“对不起，您呼叫的号码暂时无人接听。”

他闭上眼睛忍了忍，把手机扔到了沙发上。

齐修远这周开始下班后就没再接过他的电话，在公司碰面时也低着头一声不吭地跟他擦肩而过，看来他是真的破釜沉舟地奔着那个大坑去了。

冷俊停了一会儿，又拨通了齐修远老婆的手机。

“喂？”

“紫婷，修远这周还要加班，今天恐怕还是回不去。”

对方沉默了，但是隐隐可以听到婴儿的呓语。片刻后，女人沉着地问：“冷俊，你老实跟我说，他是不是在外面有人了？”

“没……真的，公司忙得不行，大家都好几天没回家了，从资质升级开始咱们陆续接了好几个大项目，你不是知道吗？”冷俊觉得自己的语气发虚。

女人轻叹一声说：“是啊，那时我还在……早知道不在这时候要宝宝就好了，还能帮你们些忙。”

“这是两回事，你安心带孩子吧。”

“不过冷俊，我能感觉出来，他的心不在我这儿了。”

冷俊无言以对，女人的第六感在感情尤其是老公出轨的事情上总是准确得惊人。

“我不知道他外面到底有什么事情，但是你要是发现了，一定要告诉我，好吗？我在这里就你这一个朋友了，你可千万不能跟他一起骗我。如果有什么事情……我宁愿知道了会痛苦，也不想被蒙在鼓里。”

挂断电话后，冷俊觉得头大，只想去喝一杯。他把正装脱掉挂到柜子里换上休闲装，走出办公室，看到对面办公室里的灯还亮着，不由得一怔。他走过去的时候想往里看一看，正巧门开了，萧思语走了出来。冷俊往她身后看了看，没人，就她自己。

这么看来，齐修远真的没跟她在一起。

“萧经理这么晚还加班呢？”

“冷老板不也一样吗？”

两人笑着寒暄了几句，并肩步入电梯。进入密闭的环境，萧思语不再说话，静静地站着。冷俊站在她稍后方一点，不由得斜眼打量她。萧思语身材很好，深色的职业套装恰到好处地显现出她的曲线。她个子高，又穿了中等高度的高跟鞋，头顶刚好到冷俊的眼睛下方。她站在他前面，柔顺的头发散发出的淡淡香味全涌入了他的鼻子。

然而……就算衣着优雅，妆容精致，这个美丽大方的女人还是缺少能够吸引冷俊的那种魅力。简单来说，他觉得她缺少女人味。

冷俊是个不婚族。但他并不是那种喜欢一个人生活的冷淡人士，正相反，他有好多床伴。受父母失败婚姻的影响，冷俊不喜欢长久的固定关系，他只要一时的爱和性就够了。他的女伴们有可爱型的，有热情奔放型的，也有高冷型的美女，但他都会事先跟她们明说不会建立固定关系。她们有的持同样观点，有的痴迷于冷俊英气的外表不能自拔，只得同意。他的私生活在齐修远看起来无比混乱。

齐修远和冷俊是大学的舍友，关系一直非常要好。冷俊是本地人，毕业后自然地留在了北京，齐修远想要自主创业，也就留了下来，而他远在老家的女朋友陈紫婷也北上跟来了。可能是大学四年一直远距离恋爱，陈紫婷对齐修远很放心，给他充分的自由，从来不黏着他，也毫不干涉他跟朋友们之间的交往，她是那种十分懂事又宽容独立的姑娘。她知道冷俊的私生活很乱，但一直对他挺好，也从没说过让齐修远离他远点之类的话。冷俊曾经想过，要是女人都像陈紫婷这样懂事宽容，他也不会那么厌恶婚姻了。

三人各自找了工作，先后在装修和房地产开发行业干了两年之后，齐修远拉上冷俊辞了职，正式开始了创业之路。

公司刚成立的时候就他们两个人，齐修远主管所有的计划统筹以及公司运营方面，冷俊则负责跑外勤联系业务和施工队。当时陈紫婷有自己的工作，但剩余的时间全都来公司帮忙，一个人负责起了财务、后勤等所有繁重的事务。

三个人起初处处碰壁，但谁也没有气馁，相互支持，过了一段时间后开始接到小笔生意，都是城市远郊的工程，那时相当辛苦。等公司有了进账之后，陈紫婷干脆辞了职也来到公司，之后又陆陆续续招了会计、出纳、工程技术人员，公司慢慢开始成型，接到的单子也做得越来越好。公司成立的第四年，他们拿到了房地产开发四级资质。

这一年，齐修远和陈紫婷结了婚。

同时，公司也出现了一个非常大的机会，有家餐饮连锁店想要涉足房地产行业，他们想要的工程正是齐修远下一步计划拿到手的项目。那家企业缺少房地产开发经验和资质，而齐修远缺乏资金，如果合作的话，肯定能顺利拿下工程。

真味企业派来的代表叫萧思语，看上去是个年纪不大的知性女人。她的逻辑十分清晰，要求也说得明明白白，收益划分更是谈得非常清楚。

齐修远本身就非常想要合作，但他一直尊重陈紫婷和冷俊的意见。

陈紫婷并不十分赞同，她认为真味连锁餐饮企业拿下这工程后的下一个目标，就是把他们的公司收入旗下，如果答应了合作，势必把一手创办的房地产公司拱手相让，但是她也承认这笔收益的确会比他们以前所有的工程都多。冷俊是倾向于合作的，并入的危险是有，但是如果错过这个机会继续干小工程，等到其他的房地产商一一崛起，恐怕整个市场很难再有这个小公司的立足之地了，他们就会停留在这个阶段，甚至被淘汰；可是如果被并入大企业，自己就不再是老板而是沦为了打工仔，这让他心有不甘。

说完了自己的分析，陈紫婷和冷俊都把最终的决定权交给齐修远。他也不想把自己辛辛苦苦创下的公司变成别人的财产，但跟对方在合同上商谈了一个月，实在不能再拖了，才最终咬牙答应下来。

公司顺利地拿下了这个开发项目，借此机会换了名字搬了地址，成为真城房地产开发公司。

因为得到了大项目，办公室里的气氛异常热烈，每个人都自愿加班，恨不得每一分钟都不闲下来。萧思语带来了几个人，一人参与财务，一人参与工程进展，另外还有两个非常年轻的员工。一个姑娘不常来，每次来也不多事，给办公室全员带午饭或者下午茶什么的；另一个二十四五岁的大男孩每天坐在办公室不起眼的角落里，随时帮所有人跑腿、打下手，从无任何怨言。

真味的所有员工包括萧思语在内都非常本分，他们参加公司会议、参与工程规划、财务统筹，却从不多说话。他们就静静地坐在一边听着，却不开小差，偶尔被问到有没有问题的时候总能一针见血地提出关键点。他们虽然没有主动对任何事情指手画脚过，却很有存在感，无言地宣示着真味集团的存在。

萧思语总是面带微笑地对待办公室里的所有人，她越是这样客气，冷俊就越是能感到她的控制欲，尤其是她安排在办公室里的那两个年轻人，更像是在收买人心和监视。也正是因此，冷俊对萧思语产生了不是特别好的印象。

新建楼盘开售的那一天，排队的人从售楼处一直站到了大街上，楼盘还未竣工，全是期房，但是一天内几乎所有户型都卖得七七八八了。这项工程毫无疑问获得了巨大的收益。全公司上上下下十几个人全都兴奋得坐不住，萧思语这时候站出来，说是晚上已经预订了庆功宴，犒劳全公司的职员。

冷俊听了这话，不动声色地看了看她，她不自觉地露出了老板的口气让他感到不快。他转眼看了看齐修远，原以为他也会一样为即将面对的被吞并感到忧虑，却无意中有了重大发现。

齐修远面带笑容，侧过头看着萧思语。他的眼神中满是柔情。

从那时起，冷俊就觉得，现在的情况已经不只是公司的危机了。

然而，意料中萧思语本该露出的真面目却迟迟不显现出来，公司一切事务都照常进行，反倒是她带来的两个真味企业插入管理层的员工，在竣工后悄无声息地离开了公司。渐渐地，那个原本只起到收买人心作用的女孩子何小敏开始天天来上班，不知何时正式成了公司员工，负责财务；而坐在角落里打杂的年轻男子仍然坐在原位置，一如既往地沉默着，随时等待帮所有人跑腿。但他手中多了一把车钥匙，已然是大家的公用司机。

看起来，好像真味并没打算将这家新成立的房地产开发公司并入旗下。

公司扩大了规模，接了更多的工作，也招了新人，具体的事宜已经有专人着手，冷俊和齐修远反而闲了下来。公司运营突然上了一个台阶，他们需要更多的时间去巩固自己的根基，便把精力放在了长期规划上。这时候，陈紫婷不得不暂时离开公司——她已经怀孕七个月了。

齐修远当然非常赞同陈紫婷回家专心养身体，前一段忙碌的工作已经把她累得两次出现了早产的迹象，现在所有工作都告一段落，她也该歇歇了。大公司靠制度，小公司靠人情，因为齐修远和陈紫婷向来会为人处世，全公司一起共事了三四年的老员工们都相处得像朋友一样。这是两个人的第一个孩子，整个公司都非常重视。于是，在一片祥和的气氛中，陈紫婷收拾自己的东西安心回家养胎去了。

从陈紫婷不再出现在公司开始，冷俊发现齐修远慢慢发生了变化，最明显的是他从聊天时常常提到老婆和未出生的孩子到逐渐闭口不谈。说他在公司不愿谈私事吧，又不见他的工作规划有什么进展，倒是几乎每天都开一次小型会议，一般也就只是叫上冷俊和萧思语两人，说的全都是一直以来讨论的话题，没有创新，也没有提出任何解决问题的方案。虽然冷俊已经隐隐觉察出了齐修远对萧思语在态度上的变化，但他并没太往男女之情上想。原因很简单，萧思语确实又漂亮又聪明，性格也沉静，但她给人的感觉只是一个合作伙伴，而不是一个女人。要说起女人味来，陈紫婷不知道要比她吸引人多少倍。很难想象齐修远会放着家中有多年感情的贤惠老婆不理，却来主动招惹一个在生意上有威胁的女人。

而萧思语本人也并没有对齐修远表现出特别的情感，总是平和地讨论生意问题，偶尔开个得体的玩笑，没有肢体上的亲密动作，态度也很端正，毫不暧昧。以冷俊混迹情场多年的经验来看，她对齐修远没有别的感觉。

但是齐修远逐渐开始下班后也赖在公司，整个人有时候都显得浑浑噩噩，明显是心里有事。冷俊看他这样不太对，约他去喝过两次酒。以两人的关系，每次喝多了之后就会大吐心声，但是这两次齐修远却怪怪的，只是发呆，或者欲言又止，只要谈及家庭，他就会露出非常纠结的神情。

冷俊可以确定，齐修远真的爱上了别人，但那个人是谁他无法确认。可是他冷不丁会想起当时工程竣工时，齐修远看萧思语的眼神，那是他以前看陈紫婷时的眼神。

又过了一段时间，当陈紫婷的孩子出生之后，齐修远初为人父的喜悦暂时冲淡了他的反常，但是不到一个月后又陷入了更糟糕的状态。他常常加班到深夜，找借口不回家，这回不仅是冷俊，连公司里的老员工都窃窃私语他是不是有问题。陈紫婷也察觉到了，开始打电话给冷俊旁敲侧击地问他。作为齐修远的老朋友，他不得不插手他们的家庭关系。

冷俊其实很想对陈紫婷说出自己的怀疑，但是又怕经受这样的打击对哺乳期的女人和婴儿都不好，只能先替齐修远圆着谎。关于公司的合并，关于齐修远的家庭，关于萧思语，现在的情况都过于太平，像暴风雨到来前的宁静。他想，是时候找齐修远好好谈一次了。

第二天早上一上班，冷俊看着齐修远刚进办公室，立刻跟了进去。

齐修远正在换外套，转身看到冷俊，惊讶地停止了手上的动作。

冷俊反手关上了门："我想跟你聊聊。"

"聊什么？过一会儿开会，叫上萧经理一起说吧。"

"我要说的就是这个。"

齐修远愣了一下装傻："说哪个？"

冷俊直截了当地问："你是不是出轨了？"

齐修远不吭声，直视着他。

冷俊又逼近一步："是不是跟萧经理？"

两人继续对视，齐修远的目光非常复杂地变换着，最终败下阵来，颓然坐到椅子上，打开罐装咖啡喝了一口，无奈地叹气说："不，我还没出轨。"

他说的是"还没"，也没有否定对方是萧思语，这说明了他们两个人的暧昧关系是确有其事的，而且，他并没打算停止这种关系，还想要继续发展。

"你……"冷俊一时语塞，竟然真的是这样，坚持洁身自好始终如一的齐修远居然有出轨的心思，而且他不是只想玩玩，他爱上了别人。

"不是你想的那样。"齐修远继续说，"我没跟萧经理怎么样，就是……就是我真的爱上她了。"

"你是一个有家室的人，现在又刚当了爸，你有什么资格说爱上别人？"一想起"父亲"这个词，冷俊就觉得气不打一处来。

"你不懂。真的，你有那么多女朋友、炮友，你真正爱上过谁没？"

冷俊无言反驳，他扪心自问，似乎自己真的没有爱过谁，他对所有的女人产生的感情都是浅浅的喜欢，有的是欣赏，有的纯粹是肉欲。他可以为她们说甜言蜜语，可以给她们花钱、带她们出去玩，可以毫无顾忌地上床，可是从来没有一个女人能走进他的心里。

"一开始，我就是挺欣赏这个女人的，她又漂亮又能干，做生意爽快，不藏着掖着的，是一个特别好的合作伙伴，我也没往别处想。后来接触多了吧，我就发现，她看起来是个女强人的感觉，其实挺小女人的，很多方面特别可爱，就禁不住多留意了点，结果就越来越喜欢她……到现在，我根本忍不住，脑子里全都在想她，就想听她说话，跟她在一起……"可能是忍得太久了，齐修远说起来就收不住。

冷俊听了一会儿忍着脾气说："你说你爱上她了，那你之前不也是一样爱紫婷？”

齐修远摇摇头：“是，我跟婷婷之间有很深的感情。但是你知道吗，现在回想起来，我们俩高中时互相喜欢，毕业后在一起，大学异地恋四年，后来又一起打拼事业……我对她更像是依恋和感激，是奔着一起生活去的，是家人的感觉，跟浪漫相差太远。你知道吗，现在对比下来，我都怀疑我对她是不是真正的爱情！我承认，婷婷特别懂事，从来都没让我操心，对我也体贴，可她身上没有那种……那种吸引人的魅力……她特别现实，脑子里就是赚钱、养家、养孩子，她什么都能干，根本不需要我……”

冷俊听得云里雾里。他回想着，齐修远说的怎么都跟自己的印象相反。他觉得陈紫婷是个特别贤惠、适合家庭的女人，她身上有那种会持家、能让男人收心的感觉；而萧思语则是个一心扑在工作上、压根不适合家居生活的人，除了外貌以外，她身上到底有什么女性魅力？冷俊觉得齐修远就像着了魔，不住地美化自己的错误，甚至否定以往的感情。出轨就是出轨，发生在别人身上就是狗血，在自己身上就是爱情。于是他不耐烦地打断了齐修远：“你到底喜欢她什么？”

齐修远顿了顿，说：“她给我一种被需要的感觉，我感觉在她面前，我特别想表现得像个男人。”

冷俊心里咯噔一下：“这么说，她……也喜欢你？”

“怎么说呢。我觉得她并不知道我喜欢她，我表现得一直很低调。但是我能肯定，虽然她什么也没说，但她真的是喜欢我的。我感觉得出来。”

从齐修远办公室出来，冷俊简直搞不清楚是自己的感觉错了，还是齐修远的错了，他们印象里的是一个人吗？正想着，萧思语迎面走过来跟他微笑着打招呼。冷俊和她对视，不由得多打量了她两眼。

“怎么了？我脸上哪里脏了吗？”萧思语敏感地发现了冷俊的目光。

“不，只是你太漂亮了，忍不住多看一眼。”冷俊油嘴滑舌地开玩笑，他以为她会露出一贯的微笑说“谢谢”，然后擦肩而过。可是，萧思语一瞬间竟露出些许惊讶的神情，紧接着又有些不好意思，咬了咬嘴唇掩饰笑意，眼睛眨了一下看向旁边，长睫毛忽闪着压住目光，然后什么也没说，微微低头快步走进办公室里。

冷俊一下子怔住了，他想，齐修远说得没错，萧思语身上确实是有被自己忽略了的女性魅力。可是她究竟喜不喜欢他……事情越来越复杂了。

晚上下班的时候，冷俊又碰巧跟萧思语一起等电梯，两人跟往常一样随意交谈几句。电梯到了，冷俊挡住门做出“请”的手势，萧思语先走进去。

公司在大厦的十层，这座大厦位于商业中心，已经建了有些年头，电梯也老旧了，行驶起来咯咯噔噔作响，听着很瘆人。冷俊正想着物业到底什么时候换电梯，突然“咣当”一声，电梯卡住了，同时灯也熄灭了。

冷俊不由得发出一声惊呼，然后马上反应过来可能是停电，旁边的女士还没叫，自己倒先露怯，真丢人。

“停电了吗？”萧思语的声音传来，没有多少慌张，但也不像往常那样镇定。

“可能是的。”为了挽回自己的颜面，冷俊用尽量镇静的语气说。

“哦……现在还会停电吗？”萧思语似乎是在自言自语。

突然电梯又开始急速下坠，好在马上又停住了。这回两个人都不由自主地发出了惊叫，冷俊感到萧思语的声音就在身边，便稳住心情拍了拍她的肩膀。他感到她微微颤动了一下，紧接着她的香味靠近了，一双有点凉的小手握住了自己的手。

“没关系的，别怕。”她说，但是言语中有无法掩饰的惊慌，更像是在自言自语地安慰自己。

冷俊下意识地生起了一股保护欲，不由得回握着她的手，上前一点，他们挨得如此近，她的身体就像是依偎在他身上。

电梯里的应急灯亮了，黄色的光打出一个圆形的区域。萧思语欢呼了一下，离开了冷俊，他顿时感到有点失落，打趣说："萧经理还真是现实，一点便宜都不让占啊。"

萧思语不好意思地说："我只是有点怕黑。"

他们的手还牵着，冷俊不好意思不放手，又不甘心先放开。

萧思语突然说："小时候常常停电，家里只能点蜡烛，没什么可玩的，妈妈就教我这个。"说着，她自然地抽出了自己的手，交叠在一起举到光圈中，电梯门上出现了一只飞翔的大雁。

"哦，手影，我也会。"冷俊也依样做了一只大雁，但是他的手又大又硬，做出的动作不太顺畅。

"我还会这个呢。汪汪！"萧思语马上比出了一只小狗。

冷俊也想学一下，但是手摆不出来。

"看，还有兔子。"萧思语玩得很开心，突然抓住了冷俊的手，"你要这样，手指翘起来是耳朵……"

两人的手还是纠缠在一起，但是已经不是刚刚暧昧的气氛，反而令人非常愉快，冷俊觉得好像回到了童年无忧无虑的时代，突然心生怀念。接着他们又聊起了童年，都是北京长大的孩子，有很多共同话题，冷俊感到和萧思语之间越来越亲近。这时，来电了。

两人有些依依不舍地走出电梯，各自回家。

天黑了，路灯和车灯形成了大城市独特的夜景。冷俊开车堵在路上走走停停，心不在焉看着前方，脑子里全都是刚刚跟萧思语一起困在电梯中的情景。他回想着每一个细节，在昏暗的应急灯光下，她的面貌朦胧又柔和，散发着女性特有的气息，充满魅力。

又一个月过去了。在那次电梯事件后，冷俊开始用看女人的目光看待萧思语，两人相处的机会不知不觉多了起来。冷俊无意间发现，萧思语在办公室里不穿高跟鞋，而是穿一双毛茸茸的拖鞋；她的办公桌上摆设简约大方，但其实有个专门放零食的小盒子；一起在楼下餐厅吃饭时，她几乎从来不剩饭，吃多少买多少。这些小细节让冷俊感到，萧思语的女强人外表下掩盖着一颗单纯的少女心，他对她产生的好感越来越多，开始质疑自己为什么早没发现她的可爱之处。

同时，冷俊觉得她对自己也抱有同样的好感，这肯定不是错觉。首先，她任何时候都从不对冷俊的出现表现出反感，无论是在工作中还是在工作外，即使在楼下或者餐厅里偶遇，她的眼中也会出现欣喜的神情；她总是笑眯眯地注视着冷俊，就连每天三个人一起开会的时候，两人的眼神也会在某些时刻不约而同地撞在一起，这让冷俊有种心有灵犀的感觉；工作之外的私人时刻相遇，她偶尔会小心翼翼地做些肢体接触的小动作，比如拽拽他的袖子，轻拍他的肩膀。

冷俊不是没有交往过清纯的姑娘，以往的经验告诉他，她一定是喜欢自己的。

至于齐修远所说萧思语对他有好感，那一定是误会。冷俊注意到了，开会的时候，萧思语对齐修远的侃侃而谈总是微笑着点头肯定，但这是她一贯表现出的友好态度；她常常用问句来引导齐修远的话题，这可能给他造成了被需要的错觉。

冷俊想，齐修远完全陷入了对萧思语的单恋，以至于完全看不清事实。

于是在陈紫婷又一次逼问时，突然提道，齐修远是不是跟萧经理有一腿。冷俊觉得实在忍不下去了，一是齐修远的单恋让他觉得可笑，二是“有一腿”这个词用在萧思语身上，他觉得无法接受。不知何时起，冷俊已经把萧思语视为自己的女朋友了。

他把自己知道的一切都告诉了陈紫婷。得知真相后，陈紫婷久久没有吭声。冷俊又开始后悔说出真相了，他完全想不出这会对他们所有人造成什么样的后果。

第二天，齐修远和往常一样来上班了，没有任何异常的表现。

开早会的时候，陈紫婷抱着孩子出现在了办公室。老员工们立刻围上去寒暄，问东问西，陈紫婷也一如往常地和大家交谈，但是目光紧紧盯着会议室。在透过百叶窗的缝隙看到陈紫婷的一瞬间，齐修远的口若悬河戛然而止，他的表情僵住了，露出惊慌。

萧思语顺着他的目光看去，立刻笑起来：“紫婷来了！”说着，她推门出去。正在围着婴儿的老员工们静下来，不由自主地分开一条路，大家看着她满脸笑容朝陈紫婷走过去，脸上没有一丝的不自然。

齐修远马上也跟了过去，面露尴尬：“你怎么来了？”

陈紫婷看向他，目光镇定：“来看看你。”

“看我干什么？不能回家看吗？”

“好久没在家看到你了。”

这句话一出，众人纷纷退后，该干吗干吗，他们都察觉了情况不对不好说话，但都竖起了耳朵听着。反倒是萧思语逗着婴儿，抬头看看齐修远又看看陈紫婷，一脸茫然。

冷俊赶紧上前把两人都带到了会议室，拉上百叶窗。齐修远终于忍不住发火：“你到底突然来干什么？”

陈紫婷怀抱婴儿坐到一边：“不是说了吗？回家里看不到你，想到这里来看看。”

“有什么事回家说。”齐修远推着妻子，试图让她起身。

“冷俊，你昨天跟我说的都是真的吗？”

突然被问及，冷俊只得点点头，他感到齐修远投来责备愤恨的目光。

陈紫婷开口问道：“你喜欢上了萧经理？”

齐修远无法回避妻子的目光，也不敢做出任何表示，闭上了眼睛。

陈紫婷眼中瞬间涌出了泪水。她沉默了很久，才长叹道：“我真不敢相信，你竟然爱上别人了……”

话题一打开就收不住了，陈紫婷从他们相恋时讲起，絮絮叨叨地说着这么多年的往事。她哭诉着：“我为了你背井离乡来到北京，为了你辛苦创业，为了你生孩子、一个人带孩子，我从来没说过自己的苦，也没像别的女人那样管老公，你自己说你对得起我吗……”

齐修远本来也眼泛泪光，但听到后来就越来越露出不耐烦的神色。谈话开始提及萧思语，齐修远的表情坚定起来：“冷俊，你先出去一下。”

冷俊觉得这毕竟是他们夫妻间的事情，不方便过多参与，就走出去掩上了门，转身却被吓了一跳——萧思语正幽幽地站在门旁边，她看着他轻声说：“我不是故意偷听的，但是他们说的话，好像跟我有关……”

冷俊无奈，看她一脸迷茫的样子，忍不住伸手在她头顶轻轻揉了一下，萧思语仰起脸，明明是快三十岁的女人，表情却像个少女。冷俊把她带到自己的办公室，大致讲述了一遍前因后果。

萧思语呆呆坐了一会儿摇头说：“这太荒谬了，我不知道……”

“跟你没关系。”冷俊安慰她。

“你会这样想，可紫婷不一定会这样想。”

“他们怎么想都无所谓，你自己知道就好。”

“可是……”萧思语看向窗外，大办公室里员工们在交头接耳，显然是对这件事情早有判断，她介意他们的想法。

“没关系的。”冷俊把手放在她肩上，萧思语朝他回以微笑。

“我要走了。”齐修远把啤酒瓶重重往桌子上一墩，狠狠地说。

距离陈紫婷来公司又过去了两个星期，齐修远突然打电话来约冷俊晚上出去喝酒。本以为他要去哪个酒吧，两人却不知不觉走到了一个烧烤摊边坐下去，很像他们在大学时晚上一起喝酒吹牛的气氛，又像是在艰辛创业时半夜出来犒劳自己。那都是美好的回忆了。

冷俊想说些什么，却又说不出来，只能举起酒瓶又给自己倒了一杯。

“我跟婷婷谈过了，她想要回老家去。”

“那公司呢？”

“按照我投入的股份抽出来，还能怎么样？”齐修远皱着眉说。

冷俊在心里估算了一下，公司发展到现在，当初两个人投入的成本已经是微乎其微，但是如果按照股份把现在的公司抽成的话，也是一笔不少的钱。可以说如果把这笔钱给出去，公司的运营会面临一定的困难。从公司的发展考虑，冷俊当然是不希望齐修远这样离开的。但是从朋友和合伙人的角度，陈紫婷的要求其实并不过分，毕竟这公司是他们一手创立的。

“你和萧经理谈过了吗？”

齐修远又喝了一口酒，点头：“当然。”

“她怎么说？”

“她说是我多想了，她从来没有喜欢过我。”

冷俊语塞，他原本是想问萧思语同不同意他抽成，现在的真城公司她才是最大的股东，而且她背后还有真味企业的存在。

齐修远沉默了一会儿继续说道："原来根本就是我一厢情愿。我还以为她是只对我流露出那种感觉，其实并不是。我以为她只让我看到她的温顺可爱、柔软脆弱，我以为她崇拜我需要我，但都不是真的。她就是那样一个人，外表女强人，内心小女人，她对谁都是那样……"

冷俊默默听着，感觉自己的心在不断下沉，齐修远所说的感觉和他目前正经历的一模一样。莫非她真的谁也不喜欢，只是习惯这样待人？

"可是她为什么，为什么非要用那样的眼神看我，我对她示好也不拒绝……"

"你对她表白过？"

"对。"

"她没拒绝？"冷俊大惊失色，如果真是这样，萧思语就是刻意的。

"她只是说'你是有家室的人，不该这样'。"

"哦……"冷俊稍稍放下心来，按照萧思语的性格，可能这就是委婉的拒绝。

"但是她表现得……真的，我觉得她是因为我已经结婚了，不想破坏我的婚姻才这么说的。"

"你怎么知道？你刚刚不是还说她从来没爱过你？"

齐修远摇头："她上次把婷婷和我叫出去，开诚布公地谈了一次。她当着我的面夸了我一顿，又告诉婷婷，她只是欣赏我，从来没跟我有过任何不规矩的行为，也绝不会破坏我们的家庭。希望婷婷能理解，尽早回去上班，公司需要我们。"

这倒是很像萧思语的态度。

"那……"

"婷婷不能接受。她觉得我爱上萧思语是个隐患，就算她不爱我，早晚也会出事。如果我继续留在公司，就跟我离婚，她非要回老家。”

“这公司可是咱们三个一手创办的，当时多困难都坚持下来了，现在你真能舍得？”

“我没别的办法。不管萧思语爱不爱我，她都不可能跟我有任何发展。我没办法再抛弃家庭。而且走了，也不用再看见她了。”

冷俊看齐修远，齐修远的表情很痛苦，但这究竟是不得不舍下事业回老家的痛苦，还是萧思语不能跟他在一起的痛苦，冷俊分不清。

两人又坐了很久。夜深了，有点冷，酒精的作用使冷俊不由得想到多年前的类似情景，那时他们还很年轻，那时他们充满希望，以为在北京城里总有他们发光的时刻。不过几年光景，如今北京已经变得更加繁华，他们也得到了很多东西，人还是这两个人，似乎什么都没有改变，却什么都不一样了。

齐修远他们准备开车回去，路上至少要花费一整天的时间。房子基本上带着所有家具卖掉了，要带走的东西不算多，也把一辆丰田越野车里塞得满满的。临走时，有不少老员工去送行，几个女人哭得一把鼻涕一把泪，男人们多少好点，也在强颜欢笑。毕竟是几年的情谊了。

冷俊等大家都告别完了，把一袋零食饮料之类的东西扔到副驾驶上。

“哟，你啥时候这么体贴了？”齐修远笑着打趣说。

冷俊没回答他，上前跟陈紫婷握了握手——他一直是很尊敬这个女人的，又抱了抱沉睡中的婴儿，最后跟齐修远狠狠地拥抱了几秒，一言不发地后退两步。齐修远眼圈红了，但是事情走到这一步完全是他自己的错。他再次朝人群中看了几秒，始终没有找到他期待的身影。他朝大家点点头，上了车。

大家原地站了几秒，看着车子渐渐开远了。

这个世界离了谁都照样转。齐修远走了之后，大家回到办公室坐了一会儿，又恢复了原本的繁忙。冷俊也开始了往常的工作，齐修远走了，他负责的所有事务都交接给了萧思语，往常冷俊是很乐意跟萧思语见面的，今天却有点勉强。尽管她的表现和往常一样，但是他总觉得心里多了什么隔阂。

早上去送齐修远走的时候，萧思语特地不出面，把一袋食品交给冷俊转交："我还是不去的好，这是一点心意，路上吃吧，别说是我送的，免得给他们心里添堵。"冷俊依言行事，但是心里觉得怪怪的，好像她确实对齐修远有些不舍。可是开会时她又表现得毫不在意身旁空出来的位置，这种分裂的表现让冷俊感到不快。

第二天一早，冷俊得到了一个令人震惊的消息，而且不得不由他把这个噩耗告诉所有同事。

昨夜齐修远一家在快到达老家时的盘山公路上出了车祸，栽下了山崖，车辆严重撞击后起火，大人和孩子都未能幸免于难。

得知这个消息后，全公司的人都惊呆了，不少人当场落了泪。冷俊跟大家一起沉默了一会儿，让全公司都放一天假，愿意回家的回家，愿意上班的给加班费。老员工们待了片刻都走了，新招来的职员大部分都留下来上班。冷俊走到萧思语的办公室门口准备把这件事情告诉她，却发现门虚掩着。他敲敲门直接走了进去。

萧思语正立在窗前，背对着他。阳光隔着一层纱帘柔和地射入室内，萧思语的栗色长卷发显现出朦胧的光泽。她应该已经听到有人进来了，却没有回头，也没有动。

"萧经理……"冷俊轻声喊她。

萧思语仍然一动不动，纤细的身影像座雕像。良久，她长呼一口气，慢慢转过头来，脸上一滴眼泪随着转身的动作潸然滑落。她努力扬起一个笑容，眼中却蓄满了晶莹，看上去十分凄美。她用飘忽的声音唤他：“阿俊……”

冷俊感到自己所有的防备完全融化了，彻底沦陷在这声音中，他无法压抑自己的感情，快步上前将她紧紧拥入怀中，贪婪地嗅着她头发的味道。

齐修远的去世给冷俊的打击实在是太大了，他不止失去了合作伙伴，还失去了最要好的朋友。而公司这次在经营上的变动也是前所未有的，冷俊一直不负责这方面，所以并不知道具体怎么操作，全权交给了萧思语。他对事业丧失了耐心，至于会不会被真味吞并他已经毫不在乎了，每天浑浑噩噩地来上班，下班后泡吧，和不同的女子频繁出入各酒店。

至于和萧思语的关系，则发展到了一个微妙的境地。从那天他们在办公室里拥抱开始，冷俊彻底地爱上了她，他完全地信任她、喜欢她，但她似乎不想确定关系，一直若即若离。冷俊从来不是一个在身体上忠贞的人，自然不会吊死在这一棵树上，但心中还是念念不忘地想要跟她在一起。如果她提出的话，他会愿意建立一段长久的恋爱关系，然后像大多数人那样结婚生子吗？冷俊时常问自己，答案是他也不知道。

冷俊花了一个多月才走出这种心理混乱，振作心情来上班。他收拾起对萧思语的狂热，拿出公事公办的心思，耐心做起熟悉的工作，很快就找回了状态。

但是他通过工作才发现，有些东西不太对劲了。在他头脑混乱的日子里，公司已经完全变了样。新员工越来越活跃，这倒是好事，可是未免升得太快。那个何小敏已经快坐上财务主管的位置，有了相当大的权力。冷俊找来公司变动后的材料来看，发现账上并没有少多少钱，也就是说，齐修远应得的分成在他离开前并没有拿走，而他一死，这笔钱也就丝毫没有再挪动的迹象。新的营业执照已经下来了，公司的名称仍然是真城，注册运营范围是房地产开发，并且拿到了二级房地产开发资质。可是却由有限责任公司变成了一人有限责任公司，法人股东是萧思语。

也就是说，真城现在完全跟真味企业没有任何关系了，是一个独立的房地产公司，股东只有一个，就是拿着所有资金的萧思语，自己被踢了出来，成了负责业务的主管。她踩着他们打下来的基业，登到了顶峰。

冷俊瞬间感到血液上涌，他想拿着这份材料去质问萧思语，却迟迟挪不动脚步。

因为他感到愤怒的同时，还伴随着恐惧。他怕她。回想起来，为什么一开始投资他们的真味企业突然不见了？为什么真味的人悄无声息地撤出了？萧思语对齐修远、对自己表现出的亲近到底是什么目的？她的真面目是女强人还是小女人？她怎么能做到在自己眼皮底下控制了整个公司的？那天，得知齐修远死讯的时候，冷俊总有点违和感，这么一想，好像他在办公室里说出事故的时候她并不在场，那么她是怎么知道的？还有，那天办公室里那个年轻人好像也没来，他去哪里了？他究竟是谁？他在公司里到底是做什么的？

冷俊不敢往下想了。

男人真的很好骗。想要从他们身上取得什么东西也许不那么容易，但只要先让他们爱上我，事情就容易多了。男人的喜爱也很好获得，只要有出色的外貌就完成了一半，幸好我有这个资本，虽然我本身对这一点并不怎么重视。

但是剩下的一半并不那么容易，得靠缜密的心思。

真味那边早已经放弃了股权，那笔资金算是借贷，工程做完之后还上，新公司就跟真味再无瓜葛。可是，在真城中并没有我的话语权，如果齐修远和冷俊仍然把持着主要业务，那我就只不过是个没有实权只能分红的股东。而我对钱本身并没有什么兴趣。

我想要的是真城。

齐修远虽然是个已婚人士，可他比较好收服，越是有成就感、总是意气风发的男人越是好收服，因为他们本能地需要新鲜感，即使家中已经有完美的妻子，他们也憧憬着多种多样的情人。根本不用去主动示好，只要表现得让他以为自己被喜欢着，就能坐等他上钩。

男人在妻子孕期和哺乳期的时候最容易出轨。博得了齐修远的好感后，恰好陈紫婷请了产假，脱离妻子的视线之后，这个男人就更好摆布了。陈紫婷是个知性睿智的女人，只要表现出与她完全不相同的浪漫与性感就能把齐修远抓牢，另外日常工作中再表现出对他的信任和崇拜，关键是崇拜，没有哪个男人能拒绝两眼放光仰视自己的女人，她们能让他体会到成就感。

相反冷俊那样的人比较理智，对爱情看得很淡，要想让他臣服，必须让他深深地陷进来。不过我也并没有太费心思。我调查了一下这个人，虽然是情场高手，有不少爱人，可是他从来没有过一段固定关系。他自小父母离异，跟着父亲生活，缺少母爱。他无法对长久的关系树立信心，接触的都是对爱情抱有同样游戏观念的女人，也许能够激起他的保护欲同时又具有母性的小女人更能得到他的青睐。

对两个人用同样的方法，却都能达到效果。男人真是自大，总以为自己才是那个值得被人爱上的人，却想不到都掉进了同一个坑。

当这对夫妻闹得不可开交的时候，我特意以澄清误会为由约两人出来，当着陈紫婷的面告诉齐修远，我不爱他，我压根从来没有喜欢过他。齐修远也许相信了我的话，也许认为我是为了维系他们的婚姻而自动退出，但他怎么想都无所谓，重要的是陈紫婷的决定。她不会相信我的话，更不会忽视我这个隐患，如果想要保全她的家庭，就必须做出取舍。齐修远知道我不可能跟他在一起，必然退而求其次要回归家庭，他一定会依着她。

如果他们就这么顺从地离开，多给些钱也是可以的，可是他们要的份额太大了，不是给不起，而是我觉得不值得。就好像我手里有一百块钱，完全买得起五十块钱的零食，可是我并不爱零食，所以我不想买，不值得。

所以我一口答应下来他们要求的同时，也就注定了他们要走向一条绝路。

陈紫婷太厌恶这个给她留下不快的城市，走得很仓促，也许她以为回到熟悉的地方一切就都可以忘记。他们连公司法定代表人更换都来不及走完流程，财务分成也没有办完手续。这真是个绝好的机会。

我托冷俊送去的一袋子饮料零食都是齐修远和陈紫婷平日喜欢吃的，开差不多两天的车，恐怕会又累又困吧。照他们出发的时间和速度，大概第二天晚上能抵达昆明，有些零食撑着，可能会想一鼓作气直接开回老家。我查过他们的老家，那边是山路，更容易出车祸，再提前派一个人过去在山路上等着，剩下的就不用我操心了。

其实这并不是一个非常周密的计划。他们带着孩子，如果夜晚想要在宾馆投宿，如果开得不那么快，如果路上拥堵……这计划的完成概率可能并不很高。

可结局很完美。

得知事故发生，我想了很久要做出什么样的表情，却始终想不好。那天早上，我站在办公室的窗前听到外面嘈杂的声音，便知道事故已经传到了他们耳中。冷俊进来时，我想了很久，做出自认为最适合的反应。我把表演的重点放到了那声称呼上："阿俊。"

听到这个称呼，我看到冷俊的脸上浮现出复杂的神色，迷恋、混乱而又怀念。我知道我赌对了，这一定是唤起了他儿时的记忆。孩童时期烙下的痕迹总让人无法忘记。

他走过来拥抱我的时候，我闻到他身上有女人的香水味道。

自以为是的人最可笑。

第七章

宋明隐隐地觉得有些不好的预感，很不好，恐怕要出事，而且是大事，要彻底完蛋的大事。

他进入信商银行十多年了，终于轮到了他混不下去的这一天。

宋明是一个彻头彻尾的“凤凰男”，生于普通农村家庭，十年寒窗奋力考上了好大学。因为成绩优秀，本可以考研，却因为家境放弃了。学校辅导员推荐他进入了信商银行。

信商银行是股份制商业银行，完全由企业法人持股，总部设在广州，20世纪 90 年代进军北京，然后沉默着积蓄力量，几年后突然开始爆发式发展。宋明是在千禧年前的积蓄期就进入信商银行的，凭着他的才干博得了领导层的好感，开始一步步爬上去。北京的信商分行一家家开办的时候，多数老员工都抱着宁做鸡头不做凤尾的观念去分行做了高层，只有他咬着牙始终不出北京总行。众人嘲笑他看不清形势，这种企业法人持股的银行总会派管理人过来，还真以为自己能做到行长了。可是，等到几年之后，当初嘲笑他的人都傻眼了，老行长退休后回了国外，上边还真没再派人下来，一个一个往上补缺，原本的副行长李成宽扶了正，宋明就成了这个信商银行系统中最年轻的副行长。

那年他才三十四岁。

按理说，在这个大城市里，他靠自己的本事赚到了房子，买了车，争取到自己的一席之地，应该是非常自豪的。可是他仍然自卑。就算在人前多么风光利落，他总不能忘记自己出身于农村。这原本不该是事儿，可是越接触，他越发现自己和他人存在理念上的不同，并因此而感到抬不起头来。

节俭、勤奋、精明，这本来都是值得骄傲的特质，可跟其他人比起来，他总觉得自己身上带着挥之不去的土气。他恨自己的精明算计，也恨自己就是无法奢侈浪费，他心底只想跟别人一样轻松自在地活着。

身在银行高层，自然就见惯了各种场面。信商银行以贷款为主要业务，他这个主管信贷的副行长当然是个非常了不起的重要人物，处处都需要他的参与。他跟在李成宽身边开会、参加活动、应酬，自然就熟悉了富有阶级的一切，也开始大手大脚地奢侈起来，反正花的也不是他的钱，习惯了就好了。

这时，恰逢北京的房地产热悄然兴起，处处都在筹划盖楼，大中小型的商品楼盘、市政办公楼、商业中心，房地产火得一塌糊涂。大家看着滚滚的钱财都眼热，稍微有点钱的都想往里投资，没有的就来贷款。宋明就是在那个时候被越捧越高，慢慢地行为大胆起来，凭着贷款拿回扣，越拿越多，攒下了自己的小金库。

他在这个时候遇到了真味。

真味的规模说大不大说小不小，想要贷款的金额确实超出了他们的抵押范围。老板是个四五十岁的女人，人很精明，一看就是商场浮沉了多年，各种明示暗示稍微做出来，她立刻就能给满足上。宋明心里估算了一下，按照她的计划，还款问题不大，没什么风险，就把李成宽和石贵昆拉了进来。

这两个人都是老江湖，不太好拿下。拖了两个星期，真味负责来搞定信贷的人换了，换成一个年轻的漂亮女人，叫萧思语。这位萧经理带着一个更年轻的姑娘坐在办公室里，开诚布公地说出意图：询问怎么拿下那两个人。

宋明当然不可能给她们出主意，哼哈地随便糊弄着，可是不一会儿，萧经理接电话出了办公室，只留下那位年轻的姑娘何小敏。何小敏看着宋明嫣然一笑，锁上门转过身来，不顾宋明惊诧的眼神兀自脱得只剩内衣，上前将宋明的手放在自己胸上，眼睛里水光涟涟。

宋明不是没经历过这些香艳场面，可是，这个女大学生明显与色情场所的小姐不同。她年轻的酮体白净透亮，那是一种文静而青涩的美，与热烈的青春相融合，具有独特的吸引力。她就那样站在宋明面前一言不发，他想抗拒，却移不开手下软绵绵的触感。他身不由己地拉上了百叶窗，阻断外界的视线……

有了肌肤之亲的宋明自然地站到了真味的立场上，一次私下幽会后，他在枕边帮何小敏出谋划策，她则趴着托腮看他，那副模样娇俏可爱。

但他们讨论的计划并不那么可爱。

宋明太了解那两个老家伙，仗着手上有权力各种拿捏客户，尤其是石贵昆，非常不好拉关系，这家伙大的没有胆量拿，小的拿了也看不上眼，好多送礼办事的都在他这里吃了憋。宋明一时也想不出有什么方法能把他拿下，他看着何小敏突然心中一亮：一般人看石贵昆年纪大了，都是送红包，很少找他喝酒叫小姐，说不定这方面会是他的软肋。

他跟何小敏耳语了一番，找出了一条路来。

何小敏找来了几个女大学生，都是清纯可爱型的，一看就年纪小，不经世事，宋明估计那两个人会喜欢。

“为什么找了四个？太多了。”宋明说。

“萧经理让的，说中途肯定要有退出的，必须保证有人能从头坚持到最后，把他们抓住喽。”

何小敏一向遵从萧经理的各种指示，她是萧经理手下“特别”的员工。

第一次饭局下来就能看出石贵昆果然是个隐藏已久的饥渴之徒。刚开始他装着一本正经的模样，眼角却不住地瞟着年轻姑娘们，两杯酒下肚，他的老脸通红，手上就开始不那么老实。宋明的兴趣不在这里，边吃边看倒挺有意思，他想，这家伙五十多岁了，平时总是一副古板的样子，可真能装相，原来是这么一副心思。

几次吃喝玩乐“一条龙”的招待下来，李成宽和石贵昆拿了不少好处，事情基本上已经成了。宋明第一次觉得挺没意思，本以为这些得天独厚的佼佼者有多么高贵多么不一样，其实也不过只是人那点欲望，要钱要美女而已，扒下平日里一本正经的那张皮，衣冠禽兽就只剩下了禽兽的本质。

他自己有了何小敏这样一个尤物，后来就没再去真味的宴请，他想，这笔生意应该是算完成了。

等到石贵昆拿真味的贷款单来找宋明签字的时候，表情木僵僵的，好像心思迷离，宋明觉得有点奇怪，叫了他一声，他突然全身激灵，似乎受到了极大的惊吓。宋明看出他不对劲，追问了几句，石贵昆猛摇头，眼睛根本不敢抬起来，直往地上溜。

宋明觉得有问题，这老家伙不至于一笔款子都不敢贷，他之前违规办的金额比这大的也有，怎么这次这么不安呢？石贵昆正想出门到行长李成宽那里把手续走完，却被宋明叫住了。他执意要跟石贵昆一起去，后者搪塞了几句没用，只得跟他一起。

李成宽坐在办公室里心不在焉地发呆，看到他们两个进来并没表现出什么，跟往常一样把手续从头到尾看完签字，盖章。宋明观察着两个人，感到他们之间似乎有什么事情。如果是平日放出一笔都心知肚明不合规矩的贷款，两人肯定会相互神秘莫测地点点头，打着官腔说两句话。可是现在他们不对视，也不说话，好像走手续这件事非常令人讨厌，想赶紧打发完一样。

宋明很纳闷，真味到底使了什么手段，把这两个人拿捏成这副样子？他百思不得其解。但是他心里明白，真味必定有其独到的手段，可能是拿住了两人的什么把柄。后来他问过何小敏，无论是直截了当还是旁敲侧击，她都机灵地避开了问题。宋明心里晓得，何小敏毕竟还是那头的人，从此就对她多少有了些防备。

他本来担心真味会赖账，但是不到两年，他们的工程还在建设期的时候，因为期房已经开卖，所以提前还上了银行的贷款。宋明松一口气的同时觉得非常不合逻辑，提前还款有什么好处？他们到底演的是哪一出？

很快他就完全明白了。

还款后隔了些日子，萧思语又带着何小敏来了，这次是贷一笔更大的款项，而借款单位是真城房地产开发公司。宋明睁大眼睛看着公司的资料，完全跟真味没关系，法定代表人也是另一个名字。他捋了捋思路，难道短短时间里萧思语带着何小敏跳槽了？

两人都不说话，脸上带着神秘莫测的笑容。

宋明只得公事公办，查看了公司的账户金额、公司规模、运营流水等，才发现这家新成立不久的公司竟然正在建设一项相当大的居民商品房工程，第一期刚刚竣工就已经销售一空了，他们急着贷款，是为了尽快把周边的地皮都买下来，筹备建设二、三、四期房子。

借款金额已经超标，宋明告诉她们，这事必须再跟信贷主任和行长通气，否则很难办下来。何小敏笑笑，笑容中带着嘲讽和不屑，告诉他，只要他签了字，那两个人不是问题。

宋明纳闷地看向萧思语，怎么可能？这两个人每次都只做一锤子买卖，哪有一次性把以后贷款都定下来的道理，这次再来借贷，必然还要把以前请吃陪玩送现金的手段再使一遍。

萧思语冷淡地说，不用那么麻烦，这次她们着急用钱，花不起那个时间。

之后的事情出乎宋明的意料，那两个人磕巴都没打，直接批了。

宋明虽然不知道是怎么回事，但他清楚，两年前，不知道萧思语用了什么手段把这两个人永久地收服了。

接下来几年，宋明跟相亲认识的富家女结婚生子，基本算是入赘的状态，但跟何小敏还是一直保持着男女关系。真城公司也一直向信商银行贷款，从他们贷款的金额上可以看出这几年公司发展得相当迅猛。在真城第二次贷款的时候，公司的法定代表人就成了萧思语。

宋明一直明白萧思语这个女人不可小觑，她到底是何德何能，能够在短短几年时间从一家连锁餐饮公司的经理成为房地产公司老总的呢？联想起行长和信贷主任对她的贷款一路开绿灯的事情，他觉得这其中必然有什么不可告人的秘密。但他也感到这秘密或许有些危险，尽管常和何小敏私会，还是一直不敢问及，不过这么多次接触下来，零零散散也多少知道些内幕。比如当年接待过他们的几个女大学生中有人死了，是自杀，留下了遗书；真味公司为了抛开与这件事的关系，彻底放弃了房地产开发，收益到手后立刻切断了关联，连萧思语都留在了新公司。那女学生的死估计跟李成宽他们有关，不然他们也不会这么多年听从萧思语的摆布。但是好好一个人，怎么会自杀了呢？宋明心里倒是有些猜想，不过跟自己无关的事还是少打听为好。

但时至今日，不问不行了。

这几年风头紧，整治贪腐的风从政坛刮到了商界。今年冬至的时候，行长李成宽刚刚以职务侵占罪进去了，前几天传出风来说判了有期徒刑八年。总行那边要派人来彻查，马上要退休的石贵昆和自己恐怕都跑不了。八年，别说八年，就凭自己这几年来收的回扣挪用的公款，恐怕十年都不止，宋明心里想到这个就凉透了。没人会给自己请律师辩护的，老婆一家都是商人，本来这婚姻就是各取所需才达成的，没多少感情，只要他进去了，他们肯定急着撇清关系，离婚是绝对的，那自己的一辈子就算完了。出来后，再也不会有地方雇用经济犯罪的人，想创业也没有资本，现在享受惯了的生活也不会再有了，这辈子就算没指望了。

事发是迟早的事，不如赶紧溜了。正好马上要过年，调查组的人也得休息吧？就趁这个机会到国外旅游，不再回来就万事大吉。宋明懂“常在河边走哪有不湿鞋”的道理，早早就从其他渠道为这一天铺好了道路。

但是，走之前必须再弄一笔，宋明正像热锅上的蚂蚁一样盘算这笔钱从哪儿来，不觉中就想到了真城公司，确切地说，是想到了萧思语。

真城公司虽然常常超额借贷，但还款从来没出过岔子，这次内部清扫波及不到他们。这几年真城发展得特别快，资金不是问题，不过工程只在北京市及周边，规模还在继续壮大。如果这时候查出曾经出过人命官司，想要上市或什么的或许会受影响……而且，听说萧思语进了公司后曾经跟当时的老板暧昧不清，后来不久那人就抛开了自己一手创办的公司离开了，还变更了公司执照，这其中又有什么猫腻呢？宋明想，先弄清楚当年这几件事，找萧思语谈谈，如果她能痛快地给自己一笔钱最好，不行的话，威胁的手段也值得一试。

但是这两件事情都已经过去几年了，宋明要查起来，突破口只能是何小敏。这是他能逃往国外的唯一机会。

本来以为何小敏当初能那么大胆地脱下衣服引自己上钩，肯定是个情场老手，没想到多次接触下来，才发现她还不过是个孩子。她长在单亲家庭，父亲又是残疾，穷怕了，为了赚钱凭着年轻大胆什么都敢做，在街道上混过，也在商场上打拼过，但是实际上，她还是太单纯。她跟萧思语还有一点本质上的不同。

萧思语是个利益至上的商人，她永远带着看似温暖实则冷冰冰的笑容跟所有人保持着不近不远的距离。

而何小敏尽管看起来也是利益至上，什么都敢做，事事听从萧思语的安排，但她有感情。

宋明跟何小敏最初在一起的时候纯粹是为了贷款的事宜。合作完成之后，两人还是常常联系，何小敏在床上原本对他应付公事的态度渐渐改变，他能感到，至少她是喜欢自己的。其实宋明也喜欢她，但他们之间只能是男女关系，不可能有什么进一步的发展。他一个前途无量的年轻银行副总，怎么可能将后半生跟这样一个没权没势的小女孩、一家房地产公司的公关经理捆在一起呢。他要找的，是有背景、能为自己的前途铺路的老婆。

宋明三十六岁那年结婚，婚前若无其事地把这个消息告诉了刚滚完床单的何小敏，她倒是没有多惊讶，因为她从没妄想过这个男人会娶自己，但是一瞬间也流露出了被刺痛的眼神。她只说了句恭喜，便默默离开了宾馆。宋明本以为她再也不会理自己了，却没想到婚后仍然照常接到她的电话，而他也无法放弃她漂亮的肉体，便依旧赴约。

这种事有了第一次就有第二次，他们很快又恢复了以往的关系。何小敏对他除了公司借贷之外一无所求，她所做的一切都是自愿。宋明想，这也没办法，谁让她爱他。

这恐怕是宋明最后一次跟何小敏约会了，他特地安排了最浪漫的全套行程。先去国贸大楼顶层吃西餐，有意点了红酒，再去宾馆开房。房间里他特意提前布置了玫瑰等装饰，希望这些俗套的手段真能彻底软化她的防备，趁着醉酒把一切真相套出来。

果然，何小敏刚在餐厅露面时就满脸吃惊。宋明从未这样温柔地对待过她，她有些受宠若惊，同时又表现出一丝忧虑。

吃饭的时候，何小敏压低声音问他："听说李成宽出事了是不是？"

宋明心中"咯噔"一下，原来真城都已经知道了。他装作镇定的样子笑说："你都知道了？那家伙做得太明目张胆，总行那边派人来查了。"

"那你……"何小敏欲言又止，一双大眼睛担心地看着他。

宋明轻松地挥挥手，轻声说："我肯定没事，我收的……心里都有数，而且放贷也没有不良还款记录，没给银行造成什么损失，再查也查不到我头上。"

何小敏轻呼一口气，表情放松下来。

宋明趁机挑逗她："怎么？真担心我？"

"你有什么可担心的？"何小敏扭过头去，装作若无其事。

宋明又说了些肉麻的情话，撩拨了她一会儿，两人趁着气氛好喝了不少红酒。宋明看出何小敏有些醉了，脸庞红润眼神飘忽，话也多起来，微酣的程度刚好，便即刻起身，开始下一步计划。

拥着她步入宾馆房间后，何小敏看到满屋子的红玫瑰开心地叫出声来，因为房间隔音好，她又喝了酒，不由得放松了很多。宋明上前拥吻她，却不急着办正事，起身又开了一瓶红酒，说："我们聊聊天吧。"

"好。"何小敏醉眼迷离。

“你真漂亮。”宋明给她倒了一杯酒。

何小敏托腮沉默了片刻，才颇有些幽怨地回答：“漂亮有什么用，你也不会娶我。”

“是，我不能。你知道，像我这样穷山村里出来的人，混在大城市里不得不现实一些。我什么都没有，只有自己，为了过上更好的日子，我只能选择对我更有利的婚姻。”

“可你已经凭着运气当上副行长了……”

“那根本不够。我活了二十年，才在这里见识到你们从小生活的城市有多么不同，我怎么可能停在这里不再向上爬？”

“从小生活在这里有什么用？我哪里比你强了吗？还不是靠自己上班、陪各种不喜欢的男人来赚钱？”

宋明沉默了一会儿，说：“钱真是好东西。”

“可不是。”

“小敏。”

“嗯？”

“跟我讲讲你吧。”

“我有什么可讲的？”她笑。

“讲讲你从小的经历吧，我想听。”

何小敏抬眼看他，打量了一会儿，开始慢慢地叙述自己的人生，说着说着便动了感情，偶尔会哽咽，甚至落下泪来。

宋明坐在对面握着她的手耐着性子听，做出一副同情又怜惜的表情，心里想的却完全是另外一回事。当一个男人愿意倾听一个女人漫长的自述，要么是他真的爱着她，要么是对她别有所图。终于听她讲完了父亲残废、母亲离开，她一个人怎样坚持读完高中上了大学，讲到了遇到萧思语。

“那是我人生的转折。”何小敏说。

这才是他想要听的正题，宋明适时地给何小敏满上酒杯。

何小敏从真味连锁店的兼职服务员干起，因为经理萧思语的赏识做了公司公关，每次出去陪客户都有她的份儿，当然收入也不菲。对一个还在念书的大学生来说，何小敏兼职赚来的钱已经足够支付她的学费和生活费，甚至比一般的同学生活水平还要好一些，代价是牺牲了所有大学生应有的社交活动和学习时间。不过提早步入社会，倒是比那些象牙塔里的学生老练多了，在何小敏看来，她的同学们幼稚得可笑。

她开始陪的客户是连锁店加盟商，所以姿态要高一些，工作也确实是展现公司品牌特色；但应酬一些卫生局、工商局的领导，就自然地要放低姿态，被人占占便宜揩揩油也就没什么大不了的。直到那次陪三位银行高层，萧思语的态度是要不惜一切，她才真正豁出去。

后来她听从宋明的建议，在学校里找了四个漂亮的大学生来冒充真味的员工陪酒，萧思语称赞她有能力有办法，何小敏自己也飘飘然起来，认为办事也不过就这些手段。不过她还是想得太简单了。

最后一次招待那两人之前，萧思语把何小敏叫到办公室里郑重地告诉她，三个女生里面有一个必须要牺牲掉。何小敏茫然地听着她的制造强奸案的计划，萧思语说得平淡又冷静，仿佛这是最自然不过的事情，何小敏突然全身打了个冷战。她这时才反应过来，原来在真正的商人面前，一切都是可以用利益和损失来划分的，至于尊严、贞洁等，都是标有价值的东西，是可以用钱来计算的。

萧思语联系好了夜总会，让何小敏今晚把人领到那里，再叫两个陪酒小姐，事情差不多的时候带着别人出去，自然有人张罗后面的事情。她还钦点了牺牲品——那个叫辛宁的女孩子。何小敏别无他法，只得照办。

那天完事后，何小敏把另外两个女生打发走，包间里唱歌的两个小姐递给她几张拍立得拍出的方形照片，人物正脸和隐私部位都非常清晰，从表情上可以看出来，女方完全不情愿，可是两个男人的表情已经情迷意乱了。

何小敏打电话给公司司机，把女生送回了学校。第二天一早辛宁回了寝室，在室友去上课时吞食药物身亡。听到辛宁死了的消息何小敏确实受到很大震动，但并没有太惊讶。

“你知道吗？我觉得，可能辛宁的死原本就是计划的一部分，只不过萧经理没跟我说。”何小敏摇晃着手里的酒杯，皱着眉头醉醺醺地说。只有在出了人命的情况下，这件事才足以构成威胁，对两个男人，甚至对何小敏自己，他们都再也脱离不开萧思语的掌控。

但是萧思语怎么能确定辛宁一定会自杀呢？再说她真的是自杀吗？她死前究竟经历了怎样的内心挣扎？这些已经不得而知了。

何小敏讲完这件事沉默了片刻，又接着讲起萧思语到真城公司之后的事情。她原本是作为真味的代表进驻新公司的，可是首个项目竣工之后，她带来的几个人除了何小敏和司机之外都回了真味，而她则成为真城房地产开发公司的股东之一，和真味公司再无联系，个中原因何小敏并不清楚。不到一年，真城原老板一家退股回老家发展，路上发生意外车祸身亡。

宋明听到这里实在忍不住插嘴问道：“你有没有觉得，这里面好像有太多隐情？”

何小敏勾起嘴角苦笑了一下说：“我不知道。我可能本能地感到这里边有什么事情，但是我控制住自己不去想。”

“为什么？”宋明追问。

“我为什么要去想呢？深究这些事情对我有什么好处呢？”何小敏反问，宋明哑口无言。“我既然都感觉到其中有危险，再去深问这些，不是会让萧经理对我起疑吗？你都知道了我们的手段不那么光明，但我也不能确定这些是不是她的极限。万一她有更厉害的手段怎么办？”

你可以要挟她。宋明差点脱口而出，最终咬着嘴唇没说。

“还是少知道更好。就是因为我什么都不多问，萧经理才会重用我。”何小敏揉着太阳穴，突然流露出冷冷的表情：“如果哪一天这些事情败露了，至少我不知道的是真不知道，不会扯上我。”

“要是我呢？有一天我出事了，你怕牵扯出你来吗？”

“你？”何小敏一愣，露出警觉的神色来。宋明握住她的手，她马上又放松下来，苦笑着说：“你是好是坏，都与我无关。”

宋明弄不清她说的是实话还是谎话，等到过几天自己事发，这个女人到底是会为他难过，还是根本不会有一丝动摇呢？

何小敏还在继续讲下去，都是她自己家庭、工作中的事情了，宋明无心再听，只得装出倾听的样子，心中却在思量她刚才讲的两件事。

萧思语用受辱自杀的女生来威胁李成宽他们取得贷款，之后又无缘无故脱离了原公司进入真城。真城的原老板为什么退股？居然一家人都死了？这中间到底发生了什么事情？萧思语究竟有什么手段把人人都整治得服服帖帖？

宋明想着这些事情，突然注意到一个不太起眼却可能是关键的人物——司机。

第一次受到真味邀请时，宋明就坐过他们的豪华商务车，没怎么注意司机。这种专车司机都是开车技术娴熟，其他毫无存在感的，不可能跟出租车司机一样和客人天南地北地侃大山。后来陆续又见过几次，宋明记得那人年纪不大，看样子二十多岁不到三十，人倒是挺稳重，总是麻利地给他们开车门，从来没出过声。

就是这个司机，在自杀的女生死前送她回学校，又跟着萧思语进了新公司。之后原老板撤股回老家又是怎么回事？路上遇交通事故全家死亡，这也是巧合吗？他会不会跟何小敏一样，是萧思语手下“特别”的人？还是说，他比何小敏更“特别”？

宋明感到自己已经抓住了关键。

腊月二十九，宋明打电话约萧思语在咖啡厅见面。

萧思语开始时并没答应，不想跟这个即将“出名”的副行长再有什么联系。

“萧经理真是会看风使舵，一见风头不好就转脸不认人啊。”宋明揶揄道。

“宋行长哪里的话，年根底下确实很忙，今天公司刚放假，大家都想早点回家，没办法只能我来做所有事情……”

“怎么可能你自己忙，你手下不是有两个死心塌地给你办事的人吗？一个何小敏，一个常欣……”常欣就是萧思语一直带在身边的司机。

萧思语在电话里罕见地沉默了一下，刚要说话又被宋明打断：“对了，那个常欣日子过得不错啊，前几年好像还去过云南旅游，就是你们公司原来老板回家出事儿的时候……”话说到这份上，宋明的意思已经完全表达清楚了。

萧思语再度开口，声音仍然是不紧不慢，听不出丝毫心理变化：“既然宋行长这么闲，那就见面叙叙旧也好。这么牵挂我们常欣，我把他也带上？”

宋明倒是吓了一跳：“那倒不用了。”他跟对方约好了见面的时间和地点便挂断了电话，心里却一个劲儿感到不踏实，以为自己已经拿住了对方的短处呢，怎么感觉一点上风都没占到。

上一次套出何小敏的话之后，宋明马上开始调查。他在自己的人脉中托了好几层关系找到一位云南的警察，借故打听了几年前盘山公路车祸一家人遇难的事情，竟出乎意料地发现，这事情也引起了警方的重视。

三年前那起车祸非常惨。一辆丰田越野车从盘山公路直冲下去，翻了几个个儿摔在山脚下，车身损毁严重，车内三人无法脱身，油箱破裂导致起火。那地方很偏远，等警察到达时，车里的人全都烧成了炭状。

“我到现场看了，车烧得就剩个架子了，人都是直接火化完毕，尸检都用不着做，太惨！”那警察回忆起当时的情况感慨。

“判断是交通事故？”

“很可能是司机夜间开车疲劳驾驶，结果在盘山公路上遇到前方车辆急停或者突然减速等情况，慌乱中摔下了山。能确定摔下来的地点，路边的围栏全撞断，现场道路上确实也有两辆车的刹车痕迹。其实那盘山公路并不是很高，如果车辆只是摔下去也不至于一个都活不下来，可是起火就真是没活路了。”

“也就是说事故有前方车辆的责任？”

“责任大了！可当时公路监控体制不行，其实现在也不行，那一段路今天也没监控。而且夜间行车稀少，根本没有目击证人，也没有线索，只能从轮胎痕迹来判断前车是一辆轿车。”

宋明还想打听细节，但是警察不再多说，就此结束了通话。

这事故果然也很微妙。到底是纯粹的意外，还是前车刻意导致的事故——这关系到中间是否牵涉到他人的问题。前车的司机为什么急停？如果确实有他人涉案，这个人会是谁呢？为什么呢？

那倒霉的老板为什么撤股回老家呢？这两件事之间的联系不能不让人

多想。

最重要的是，与此同时，萧思语的心腹常欣在哪里呢？

还有，虽然宋明有着丰富的联想，可他没有丝毫证据，萧思语肯定不会认。而她一旦知道宋明多少知晓这件事，肯定也不会对他善罢甘休的。到那时……会怎样？

但是宋明没有别的路。职务侵占被起诉这件事已经迫在眉睫，如果不做出任何反应只能束手就擒。如果萧思语死不承认，不肯拿出钱来送他走，大不了他把这些事情都交代给警察，说不定还能抖出一个大案子争取宽大处理。

宋明用双手搓着脸，紧紧闭着眼睛。一个月来他吃不好睡不好，心里装着各种事儿，精神快要到达崩溃边缘。他已经不动声色地买了明天飞往欧洲某国的机票，那国家以旅游业为主，又是个小国，跟我国短时间内不可能签订引渡条约，只要先去了那里……剩下的路只能走一步算一步了。

明天就是除夕，本该是全家团聚的日子，可什么家庭亲人，这时候他都不要了。他只觉得世界不公，凭什么有人生来就能享尽人间繁荣，他就非得吃得苦中苦，方为人上人的时候就要被法律追究责任。他不觉得自己有什么错，只觉得是在竭尽全力跟命运的不公抗争。

宋明没想到，跟萧思语见面后对方竟然什么都没问。他提出了三百万元的要求，她痛快地答应了："现在你的账户已经不方便使用了吧，给你现金怎么样？"

当然更好。

"那好，晚上在工地见面吧。"

"哪个工地？为什么是工地？"宋明警觉道。

"就是我们正在建设的楼盘。说不定你已经被人盯上了，其他的地方不安全，工地没人，又空旷，如果有人到了你可以一眼看到。”萧思语说。

宋明不想去，他觉得有问题。

萧思语扯起一边的嘴角冷笑，眼神冰凉：“钱在我手上，你爱要不要。想威胁我，这时候也不能完全由得你。”说完，她往后靠去，身子陷入柔软的单人沙发里，满脸戏谑地看着他。

腊月二十九的夜里，这片尚未完工的居民楼工地上空无一人，连看大门的人都得放假回家去了，只剩下几盏照明灯孤单地相互对视。工地乍看杂乱无章，建到一半的楼房还露着钢筋，楼与楼间的空地上堆放着建筑材料，显得异常狼藉。但是仔细看去，就能发现施工队走的时候精心整理过，新完工的地方用尼龙编织物盖着绑好以防龟裂，空地上成堆的建筑材料摆放有序，也是盖好了的。几架吊车停在楼盘旁边，钢铁手臂默默地伸在半空中。工地中间有块很大的空地，是留作小区中心绿化用的，地上用胶带贴着，想必是作为什么建筑的定位。

宋明数了数，这一期有十几栋楼。这已经是这一楼盘的第五期了，期期爆满，萧思语真是赚了不少，朝她要三百万元一点都不过分。他蜷缩在工地堆放杂物的拐角处，尽量隐蔽着自己，眼睛盯着大门。今天一丝风都没有，是北京罕见的好天气，北方干冷的空气顺着气管灌入肺部，让人觉得身体从外到内正在结冰。工地上照明不够，抬头望向天空，可以看见漆黑夜幕上闪闪的星斗，宋明有好多年没有看到过这样清晰的星空了，他不由得回想起年少时的美好记忆，可是转瞬又被现实拉回来，陷入深深的悔恨与不甘中。

因为寂静，一点声音都显得格外清晰。宋明听见远远有车驶来，停在工地外。有人打开车门走下来——只有一个人的脚步声，是高跟鞋踩在沙石地面的声音，不紧不慢，由远及近。萧思语穿着长及脚踝的羽绒服，踩着七八厘米的高跟皮鞋，更显得身形高挑纤细。她什么也没拿。宋明确认了她真的是一个人来的，从藏身的角落朝她走过去。

萧思语听到脚步声转过头来，面无表情地看着他。宋明四处张望了一番，问道："钱呢？"

她笑了笑，答非所问："这么好的天气，我们走走吧。"

宋明不为所动："钱呢？"

"你跟我来，自然就给你。"说着，她自顾自地朝前走去，宋明只得跟在她身后，警惕地注视着周围，仍然是一个人都没有。

"第五期建好之后，我还想把旁边那片地买来，再建第六期。到时候这片楼盘也就真到了极限，再没有地方扩展了。宋行长，你知道这里会有多少居民吗？"

宋明在心里计算着，但是没回答。

"如果按照普通计算，每期十五栋楼，每栋楼两个单元、三十层，一层四户人家。新婚夫妻买房生子，家里老人来看孩子，一家就有五口人，一共是十多万人。十多万人，你知道是多少吗？这些人可能来自全国各地，在北京这个角落里安家。你看到没？这些还没建好的楼房，每一个空格子里将来都会住上一家人，窝在这里遮风避雨，享受人生。宋行长，你不觉得很有意思吗？"

"有什么意思？"宋明本以为她在算能赚多少钱，被这么突然一问，完全不知道她要说什么。

"人啊，人很有意思。你也曾经这样想过吧？买一套房子，有一个安身的空间，在这个繁华的城市里生活，感到自己也是精彩世界的一部分。

"现在我给十万人提供了这个空间。让他们得以留在这里，做这个美梦。其实呢？他们把一辈子赚的钱都交给了我，而我除了这个空间以外，什么都没有给他们。他们所想的一个家、一段人生、所有的美好，都不过是寄托在房子上的一个梦，都是幻觉。”

宋明听得云里雾里，觉得好像明白她的意思，又好像不明白。他确实曾经觉得，像他这样一个寒门学子，在北京有一份好工作、有一间房子，已经算是出人头地过上幸福人生了，可是真的是这样吗？等他做了银行副总，增长了见识，才发现以前的自己是多么可悲。可是幸福人生到底是什么？宋明不清楚，但他只知道缺钱的日子不好过，所以大把钞票握在手里的时候，就是幸福。此刻被萧思语这么一说，他突然又有些疑惑了，难道这一切都不是真实的吗？都是幻觉吗？那么自己深夜到此，究竟是为了什么？

宋明不愿再想，深吸了口气，加重语气继续自己的质问：“钱呢？”

这时，萧思语已经带着他走到了工地中间的大空地上，她又往前挪了几步，回头看着宋明，他跟了上来，与她面对面地站着。萧思语掏出手机编辑好信息给他看，上面只有一句话“把钱给宋行长”，发送对象是常欣。

宋明不由自得，果然猜中了。这女人背后搞了一系列阴谋，帮手就是那个司机。但是这司机到底是什么人呢？

萧思语按下发送，把手机放回口袋，抬头意味深长地说：“宋行长，这可是天上掉下来的馅饼，你也得有本事才能接住喽。”

宋明冷笑：“有本事要，当然有本事接。”

萧思语跟他对视了两秒，轻轻点头说：“天气预报说明天早上会起风。”说完，她抬头仰视上方。

宋明听到耳边传来呼呼的风声，心中顿觉不妙，已经来不及做出任何反应。

这人死在什么时候不好，非要今天。大年三十还要看尸体，真是够够的了。

“这现场什么痕迹都没了吧？”

“啊？”

“我说！现场！什么痕迹，都没啦！”

“嗯！可能！”

“你说啥？”

两个警察面对面地喊话，声音被呼呼的风声吹得断断续续，只得互相摆摆手放弃了交流。汪铁憋着一肚子气，顶着六级西北风，眯起眼睛仔细勘查现场。

死者男性，四十五岁左右，中等身材，衣物整齐，头面部受到重创。他死在这片工地中间的空地上，身下有个银色胶带贴成的十字记号，死后没有被搬动弃尸的痕迹。初步判断这人死得简单粗暴，要么是从高空坠下头部着地，根据死者的姿势来看，仰面向上，面部受到重创，有可能死后被翻动过，那么很可能是被害；要么是正仰头朝上看的时候，被什么重物直接砸到了脸上。

如果这里就是第一案发现场，他是从哪里掉下来的？或者说站在这里仰头看什么呢？汪铁站起身来，抬头往上看，头上是一片晴空，他把目光移向附近的起重机上。

虽然不知道他为什么来这里，但是显然，置他于死地的就是这架起重机。死者身下的十字记号估计不是巧合，而是定位。汪铁看看地面，再看看周围，没有什么不同，如果他是坠落至死，不会那么巧死在这个固定的地点吧？从这一点来看，他应该是站在这里被砸死的，重物就是从起重机上瞄准落下来的，估计是蓄意谋杀。虽然凶手杀害他之后操纵起重机扭转了方向，但这人的死法实在是太明显了。

可是，这种谋杀的精确度有这么高吗？汪铁盯着起重机长长的铁臂，想起电视上播出的挑战节目中有用挖掘机开瓶盖的，顿时又觉得这不过是个很简单的手法。如果他真的是这样死的，凶手在操纵起重机的同时，如何保证死者能站在这个位置上？跟他用手机通话吗？或者，凶手本来就不止一个人？

死者身上带着很全的证件，身份证、护照等，凶手不处理尸体，还留下这些东西，是根本不怕死者被发现吗？真是胆大包天。汪铁戴着手套把这些证件装进密封袋，在阳光下证件的纸张微微闪光，他定睛一看，才发现一些蛛丝马迹——这些证件好像是伪造的。哟，看来还是个了不起的人物，说不定有什么案底，得彻底查查。

汪铁想，这人死得倒是挺有意思的。不过，凶器呢？从头面部的创伤来看，实在是无法判断凶器到底是什么东西。自由落体后能把人砸成这个样子的东西必然不全靠加速度，本身也得有一定重量。按说这重量应该可以把颅骨砸碎，但是尸体头面部虽然受到了重伤，颅骨看起来并没有严重变形，这是为什么呢？有可能重物表面并不是坚硬的，而是软的……那会是什么东西呢？那个凶器又在哪里？

汪铁环顾四周，并没有什么让人起疑的东西。莫非凶手带走了凶器？为什么呢？连尸体都不处理，为什么凶器反而不见了？莫非，从尸体上根本查不到与凶手相关的线索，凶器却能引出凶手的身份？如果是这样，那东西有多大？多重？常不常见？或者说，就算能从死者的人际关系中查到凶手，但只要找不到凶器，就无法证明这个人犯下了命案？

能说明凶手身份的凶器，到底是什么东西呢？

这样胆大妄为的凶手，到底是谁？

汪铁轻轻翻看死者的头部，从羽绒服的领口处发现了一样不寻常的东西，他伸手拿过来一看，是张沾血的一百元人民币。

大过年的，汪铁守着一具尸体待了大半天，死者携带的果然都是假证件。这些假证做得还真好，身份证号和姓名都是真的，照片也和身份证正主有些相似。汪铁查到这身份证原件，又根据户口查找了半天，终于联系到了正主，那人根本不知道自己的身份证被冒用了。原证件已经使用了九年，正好是要换新证件的时候，看来这个做假证的人在公安系统内部有熟人，办得还真是能用的证件，凭着这些都可以坐飞机出国旅游了。这假证得往深处挖一挖，不过目前当务之急还是找出死者身份，汪铁又查了几个月来北京市的失踪人口，都对不上。整整一天，也不见有人报案。

这死者到底是谁？他没有家属吗？为什么不找他？从衣着来看，他穿得人五人六的，从羽绒服到里面的毛衣和衬衫，料子、做工都不错，汪铁查了查衣服牌子，一件衬衫都要上千块，看来还是个有钱人。

有钱人、假证件、过年时死在空无一人的工地……汪铁叼着烟琢磨着，突然想到一个可能性，给经济犯罪调查科的同事打了电话。

一个小时后，经侦科的老蔡拍着大腿皱眉认出了死者："哎呀呀，都盯了两个月，上线逮了，下线也找着了，眼看过完正月就能落案，怎么死了？"

汪铁坏笑："敢情还真跟你们那边有关。得，你的案子完了，我这边死者身份可是能确定了。他叫什么？"

老蔡一边往外走一边叹息自己的案子，无奈地回答："这人叫宋明，是信商银行北京总行的副行长。"

"副行长？多大岁数？"

"四十三四岁吧。你咋知道这人是我们的调查对象？"

"我哪知道，猜的。办假证的有钱人，大过年跑到工地上死了，没准就是经济犯罪准备跑路前跟谁谈判什么的……贪了多少钱？"汪铁八卦着。

老蔡说："哼，吓死你。这么说吧，判个十年以上没问题，争取争取没准弄个无期。"

"够胆儿肥的啊。"

"可不是，眼看着就要抓住了……可惜了我们组这么长时间的调查。他怎么死的？"

"还不清楚。"

"哟，内部还保密？"

汪铁笑："一半一半，目前还真弄不太清楚。"

老蔡回头看看他，又想了想刚才看到死者的样子，突然问："是被人谋杀的吧？"

"得看解剖鉴定结果。"

"哦。"老蔡走了两步，又说，"回头我把这案子的关系人资料都整理给你，估计要是谋杀，犯人可能在这些人中间。"

"有劳了您哪。"

"真是的……"老蔡嘀嘀咕咕地抱怨着走了。

没想到这么快就确定了死者的身份和调查范围，估计这案子很快就能破，说不定还能推进经侦科那边的进度。汪铁这么想着，反正他也没家没室，怎么着都是一个人过年，这尸体就当是新年礼物吧。

大年初二一早，萧立夫正在厨房和面准备包饺子，突然听到敲门声。今天还有拜年的吗？萧立夫拎着擀面杖去开了门。

门口站着位铁塔似的年轻男子，三十来岁，肤色黝黑，长得很精神，但是并不认识。“请问这是萧思语家吗？”来人问。

“对，你是……思语的朋友？”萧立夫打开门，心里纳闷，莫非这孩子交了男朋友一直没说，人家等不及上门提亲来了？

他正在思考摆出什么态度迎接客人，来人却摇摇头，掏出证件在他眼前亮出来：“警察。”

萧立夫蒙了。

他狐疑地盯着这个人，大过年被警察堵门，让邻居看到了多丢人，他不情愿地把人让进了屋里，转身去敲萧思语的卧室门。

“思语，起来吧。”

没人回答。

“有人找你。”

房间里传来打哈欠的声音，紧接着响起懒洋洋的女声，不满的语气问道：“谁啊？”

“说是警察。”

“警察？我不认识什么警察。是骗子，挂了吧。”她仍旧懒洋洋地说，好像以为是父亲接到了诈骗电话，汪铁想，她这句话没有一点儿的不自然，她可能真的和这事件无关。

屋里的人又说：“爸爸，饺子好了吗？”完全是女儿朝父亲撒娇的语气。

萧立夫尴尬地看了汪铁一眼，低声催促：“什么饺子！赶紧起来，真的是警察来了，在客厅等你呢。”

“啊？”萧思语不再吭声，能听到屋里的人窸窸窣窣穿衣服的声音，想必是终于弄清楚情况了。汪铁打量着这间两居室的老房子，采光还不错，家居摆设一看就是独居的老年知识分子的风格，陈旧的木头大书架摆满了书籍，地上的陶瓷小缸里养着鱼，阳台上一堆花花草草。如果自己的父亲还在，可能家里也会是这个样子吧，他心里突然生起一丝怀念。

片刻后，萧思语推门出来了，她穿着松松垮垮的卫衣和运动裤，却仍能显出高挑的身材，长发挽成马尾，素面朝天，白净的脸上带着睡意和一点怒气。汪铁通过之前的调查已经知道这女人三十出头了，可是样子却还像刚出校门的大学生，正是他最喜欢的那一类女人。想到刚才她还在一门之隔的地方换衣服，汪铁不禁有点心动。

“你是谁？”她问得很不客气，汪铁只得再次向她出示了证件。

萧思语歪头看看，又问：“有什么事？”

没想到她倒是一语进入主题，汪铁掏出宋明的照片：“认识这个人吗？”

她看了看，果断地回答：“认识，信商银行宋行长。”她把目光移到汪铁脸上，又补充，“副的。”

汪铁点点头：“知道他去哪了吗？”

萧思语直视他摇头。

“最近有没有见过他？”

“有，过年前见过。”

汪铁没想到萧思语竟然这么痛快地承认了。

前天，他从老蔡那里拿来调查记录，捋清了死者生前的人际关系。但是顾及经侦科的案子，他不能向涉案人员直接调查，只得先从周边人盘问。汪铁注意到，在死者生前的违规放贷记录中有一家真城房地产开发公司，曾多次向信商银行大笔贷款，但是并没有逾期还款的不良记录，似乎不是经侦科调查的重点。汪铁又从移动公司查到宋明的通话记录，他死前的最后一通电话是打给这位萧经理的，正是真城公司的老总。

据老蔡分析，这位宋行长办了假证件，很可能是要逃跑。他的所有账户已经被经侦科盯上了，任何收支都会被警方知晓。他要逃跑，又没有钱，应该会去找以前的熟人要。但他一直以来沆瀣一气的几个商家现在都处于被调查中，自身难保，说不定他会朝更早以前的老熟人求救。经侦科查到，萧思语在腊月二十九即事发之前的下午，刚从其他银行取出三百万元现金，用途不明。

汪铁和老蔡一致认为，在宋明被害案中，萧思语有重大嫌疑。

而此刻，面对警察的调查，萧思语毫不畏惧地追问："宋明怎么了？"

汪铁看着她，故意停顿了几秒，才说："他死了。"

厨房里剁馅的声音也停下来，萧立夫操着菜刀探出头来："谁死了？"

萧思语原本凝固的表情立刻变换得比较轻松，回头对父亲说："是我们公司的一个合作伙伴……没事的。"

"哦……那干吗来问你？"

"就是问问，很多相关人都要调查。"汪铁看出萧思语不想让父亲担心，主动帮她解释，她回头朝他露出一个感激的眼神。

萧立夫犹犹豫豫地回到厨房。萧思语飞快地扯过茶几上的便条纸，写下一个地址和手机号码递给汪铁，压低声音说："不管你们调查什么，我都会协助的，不要到我家来。"

汪铁接过纸条，其实上面的内容他都查到了，只不过是为了逼紧一步才追到她家里来的。本以为她会有很大的关系，没想到她居然这么痛快。汪铁觉得自己的方向可能错了。

出门的时候，萧思语主动跟他握手，她直视着他的眼睛，眼神坦诚，别无隐藏。汪铁感到她的手在自己手中柔若无骨。

再见到萧思语是三天后，大年初六，在她的公司办公室里。她穿着正式的职业套裙，脸上化了淡妆，卷发披散着，跟那天在她家里看到的清纯姑娘判若两人。

汪铁仍然是一个人来的，萧思语客气地请他坐下，又吩咐人送了茶来，比起接受警方调查，倒更像是跟朋友聊天。

“我跟宋行长认识很久了。”她说，“这么多年我们公司一直跟信商银行有业务往来，每次都要通过他，算是老交情吧，不过倒算不上朋友，只是偶尔会有联系。

年前，腊月二十九那天，他突然打电话找到我，说要借一笔钱，很快就能还，要现金。我也没多想，就借给他了。”

“他以前朝你借过钱吗？”

“从来没有。”

“那你为什么不多想？”

萧思语摇摇头：“我确实觉得有点奇怪。他从没朝我借过钱，也不说做什么用，我觉得可能是有什么事。但是我们毕竟没有多熟悉，这种事情我也不方便多问。可是以后跟银行还要打交道，我也不好因为这事驳了他的面子，而且他又不是还不起……”说到这里，萧思语自知失言，马上不再说话。

“他跟你借了多少？”汪铁追问。

“三百万元。”

“这么一大笔钱，你怎么知道他还得起？”

萧思语低头喝茶，挑眉看向他，一副“这还用说吗”的表情。

汪铁执着地追问。

“他老婆家是做生意的，他自己又在这个位置这么多年，他什么身家，我们这些跟他打过交道的能不知道吗？”萧思语无可奈何地说。

汪铁咳嗽了几声，心里骂着这些生意人，这可是三百万元哪，他这一辈子都没见过这么大一笔钱。她说借就借了，连问都不问，跟自己这样的小老百姓简直活在两个世界。

“他跟你是当面借钱的吗？”

“对，下午两点，在西城。”她说出某个街道上一家连锁咖啡店的名字，汪铁记了下来。

“后来呢？”

“三百万元现金太多了，我想让他跟我一起去取钱，然后直接拿走，他说还有事不能去，让我晚上再给他。”

“在哪里？”

“在我们公司正在建设中的工地上。”萧思语回答得不卑不亢。

“为什么在那里？”

萧思语露出一副疑惑的样子：“我也不知道，他说工地上没人比较方便。”

“方便什么？”

“不清楚。”

“你几点去的？”

“八点多吧。”

“你怎么给他的？”

“装了两个行李箱。我今天才知道三百万元现金有六十多斤，分了两次搬下车，重死了。”萧思语笑着说。

汪铁看着她，想象着两箱子钞票的重量。“之后呢？”

“他在工地上等我，我把钱给他，问他要不要一起走，他说不用，我就走了。”

“哦……”

“不过我觉得他好像在等人。”萧思语补充道。

“等人？”

“嗯。大半夜的跑到没人的工地上，拿了钱还不走，大概是在等人吧。”

汪铁看看她问：“那你自己一个人跑去工地送钱，不害怕吗？”

萧思语笑了：“当然有点害怕，不过我认识这人蛮长时间了，也可能是我心大吧，总觉得应该不会有什么事，就去了。”

“你也不想他到底要做什么？”

“不想。不该我知道的，还是不知道会比较好。”她这句话说得意味深长。

汪铁仔细捋了一遍自己的问题，没什么遗漏的，答案也都能跟现场发现的痕迹对上，她应该没有说谎。这么看起来，这个人的嫌疑已经小了下去。或许她还会跟经侦科的案子有关系，但是跟这个刑事案件可能已经没什么别的联系了。汪铁一方面觉得遗憾，线索又断了，另一方面不知为何又觉得很庆幸，她真的与案件无关。

“谢谢你的配合。”汪铁站起身来准备走。

“稍等一下。”萧思语起身递给汪铁一张名片，“我们公司的公关经理何小敏常常跟宋明联系，比我跟他熟得多，你可以问问她。”

汪铁道谢接过来，感到她离案件又远了一步。

“还有，方便的话，给我留一张你的名片吧，我们做生意的喜欢结交各种人。”

“呃……”汪铁犹豫着，从私人角度，他当然愿意，但是总觉得她似乎有什么意图。

“别这么害羞啊，不是都去我家见过家长了吗？”萧思语开玩笑。

汪铁也笑了，把自己的名片递给她。

“好，我收下了。对了，还有这个……”萧思语走到办公桌前拉开抽屉，掏出几盒药递给他，“我听你好像有点感冒，工作再忙也要好好照顾身体啊。”说完，她有些害羞地一笑，垂下眼睛。

汪铁完全蒙了。他不知道该怎么拒绝这个嫌疑人的体贴，手已经不由自主地接过了药，甚至忘了道谢。

她可真漂亮。

计算得很准，幸好天气预报也很准。那捆跟稻草一样的钞票几乎是擦着我的脸落下来，近距离听到它落地的闷响，还有骨骼断裂的“咔嚓”声，简直是一种享受。刺激死了。

宋明埋在这堆钱里，腿还在不断地抽搐着，几乎没有血流出来。我掏出小刀割断绳子，钞票散落一地。我把钱一张张拢到旁边，抽出的绳子也堆在那里，然后用打火机点燃。火很旺地燃烧起来，钱飞快化为灰烬，好像上坟一样。很快，所有的钱都烧完了，我用棍子把灰打散，浮土地面上留下燃烧的痕迹，再用扫帚划了划，用旁边的砂石多少掩盖下，现场就很难分辨了。天气预报真准，很快起了风，大风会把灰烬吹走，到被人发现的时候，究竟会留下多少痕迹，那就是我的命运了。

宋明只是为了钱就把自己搞到这个地步，真可悲。

我曾经以为这个世界吸引我的，是富有的、新奇的一切。后来当我置身其中，又发现这些都是浮华，只不过是钱的累积而已。人活着真的只是为了那些印着油墨的纸张吗？吃更好的、穿更好的，名车豪宅、漂亮的脸和年轻的肉体，这些都有什么意思？人的存在有什么意义？我想起活不到成年的郭期鸣、傻呵呵化成灰烬的许志洁，他们的人生又有什么意义？不过就是出生了，在这世界上过一段时间，再以某种死法离开。而我的生命也跟他们一样，毫无意义。我找不到生活中令我感兴趣的东西了，那些浮华对我都丧失了吸引力。我渴望再度受到吸引，渴望刺激。终于，当宋明在我面前死掉的时候，那捆钞票落地时掀起的风涌入我的衣服下摆，我感到了快乐。

钱不是我最想要的，甚至权力也不是。我要的是钱和权力能带来的，没钱没权就无法得到的东西。是的，这个世界上最重要的东西不是钱也不是权力，而是它们能带来的某种能力。

对他人、对世界的支配能力。任由自己的意愿去左右其他人的生活，看他们如何在强大的外力下焦急无措。这是真正的自由，超出了世界上的道德、法律或者其他约束。在这种强大的自由的力量面前，生命的意义也会被蔑视。

就像神看到人世间的苦苦挣扎，不过微微一笑而已。

第八章

下了地铁步行十分钟，钻进那一片等待拆迁十几年的老居民区，转过堆满杂物的拐角进入胡同，再越过两个人家，最深处那间低矮的小门就是自己的家。搓麻将的声音骤然大起来，能听到父亲用高亢的嗓音骂骂咧咧地诅咒着这把烂牌。明明已经半身瘫痪，吃喝拉撒都要人伺候，还是一天都不肯消停地赌。

何小敏站在门口闭眼咬牙按捺着情绪，片刻后推开门走进去。

狼藉的小院子中间有个四方桌，父亲坐在正对门口的位置，听到进门的声音抬眼看了看何小敏，又马上把注意力转移回牌桌上："东风！"

围在旁边的都是他的老牌搭子，有人讪笑着打招呼："小敏回来看你爸啦？"

何小敏朝那人好歹挤出半拉笑容点点头，绕过桌子准备进屋，偏偏有那么一两个好事儿的老家伙煽风点火，阴阳怪气地说："老何你这闺女可真了不得，回家直奔进屋，根本看不着自己个儿老子！"

"可不得，连个招呼都不会打，也不知道怎么长到二十多岁的。"

父亲立刻提高声音叫："小敏！出来！"

何小敏理都不理，到黑漆漆的厨房找到每天来照顾老何的阿姨，结算了这个月的工钱。老何见女儿不肯出门，立刻不干不净地骂起来。

阿姨是外地人，老实又不会多说话，整天挨老何骂，这时听见他也用这样不堪的话骂自己的女儿，实在是忍不住开口安慰小敏：“闺女，你爸脾气不好，你可别记恨他，啊？”

小敏笑着摇摇头：“我没什么记恨的，早都习惯了。”

两人寒暄了几句，又随便聊了聊别的。老何的骂声还在持续不断地传进来，但是丝毫没打断麻将牌哗啦啦的声音。何小敏在小房子里觉得有点精神恍惚，似乎回到了从前的日子。

何小敏是土生土长的北京人，就出生在这个昏暗狭小的空间里。她的母亲性格软弱温顺，父亲却是个痞子。良家少女最容易被坏小子吸引，年纪轻轻就结婚生下了女儿。父亲本来就不是个明白人，重男轻女的意识很重，一直嫌她不是个儿子。他没有正经工作，结婚生女了还是天天出外惹是生非，还好酒好赌，招引一帮混混儿来家里打牌，何小敏母女就只好终日蜷缩在厨房里说话，听着门外传来哗啦啦的洗牌声和脏话连天的叫骂。

在何小敏十岁的时候，父亲出外跟人打架伤了腰椎，从此下肢瘫痪。不久母亲就连夜收拾行李，彻底抛弃了这个家，何小敏也想走，但是她无处可去。

家里剩下父女两人，却从来没有那种相依为命的温存。尽管瘫痪在床、行动不便，父亲却不改他的暴躁脾气，还将母亲离家出走的过错也算到了何小敏头上，对她非打即骂。她早就受够了这样的日子。

在这样的环境中长大的女孩子自然不可能是大家闺秀，早已知晓了人情冷暖，叛逆的青春期也在街上混过几年，交了不少不三不四的朋友。但好在何小敏还算聪明，读完了初中高中，成绩还不错，又凭着助学金念了一所普通的本科院校。何小敏想，她终于可以远离父亲，远离嘈杂混乱的街坊和那些酒肉朋友，过属于自己的人生了。然而她从未享受过人生，也不知道正常的人生是什么样的。她对未来的期待不过就是吃饱穿暖、不用再被父亲打骂而已。

这时，她遇到了萧思语。

何小敏在连锁快餐店打工的时候，年轻的美女店长非常赏识她，不仅在报酬上非常丰厚，还拓展了她的眼界。通过萧经理一再提拔，何小敏从一个兼职服务生做到了领班，又跟随她进入了总公司，专门负责公关业务。私下里两人关系也算不错，萧经理带她去咖啡馆享受安逸的气氛，带她去名牌专柜买各种各样的奢侈品。何小敏原本只见识过街头酒吧、夜店中青年人的疯狂，却不知道在躁动的青春另一面，人生还可以有如此坦荡奢华的享受。她飞快地了解了二十岁出头的人应当拥有的那个世界，也飞快地认识到钱的重要。好在她年轻漂亮又肯付出一切，她以为自己可以就这样走上人生的正轨。

直到萧经理明确告诉她，即使牺牲色相也要拿下信商银行的时候，她才从美梦中清醒，原来自己取得这一切都是要付出代价的。而且即使代价再大，她也不能反抗，因为见识过金钱堆砌的世界之后，以前的生活已经不值一提，她根本无法放弃现在拥有的生活。

何况，拥有贞洁也并不是那么值得骄傲的东西。何小敏自嘲地想到，比起一事无成还蛮不讲理的父亲，她至少还有东西可以出卖。

衣着光鲜的何小敏终于如愿从那个家里搬了出去。她带着复仇般的快感看着父亲错愕的表情，骂人的话都说不完整了。她出钱给他雇了保姆，已经算是仁至义尽，她想，自己终于自由了。现在，她对父亲的感情从恐惧、憎恶变成了彻底的可怜。她可怜这样一个没见过外面世界还终日自命不凡的井底之蛙，她出于义务和同情用钱来照料他的生活，在他可悲可怜的人生中，她找到了自己高高在上的优越感，尽管她出身于他，却并不注定要死在这里。

何小敏在自己的房子里一觉醒来，睁眼看着绘有花纹的天花板出神。发了好一会儿呆后，她起身穿衣洗漱。今天已经是正月十六，过了元宵节，这个年也就彻底过完了。

她二十九岁了。

何小敏对着镜子刷牙，看着镜中因长期化妆而显得粗糙的皮肤，再一次感叹，自己已经老了。她想，今后的日子该怎么过呢?

前几天，她还一个人在海南旅游过年，正享受着热带海岛暖洋洋的冬日时，一个不期而至的电话打破了她的所有好心情。电话是北京警方打来的，她以为又是父亲闹出了什么事，正不耐烦，却听对方语气严肃，说是有件案子请她尽快回京协助调查。何小敏想，也许是骗子吧?但是始终放心不下，就打给萧思语问问她知不知情。

宋明死了。萧思语说。

何小敏吃了一惊。她想过宋明会出事，也许会被抓，也许会逃跑，但是绝对没想到他就这么死了。

自从上到下的整风开始，她就预料到，信商银行那几个熟人早晚会出事。她很清楚他们做的那些事情，从李成宽到下面的小职员，一个都脱不了干系。她只是在冷眼旁观看好戏，这帮仗着有点权力就横行霸道的老家伙总算快被拉下来了，这件事情对她而言，只有好笑。

可是，对于宋明……她的心情就非常复杂了。

不管她心中再怎样不肯承认，她也无法欺骗自己，她是爱他的。宋明成熟、精明能干，也圆滑世故。他有钱有地位……还有家室，他对她毫无情谊可言。何小敏也不知道自己究竟爱这个男人什么，可是她知道自己离不开他，在一次次的利益接触和床上体验中，她爱上了这个不属于自己的男人。她想，也许只是因为他是她的第一个男人而已，就像从小听着父亲的谩骂，渐渐地习惯了辱骂成为生活的一部分。一直跟同一个男人有肌肤之亲，也就自然地习惯了生活中多出了这个男人。

她企图说服自己，只是为了公司方便才跟他在一起，但是其实公司并不需要她跟他有那么多的接触，她只是为了自己。

何小敏也曾经期盼这个人会爱上自己，会跟她结婚生子，但是现实就是现实，他娶了对自己更有利的女人，而她只能做情人。她毫不犹豫地接受了这种状况，自欺欺人地想，自己也不过是图个乐子。

可是她爱他。这次的事情，何小敏无法坐视不理，又不知道该如何帮宋明，所以在他约她见面的时候，她立刻出现了。可是，宋明却反常地选择了最浪漫的场所，给了她美好的一夜记忆。何小敏心里明镜似的，宋明这件事不可能轻松应付过去，他可能已经知道自己很快就要落马了，所以才特地制造出浪漫的一夜，最后跟她共度一次良宵。

那晚，宋明对她格外温柔，与她谈心，还倾听她讲了自己的故事。何小敏想，也许这就是人之将死其言也善吧，宋明已经提前预知了自己的下场，想最后弥补一下最对不起的人——潜意识中，何小敏认为他自知是对不起自己的。也许，他也是有那么一丁点爱她的。

但是她没有想到，他竟然死了。那一夜，就是他们相处的最后一夜。萧思语在电话中并没有详细地说宋明是怎么死的，何小敏想，他大概是自杀吧。

接受不了锒铛入狱的结局选择自我了结，也不是不能理解。何小敏想，他是怎么死的呢？上吊？吃安眠药？跳楼？但人已经死了，其他的也就不重要了。她又不由自主地想起那个夜晚，他头一次那么温柔地对待她，然后就毅然地奔向了死路。也许他比她想象的更坚韧一些，也更爱她。

何小敏对着大海泪流满面。

她关了手机，按照原计划又玩了几天才回北京。这几天北京下了大雪，路面积雪有一尺，她刚下飞机就被寒流袭击，得了感冒，又独自在家休养了两天，今天终于感觉好多了，也该到公司露面了。

再昂贵的化妆品也无法遮盖住她眼角的皱纹，干燥的皮肤顶不住浓妆，鼻子上的起皮使妆容显得狼狈，衰老毫不留情地袭来。何小敏想，就这样吧。她带着一脸掩饰不住的疲倦来到公司。

这是何小敏新年第一天上班，其他人却已经来了一个星期了，节日的气氛已经淡去，所有人都投入进新的工作里。

真城公司年前又一次搬家，从五环的小办公楼搬到了东三环的京源大厦里，占据了整整两层，入住这座曾是北京第一高楼的京源大厦，意味着真城已经成为一家不可小觑的房地产开发公司，规模已经相当大了。

何小敏打开自己的办公室门，跟两个年轻漂亮的助手寒暄两句，转身出门从楼梯间走到上一层，这一层比楼下明显冷清了许多，是真城几位管理层的独立办公室。原本，何小敏也应该在这一层的。她早已经摸清了公司的大部分财务工作，但齐修远离开后没有多久，萧思语就找到她，为难地说，由于冷俊坚决反对她的人来主管财务，而且公司也需要专业的财会人员，所以只能委屈她继续做公关。为了补偿她，萧思语给她手下添了两个人，算是把她提拔到经理级别，可是干的还是以往的活。不久后，冷俊也从公司里淡了出去，很少露面，可是萧思语并没有把她转回财务的打算，何小敏只能仍然待在楼下。她从一间几乎每天都没人、只挂个牌子的冷俊总经理办公室门前路过，再往前走，就是萧思语的房间。

站在门口，何小敏深吸一口气，轻轻敲了敲门，待里面传来“请进”的应答后，拧开把手推门进去。

萧思语正在纸上写写画画着什么，见她进来，抬头露出笑容：“来上班了？”

“嗯。”

“不是感冒了吗？不再歇几天了？”

“再歇就歇傻了。”何小敏低头开着玩笑。

萧思语从办公桌里翻出几包坚果，招呼着：“坐啊。”

两人并肩坐在沙发上，明明都清楚对方的心思，却都沉默不语地吃着零食。好半天，何小敏忍不住先开口：“宋行长他……”

萧思语放下茶杯叹了口气。

“唉，真不知道怎么说，好好一个人，说没就没了。”接着，她看向何小敏，突然改用了姐姐教训妹妹的口吻，“早就跟你说了，这种事情别当真别当真，你就是不听。上回人家结婚，你难受得要死要活，这回人没了，你看看你又……”

何小敏眼眶一热，又不争气地落下泪来，边擦边分辩：“我也没想当真……”

萧思语伸手捋着何小敏的头发，皱着眉头说：“不管你想不想吧，反正这回是他自己栽的，命里注定，谁也没办法。”

“他是怎么死的？”

“说不清，警察还没查清楚。之后也许会找你问话吧。”

“啊？问我？”何小敏蒙了，她本以为宋明既然是自杀，说明经济犯罪的事情已经败露了，真城公司不涉及这一方面，自己跟他也不过是男女关系而已，警方也就没什么可查的，为什么过去两个星期了还要问到自己头上？

莫非，他死得有问题？

“你知不知道什么内情？”萧思语看着她问。

“完全不知道。”何小敏傻傻地追问，“到底是怎么回事？”

萧思语看了她一会儿，把事情从头讲了一遍：宋明在腊月二十九找她见面，借三百万元。话说的好听，其实就是要钱。萧思语明白他是东窗事发准备跑路了，不管怎样，他以前都帮过真城，自己也看在何小敏的面子上帮他一次，反正这笔钱也不多，估计他应该是找了好几个老熟人凑一大笔，真城只是其中之一。不知道为什么，宋明约她晚上在北郊的工地见面，拿了钱之后不走，好像还在等什么人，之后她就不清楚了。看工地的大爷很尽责，本来给他放了三天假的，他大年三十还跑去工地一趟，结果就发现了尸体。

“警察第三天就找到我家里，把我吓了一跳，我才知道宋明已经死了。现在想想，他应该是拿完钱后又见了什么人，之后就遭遇了不测。你知不知道他要见谁？”萧思语目光灼灼地盯着她。

何小敏茫然不知所措，完全不知道在宋明与她见过最后一面之后，还遇到了什么事情。她脑子里只有那一天晚上的记忆。她记得他穿了什么衣服，戴了哪一块表，点的什么菜。她还记得宾馆房间里布置的非常漂亮的玫瑰花，他们在那里喝酒聊天。他们谈了好多好多，可是具体聊了什么却记不清了，好像都是她在说，他在听。

那天，他们提到过李成宽的事情，可是他说，他不要紧的，心里有数。何小敏知道他是在安慰自己，但也相信，精明如他，必然是有计划的。她以为那一天不会这么快到来。可是现在，事情往意料之外的方向发展了，她却完全找不到头绪。

萧思语看出她似乎什么都不知情，轻声叹道：“人都没了，你也别太难过。他们那些人之间的事儿，不是我们能清楚的。”

何小敏机械地点头。

“这是那个警察的联系方式，我看那人还挺不错，你要是想到了什么就直接跟他联系吧。”萧思语拿出一张名片，何小敏接过来看看，名片上印着头衔、名字和联系方式，这警察叫汪铁。

“对了，还有个东西送你，就当调剂心情吧。”萧思语说着，从口袋里掏出一把钥匙递过来。

何小敏定睛一看，认出是她那辆路虎的钥匙，心情马上为之一振：“哇！”

萧思语笑：“我老是掌握不好这种车型的右边车距，想换一辆小点的，这辆还八成新，卖了又折价，你要是不嫌弃就先开着吧。”

这么多年来，萧思语经常送何小敏些东西，大都是衣服鞋子化妆品之类的。她送的个人物品都是全新的，既显得亲热，又让人感到尊重。这样的小恩小惠也是何小敏死心塌地跟着她的原因之一，不管萧思语到底是个什么样的人，对其他人多么冷酷甚至残忍，只要对自己好就行。这次只是为了让她调整心情，就把用了不到两年的车送了自己，何小敏深为感动。她只念着萧思语的好，却忘了她为什么对自己好，这些好处明明是她自己用青春肉体换来的。

拥有新车的喜悦冲淡了爱人死去的悲伤，何况那也根本算不上什么爱人，不过是露水情人。下班时，何小敏握着车钥匙，美美地开着新车回家。正值下班高峰期，路上十分拥挤。何小敏堵在半路上，不由得又想起了最后一次见到宋明的那天。

她记得他们聊了很久很久，好像话题都是她自己的故事。他提出，聊聊你自己吧。是这样了，这是他唯一一次主动问及她的生活。何小敏叹口气，谁能想到，这个刚刚对自己感兴趣的人，这么快就死去了呢？她用力回忆着他们的每一句对话，想把那一晚深深记在脑子里，也想在其中找到什么能够预示他死亡的蛛丝马迹。

他说，我们聊聊天吧。

他说，跟我讲讲你吧，我想听。

于是，她喝了不少酒开始讲自己的事情，记忆就从这里开始混乱了。

现在清醒的何小敏开始嘲笑醉酒的自己，我有什么好讲的呢？那个不值一提的家庭，这么多年上学打工的平淡经历，两句话就能讲完了，怎么可能聊那么久？她还讲了什么呢？

辛宁。

这个名字突然跳入脑海。前车突然停下来，何小敏也马上刹住车。同时，她瞬间反应过来，那天晚上，自己好像说了一些不该说的事情。

是有关于萧思语的事情。

何小敏对于萧思语是一种非常复杂的感情，又崇拜又恐惧，又信任又怀疑。自从在萧思语的连锁店打工以来，她就把这个比自己大不了几岁的女经理视若伯乐。萧思语认可她的能力，重用她、提拔她，让她年纪轻轻就有机会接触到重要的业务。她给何小敏丰厚的报酬，从不亏待她，把她从真味带进真城，将她当作心腹。何小敏认为，自己绝对是萧思语最得力的助手。

可是……萧思语所做的事情其实有很多并不怎么上得了台面。比如说最初真味招商时在合同上耍的小伎俩、对付信商银行两个老狐狸、挤入真城、挤走齐修远……她总在通过一些手段达到自己的目的。何小敏基本上参与了萧思语的每一步计划，对其中的细节了如指掌，她也因此感到，萧思语是个城府极深的人。如果有人挡在她的前进道路上，她根本不会推开那人，而是微笑着不露声色地开车轧过去。

所以，何小敏一直对她心存忌惮，从不敢对别人说她的事情，也不敢主动问她任何问题。知道得越多，自己也就越危险。

可是那一天晚上，自己被几杯红酒灌醉了，或许是被宋明的温柔麻痹了，竟然提到了这个话题。都说了什么呢？何小敏绞尽脑汁地回忆，想起似乎提到了辛宁的事情，还有……真城和齐修远的事情……她猛地拍了下自己的脑袋，怎么这么不小心呢？

话说回来，宋明在听这个话题的时候好像插了不少话。莫非他一开始就想套自己的话？很有可能！他后来为什么找萧思语要钱？他已经快要进牢房了，萧思语那么精明的人，又怎么会白白把钱给他？宋明死在她的工地上，她说是他要求在工地见面，鬼才会相信！肯定是她要求的！难道是那天自己的话里露出了萧思语的什么马脚被他抓住了，用来勒索她？很有可能，那么，知道这些细节的只有自己，也就是说，被勒索的萧思语应该立刻就能发觉，到底是谁出卖了她。

何小敏半张着嘴，感到喉咙发紧，背上冷汗直流。她想起白天和萧思语见面时，她盯着自己问，你知不知道宋明要见谁？

还有，宋明到底是怎么死的？

萧思语跟警察承认她给了宋明三百万元，承认她们约在工地见面，这说明什么？她真的与宋明的死无关，还是根本就毫无忌惮？

如果她对所做的一切都根本不忌惮，必然有她的打算。那么，也许下一个死的，就是……

何小敏越想越觉得全身冰冷，她把车停在路边，摸出警察的名片，照着上面的手机号拨了过去。

电话那边是一个低沉的毫无特色的男声，听起来很稳重，何小敏问清了对方的身份，确实是个警察。

汪警官似乎察觉到了何小敏的不安，马上详细地自报家门，把单位、警察编号都说得清清楚楚。何小敏放下心来，说出自己的名字。

“哦，你是真城公司的公关经理？”

“嗯……是的。我想……”

“是信商银行副经理宋明的事情吗？”

何小敏沉默两秒才下了决心：“是的，我多少知道一些。我想跟你见面细谈。”

“好，那你什么时候有时间？希望能尽快，我们的案子比较着急。”

何小敏也觉得越快越好，否则不知道还会有什么变数：“明天下午可以吗？”

对方沉吟片刻说：“如果你方便的话，今天晚上行吗？”

“今天晚上？”

“对。”

何小敏有点吃惊，因为现在，她自己还捋不清究竟是怎么回事，只是模模糊糊有个印象。但是，事不宜迟。

“可以。”

“太好了！”对方显得很高兴，大概是终于找到案件的线索了吧，他说自己正在出任务，如果何小敏有时间，希望她能在晚上八点钟到达某家咖啡厅与他见面。“其实我们一般是去工作单位或者家里拜访的，但考虑到这个时间，还是在公共场合见面比较好。”

何小敏答应了，这个警察让她觉得很可靠。

挂断电话后，何小敏看看手表，还不到六点。汪铁约她的地点在西城，现在过去还早，不如先找家店吃过晚饭吧。何小敏想着，手机突然响起了铃声，来电人是萧思语。

何小敏看着这个名字心里发颤。她害怕接起这个电话，不知道该说点什么，可是又不敢不接。她想要干什么?

犹豫了半天，何小敏还是按下了接听键。

“小敏，怎么这么久才接电话?”萧思语的口气有些不满。

“正开车呢，刚把手机拿出来。”何小敏随便应付了一句，控制自己的情绪，尽量语气跟往常一样。

“哦，还没走出多远吧?那你帮我个忙回公司一趟，去我办公室拿下广州那个项目的合同原件，我晚上要去见土地局的人，没时间回公司了。我明天一早去机场，你能帮我送过去吗?”萧思语用的是询问的口气。

但是何小敏没有任何办法说不行。她答应下来，从下一个转弯调转车头回公司。她本来并不情愿，可是突然想到，这是个能趁着没人时翻查萧思语办公室的机会，又提起了精神。这么一想，她又不由得心生疑虑：怎么刚给警察打完电话，萧思语就派来这么个活儿呢?也太巧了吧?莫非，她在监听自己的手机?还有今天上午，她把这车送给自己，又有什么目的呢?何小敏再次靠路边停车，把车里仔仔细细地查了一遍，车里很干净，连装饰都没有，根本没有地方可以隐藏摄像头什么的。她又把自己的手机翻来覆去看了一遍，没有异常。何小敏想了想，又立刻拨打了110，查证了汪铁的警察编号，他确实是个刑警。她稍稍放下心来，果然是巧合。何小敏重新振作起来，现在是自己反击的机会。

回公司的路并不堵，何小敏只花了十几分钟就到达萧思语的办公室，依她所言找到了那份文件。她从屋里锁上了门，把萧思语的办公桌能打开的抽屉都翻了一通，没有任何与真味、宋明等人有关的东西。

什么都没有。

何小敏看看时间已经六点半了，只得失望地离开了公司。

虽然已经过了年，倒春寒还是让人无法忍受。何小敏想，要不是有了车，这日子真是没法过。她刚刚回来时想到只上去十几分钟，就把车停到了路边，现在却很后悔没进大厦的停车场，这几步路真是要冻死人了。她哈着手拉开车门，把资料扔到副驾驶，连忙打开了空调。

时间不早了，三环上一定堵车，可是又没有其他路不堵，何小敏放弃了吃晚饭，直接开上三环，朝跟汪警官约好的咖啡馆驶去。

天已经完全黑了，何小敏夹在车流中一点一点向前挪着。她掏出手机看了看路况，前方路线都是红的，再往前一段甚至是紫色的，肯定堵得水泄不通。但是现在她已经没有别的路好转了，只能一步一步向前挪着。忙了一天有些没精打采，车里温暖的空气又使人昏昏欲睡。何小敏强打着精神跟在前边的车后面开着，广播里放着慵懒的音乐，更加催眠。前方大概是出车祸了吧，周围的车辆已经七八分钟一动不动了，何小敏猜想着。反正再着急也走不了，也许我可以睡几分钟吧?

前方车辆红色的尾灯变成一片光晕，眼前的世界突然漫漶，滴滴的车鸣也远了很多，何小敏太累了，她觉得今天，不，是今生一切的重担都压了上来，无法承受，不由自主地闭上了眼睛。她想，真希望一切就此结束，也许再醒来时，会是来生吧。

三环路上出了连环追尾事件，虽然都不算严重，但现场十分混乱，几个司机骂得不可开交。交警队赶到时，现场已经堵成了一锅粥。几个司机都是年轻人，不依不饶地相互问候着长辈，甚至差点动起手来。交警赶紧拍照，取证，然后疏散，但仍然造成了大规模的交通阻塞，后面一片鸣笛和叫骂声。

“后边这段的司机可倒了霉了，至少堵了一个多小时。”老交警边嘀咕着边动作麻利地疏导交通。

车辆陆陆续续动起来，但是新的车辆又塞入了原本的车流，如果再出一起剐蹭事件，今天得忙到后半夜。快到九点，这一段路终于可以通行了，但很快就发现后面又多了一辆停滞不动的车。老交警骑着摩托过去，停住的是一辆路虎，他往里看了看，车里亮着灯，一个长发的女人趴在方向盘上。嘿，这是上大马路上补觉来了，再怎么堵车也不能在这睡啊。老交警使劲敲敲车窗，里边的人没反应。他又使劲敲敲，里面的人还是一动不动。

他干了一辈子交警，见过不少血腥的车祸场面，每次车祸，他都能凭着第一印象预感到事故的严重程度，有没有死人。这次，并没有任何碰撞的迹象，他却立刻产生了不祥的预感。

汪铁赶到医院的时候，萧思语正呆呆地站在走廊上，两眼失神地望向窗外。她身穿简单的牛仔裤，宽松的大毛衣，头发挽起来，又像是汪铁第一次见到的那个大学生似的清纯姑娘。他走近，才发现她眼中有泪。汪铁放轻了脚步，不忍打扰她，也不知道怎么开口。想了一会儿，他把手轻轻搭在她肩上。

萧思语转头看见他，眼睛一眨，两行泪水又滚落下来。

“怎么了？”汪铁问。

“我的……好朋友……没了。”萧思语突然撇着嘴哽咽，好像一个小孩。她这个样子，总是让汪铁忘了她其实是一家中型房地产公司的老总。

“谁？”

“何小敏。”说完，她把脸埋进自己的双手，忍不住大哭起来。

汪铁听过这个名字，就是上次说跟宋明有关的那个公关经理。他突然心里一紧，怎么回事，她也死了？

汪铁一边安抚着萧思语，一边琢磨着这两件事的关联。他起身找到院方抢救室负责人，询问何小敏的死亡原因。

“你是家属？”年轻的大夫摘下口罩看他。

“不是。”

“那等家属来了再说吧。”

汪铁无奈地亮出了警官证。

医生看了看他，叹了口气说：“一氧化碳中毒，时间太长了，抢救无效。”

“就是煤气中毒？”汪铁一愣，现在不都是用天然气了吗？还有煤气中毒的？

“不是，是一氧化碳中毒。”医生不耐烦地纠正，“车密封太好了，里面都是一氧化碳……”

“车里？”汪铁又是一句反问，他根本没想到死者是死在车里的。

医生狐疑地看着他：“你不是警察吗？怎么不知道她死在哪里？你是不是警察啊？”

汪铁没理他，喃喃自语：“车里一氧化碳中毒？”

“具体的问你们同事吧，我也不知道。”医生说完就走了，正好一个交警走过来，汪铁立刻迎上去，朝对方出示了自己的警官证。

“哦，这么快？”对方以为他是特地来调查这件事情的，不由得感叹了一句。

汪铁懒得解释，顺着他的话题问下去：“现场情况怎么样？”

老交警简单地叙述了发现时的情况，又接着评论：“车尾气管被雪和泥堵了一大半，车里又开着空调，三环路上那么堵，走走停停，这种情况最容易积聚一氧化碳了，每年都有这么死的。”

“哦，车辆都检查完啦？辛苦辛苦。”汪铁跟老交警寒暄两句，回到了萧思语身边。

她擦着眼泪抬头看他，目光中似有期待，似有依赖。她哭的眼妆都花了，眼眶下一团乌黑，原本女强人精致的妆容剥落下来，重新露出年轻姑娘白皙的脸庞。刚刚见到她时总觉得哪里有矛盾，原来是妆容和衣衫不搭，这回，完全符合了。

“我怎么总是在最狼狈的时候被你看到。”萧思语不好意思地低头擦拭着脸，轻声嗫嚅，既像抱怨，又像娇嗔。

汪铁再一次心动了，他就是喜欢这种外表坚强，却唯独对他显露出柔弱一面的女人，这样的女人给男人一种存在的成就感。他很想上前帮她擦一擦脸上的痕迹，却不敢贸然抬手。

气氛正暧昧着，突然被一阵鬼哭狼嚎的声音打断了。汪铁看向声音来源，几个五六十岁的老头儿正推着轮椅风风火火地奔过来，骂骂咧咧地推搡着上前阻拦的医护人员，轮椅上坐着一个哭天喊地的老头儿，大声号着：“小敏啊……我的闺女啊……我姑娘没啦……”

“这医院怎么回事？好好一个人送过来，说没就给弄没啦！”一个推轮椅的男人大声嚷嚷。

“你怎么说话呢？不是说得很清楚了吗？这人送来时已经没有生命体征了……”上前阻拦的是刚刚回答汪铁问话的医生。

有个彪悍的老头儿一把揪住医生的领子：“什么怎么说话？丫弄死了人还敢……”

“干吗呢？”汪铁实在看不下去，上前抓住了那人的胳膊。

“哎哟哎哟，你给我放开，你算老几啊？医院还找打手啦……”那人正要继续闹，看到汪铁亮出的警官证，立刻老实下来。

轮椅上的老头儿一把抱住了汪铁大腿，干号着：“警察同志可要给我做主啊……我闺女让这医院害死了……”

“你是小敏的爸？”一个女声从汪铁背后传来，所有人都朝她看去。萧思语冷冷地站在那里看着这场闹剧，开口问道。

“是，你谁呀？”

萧思语露出轻蔑的神色，毫不留情地问着：“你有什么好哭的？小敏活着的时候不是天天骂她吗？不是嫌她不是儿子吗？不是希望她赶紧死了算了吗？现在跟这儿装什么蒜？”

老何先是心虚地一惊，马上愤怒起来吼着：“我们家里的事关你屁事？你谁呀你？你管得着吗？我姑娘没了，你看什么热闹？”

萧思语冷笑：“你不就是想要钱吗？我告诉你，我是小敏的老板，她的所有工资、保险、财产都在我手底下，我说怎么处理就怎么处理。”

老何气得满脸通红：“放狗屁！财产都是继承的，老子死了给儿子，女儿死了给老爹，天经地义！”

“那就要看看她还有多少了。”萧思语瞪着他，仍旧冷笑。

两人对视了一会儿，老何先败下阵来，他心里盘算着，要是这女的转移了小敏的财产，他还真得不到多少。于是，他“哼”了一声以示不屑，转头看向汪铁。

被推搡的年轻医生转到汪铁身边愤愤地说：“这帮什么都不懂的文盲，救人也白救，真是狗咬吕洞宾……”

“说谁呢你？说谁是狗呢？”几个老头儿一起骂着冲上来。

汪铁赶紧把几个人分开，老头儿们原本就是造个势，就坡下驴地骂着退下。

年轻医生气得一跺脚走了，周围的医护人员也都满脸不满地看着这一幕，窃窃私语。萧思语让开门口，老何摇着轮椅进去又呼天抢地哭起来，不管有多少真情实感，至少要造出气势来，到时候要赔偿才能理直气壮。

汪铁站在萧思语旁边，看她满脸愤怒的表情，不知道该如何开口。她把厌恶的目光从老何身上移开，转向一边，表情重又变得伤感，深深地叹口气。

“别为她难过了，人情世故，就这样。”从刚刚的冲突中，汪铁已经推断出了何小敏与父亲的关系。当警察久了，什么奇葩事都能碰上，这种不顾子女死活只想要钱的父亲也不少见。汪铁听萧思语刚刚的指责，明白她跟何小敏的关系一定很好，连这种事情都知道。

萧思语摇摇头，转身朝向汪铁：“我本来想多陪陪小敏的，可她爸一来，我一点都不想再待下去了。真不好意思麻烦你出来。”

“没关系。我本来还等着她回来去调查宋明的事情呢，没想到出了这茬子事。这姑娘也够可怜的。”

“这车是我今天刚借给小敏开的，没想到就出了这样一件事，我感觉好像是我害死了小敏……”说着萧思语以手掩面，不由自主地又哭了出来。

汪铁大吃一惊：“车是你的？”

萧思语点头，神色凄楚：“今天早上我刚把钥匙给小敏……怎么会一氧化碳中毒呢？我之前开的时候好好的啊……”

汪铁想了想，尾气管是被雪和泥堵住的，最近一次下雪已经是几天前了，要出事应该早就出事了，怎么会等到今天？他问：“你天天开这车吗？”

“没有，车从过年就一直停在我爸家小区角落了，昨天元宵节我回家陪我爸，才开回来。”

汪铁想起他去过的那个破旧老小区，积雪都堆在墙角，晒不着太阳的地方好久不化。萧思语的车停在那里，恐怕尾气管早就被堵了，她没死还真是命大。想到这里，他无言再安慰她，因为这事情早晚得发生，说起来何小敏确实是替她死的。

“我已经把医院的费用交了，看来也没什么别的事情，我要先回去了。”萧思语无力地说，又抬眼看向汪铁，“把你叫来，真不好意思。我实在也没有别的人可以依赖，这种事……唉，我送你回去吧。”她的神情楚楚可怜。

汪铁看到交警们仍在忙碌，听老交警的意思，这种事情常见，也通知了刑警，自己用不着在这里多事，那就……他看向萧思语，她的目光在邀请他，而他无法拒绝。

回去的路上，萧思语边开车边打开了话匣子，说的都是何小敏的家事：“我跟小敏都是只有爸爸，所以有时有种同病相怜的感觉。可是我爸爸特别好，你见过了。她爸爸就是个浑蛋！就因为她不是个男孩……”

她说着，有时连连叹气，有时又气愤难平。她对那个可怜的姑娘了如指掌，想必她们几年来除了是上下级以外，私人关系也一直很好，才会互相讲这么多家事。汪铁听着，不过是个混子老爹的可怜女儿，这种事儿太多了。比起那个姑娘，他倒是更对萧思语感兴趣。说起来，今天之前，他们只见过两面，第一次，他见到她刚起床气急败坏素面朝天，第二次，见到她衣冠整齐妆容精致。他见到过她的种种情绪，感觉自己已经全面地认识了这个女人。今天，她突然给他打来电话，语气万分着急地让他快到医院去，说是有紧急的情况。汪铁还以为和宋明的案件有关，赶紧跑来，却见到了何小敏的死亡。这事件很微妙，她为什么叫他去医院呢？是因为何小敏是宋明案件的可能知情人吗？可是，她刚刚说的却是自己的好朋友没了，这更像是私人请求，她还说，自己实在没有别人可以依赖。现在，汪铁听着她喋喋不休地讲着何小敏的事情，更确信了她是作为私人事情请他来帮忙的，虽然他也没帮上什么忙。这么想着，汪铁看着萧思语生动的表情，听着她的抱怨，突然觉得他们之间的距离拉得很近。

幸好是何小敏代她死了，汪铁由衷地想。

第二天，汪铁刚去上班，队长就把他叫过去，严肃地问：“最近有没有什么事？”

“什么事？”汪铁摸不着头脑。

“昨天接警员那边接到一个电话，一个女的查你的警员编号，怎么回事？你跟谁冲突了吗？”

汪铁摇头：“没有啊！”

队长侧着头，皱眉自言自语：“邪门，那是怎么回事？”

“电话打回去查查不就知道了吗？”汪铁说。

“手机再也没打通过。”

“那人是谁查到了吗？”

“查到了，手机卡实名登记，叫何小敏。”

“何小敏？！”汪铁失控地叫出声来。

队长马上瞪大了眼睛：“你认识？”

“不，我……怎么说呢，还没来得及认识。”汪铁愁眉苦脸地说。

“什么意思？”

“唉，上次那个工地发现银行高管尸体的案子，这女人可能是知情人，之前一直在外出旅游，我还没等联系到她，昨天晚上交通意外死了！”

“死了？又死一个？”队长皱着眉，手摸下巴沉吟，“命案的知情人死了……这两件事会不会有联系？肇事车辆找到了吗？”

汪铁连连摇头：“不是车撞死的……”他把事情都讲述了一遍。但是他自己也不知为什么，似乎是有意隐去了萧思语的那部分，只说自己根据经侦科的线索查到这个女人可能是死者的熟人，没想到昨晚碰巧在医院遇到交通组，说是她一个人在车内死于一氧化碳中毒。

“哦……”队长点点头，又挑起眉毛，“碰巧，你去医院干吗了？”

“看朋友。”

“那你怎么发现死者是你要调查的人？”

“她家人在那里医闹呢，我正好路过调节了一下，才发现死的居然是她。”汪铁这不算说谎。

队长狐疑地看着他。并不是对汪铁的话不信任，而是不信任他的刑侦能力，生怕他一不留神错过重要细节。“她怎么知道你的警员编号？”

“我之前去她们公司找她时，她还没回来，我留过名片，她应该知道我这个人。但我也不知道她怎么知道我的编号的。”汪铁摸着头，他也很纳闷。

队长沉吟一会儿才说：“她死前打110查过你，可能是想知道你是不是个警察，她是不是有事想要和你说？是关于那个案子的吗？之后个把小时就死了，这真是巧合？你去交通队把昨天的事件调查要来看看。”

汪铁答应着，也开始觉得这事情不太寻常了。这个刚死去的女人调查过自己的编号，为什么呢？

“还有，工地那件案子怎么样了？”

“没什么进展，还查着呢。”

“不是我说你，”队长露出有点恨铁不成钢的表情，“你说你都来多少年了？刚来时警校成绩不是挺拔尖的吗？说你时运不济还是运气太好了，这么多年的案子也没出过彩，也没遇到什么危险能立个功，上头想提拔你都没个由头，闹半天是个光会纸上谈兵的！铁子，你用用心吧啊？”

汪铁知道队长这是说了掏心窝子的话了，有点小感触却也无奈。都说机会是留给有准备的人的，可汪铁觉得，他这么多年一直时刻准备着，也从来没遇到过什么机会，他有什么办法？汪铁跟队长点点头，转身出去了。

有时候我觉得，这个世界根本就不存在什么公平，生来的差异造成了每个人在各方面的不平等；可是有时候我又觉得，正因为哪里都存在着不公平，所以它又是非常公平的。

比如说出身。有的人一出生就是坐着豪车的，有的人只能自己走路，表面上看来开车的人占据了优势，可是走路的人踏踏实实走在地上，坐车的人却可能翻车。一旦他翻了车，走路的人便可以一哄而上，如果他一直不翻车，我们可以在路上挖坑，让他翻车。

再比如说性别。男女组成了整个世界，两种性别各有优势，各有缺陷。男人总认为自己是世界的主导，因为体格上的优势，理性和逻辑上的优势，这些生理上的大数据虽然不能说明每个男人都是成功者，但确实也体现了某种大的趋势。相较之下，女性力量不够强，更容易感情用事，还要承担延续生命的责任，确实只能占下风，所以在人类历史上，父系社会占了很长的时间。可是，母系氏族诞生得更早。我更相信，经过漫长的时间演变，女人自己选择了退出社会的主导地位，因为做主导太累太疲惫。可是反过来想一想，只要一个女人够聪明，她就应该明白，自己的美丽、柔弱和感情，正是自己最强有力的武器。

我以为何小敏非常明白这一点，才能很好地利用自己的价值，可惜最终我还是看错了。

最初遇到何小敏时，我很喜欢她闷头干活的眼神，非常现实，非常好懂，眼睛里就写着一个字：钱。她面对客人露出的礼貌笑容，上菜、擦桌子、摆凳子的伶俐劲儿，都是为了钱。往好听了说，她算是个敬业的模范，往实际里说，她做的一切对得起她拿到手的钱。我欣赏这样的等价交换。她年轻漂亮，头脑好，又肯拼搏，她值得更多。于是我给了她更合适的位置和工作，而她也发挥出色。

她应该明白的，她的身体也是我衡量她价值的一个重要条件，她的身体和感情都是她赚钱的资本，也是我的手段。这只是一桩生意，她明明应该冷静地应付宋明，却居然对宋明动了感情。那个原本是我们的猎物的人，她不可救药地爱上了他，不求回报。她的感情原本应该是武器，现在却成了羁绊。当一个人爱上另一个人的时候，不管她有多聪明多厉害，都已经彻头彻尾地输了。

从我发觉她的感情时起，就已经暗暗注意着这个隐患。我知道早晚有一天会出事的。

果然，宋明在穷途末路时找上了我，自以为是地拿一些根本不值一提的证据要挟我。其实，如果他直说需要钱出逃的话，我也许不会拒绝，但是威胁是我很讨厌的手段。他那样一个贪婪愚蠢的家伙，还不如死了算了。

而他知道的一切显然只有一个出处，就是何小敏。这个曾经聪明的姑娘终于被自己的感情害了，因为我知道了这个隐患已经出现，就必须消灭掉。

宋明与何小敏，必须都死。这个念头我早就想好了，一直在等待机会。

选择让宋明死在我的工地，除了因为空旷无人好处理，还有是想让他明白，不是所有天上掉的馅饼都能白白到手，代价可能是他付不起的。不过这个“玩笑”他肯定不懂，因为他还来不及弄明白就先死了。

我给何小敏的汪铁名片是重制的，上面有一个假的电话号码。她如果不打那个电话，也许还能多活些天，但是早死晚死也没有什么区别。

这个世界从来不缺少任何一个人。谁死了都一样，天不会塌下来，地球不会停转，时间还是要向前奔流。

不过，我看到何小敏父亲来医院演闹剧的时候，才发现真实的世界比我想象中还要无趣，太容易看穿，太不加掩饰。太无聊。

第九章

“咳咳。”

QQ 弹出好友上线的消息，任建军看了一眼，立刻放下手里的煎饼，迫不及待地发过去一条消息：“在吗？”

几乎同时，对方的消息也发了过来：“我来了。”

任建军忍不住咧嘴笑起来，看来对方很在意他。

“吃饭了吗？”

“嗯，刚刚吃完，你呢？”

“我也吃完了。”

“吃什么了？”

任建军看看煎饼，想了一下才回：“就是普通的饭菜，你呢？”

“我在吃薯片。”

“真好，有薯片吃。”

“你在做什么？”

“刚刚在看电视，现在跟你聊天。”

“我刚散步回来。”

两人随便地聊了半个小时，任建军看看电脑屏幕下方显示出的标价叹了口气，飞快地打字："老板让我回去了，明天聊啊。"

"好的，路上小心哦。"

"88。"

下了线，任建军到网吧前台还卡，揣好押金出门。天已经黑了，他顺着马路，深一脚浅一脚地朝修车厂里走去。

他是三天前偶然加了这个网友的，就是随便一加，随便聊了几句，没什么特别的。第二天的同一时间，对方还在线，主动跟他打了招呼，两人又是有的没的聊了一堆。第三天，还是如此。网友是个女孩，刚高考完在家过暑假，比任建军大两岁，聊天的时候有时在吃东西，有时在看电视。太悠闲了，任建军说，你过得真好。对方问他，你呢？

任建军是农村孩子，父母早亡，跟着爷爷奶奶过，初中没毕业就不上了，十四岁就上顺义干活。他没什么隐瞒的，把这些统统告诉了网友。北京市里吃喝不愁长大的姑娘，大概跟自己没什么话可聊了吧。他这么想，可对方并没表示出任何看不起或者同情，只是问道，上班累吧？

挺累的。任建军说，每天都很忙，只有吃晚饭时有点时间出来上网。

你以前都干过什么活啊？

什么都干过。任建军想想，这三年，他学过厨，混过建筑队，小卖铺打过工，现在在一家修车厂学手艺。也算是阅历丰富了。

对方说，你真能干。

今天，任建军以为她不会再跟自己聊天了，结果又是一样聊了很久。他渐渐产生了一种依赖心理，仿佛每天傍晚这二三十分钟的聊天，能够治愈一整天的劳累。

又过了几天，对方问他要地址。

干吗？任建军问。

给你寄个礼物。

礼物？他想了想，把地址给了对方。

结果第二天，任建军和老员工吵架，一气之下不干了，拔脚离开了修车厂。等他又托老乡找到另一份工作，都稳定下来之后，才想起聊天的事，这时已经过了一个多星期。

登上QQ，并没有来自对方的消息。任建军有些失望，但是对方在线，他马上主动发了消息过去："在吗？"

"在，东西收到了吗？"对方立刻回复。

任建军感到有点不好意思，解释了一下这几天的事情，说："可惜收不到了。"他怕对方会生气。

"哦，没关系。"

"是什么东西啊？"

"没什么大不了的，一个枕头而已。"

"枕头？"

"嗯，就是一个竹制的凉枕，觉得现在盛夏，你睡觉能舒服点。没收到就算了。"对方的语气淡淡的，丝毫没有介意。

任建军犹豫了半天，才回了一个字："哦。"他真的不知道回复什么好，可是这一个字远远不能表达他的心情。他心里有非常复杂的情绪在翻搅，谢意、内疚、感动、温暖。他是个被放养长大的孩子，从来没人对他这样好过，其实这也不过就是一个枕头，但是在他看来，这个从未谋面只聊过几次天的城市大学生，却是现在这个世界上对他最好的人。她从来没有因为学历、出身歧视他，把他的事情放在心上，每天跟他聊天，还记挂着天热他干活辛苦，她邮来的东西他收不到了，也一点都不生气。

她一定是上天派来拯救自己的。

任建军把自己的真名告诉了对方，问她叫什么名字。

“我给你邮的东西上有我的名字，可惜你没收到。你就叫我姐姐吧。”

“好。”任建军对着屏幕傻呵呵地笑，从今天开始，他有一个姐姐了。

两人闲聊了一个月，对方告诉他，自己要开学了，不能经常上网，任建军说好的。那之后，两人聊天机会就少了，常常是一人留了言，另一人看到后回过去，但是从来不曾断了联系。只要他留言，一定会收到对方的回复。断断续续网聊了一年多，任建军想，他一辈子都不会跟这个人断了联系的。

后来，听说对方的宿舍里安装了电话，任建军鼓起勇气要了她的电话号码。第一次打电话时，他站在电话亭里紧张得不能呼吸，铃声响了几遍，对面传来一个温柔的女声：“喂？”

任建军骤然语塞，什么都说不出来，正想挂断，却听对方轻轻笑了一声，说：“小军吗？我是姐姐哦。”

他心里瞬间放松了。网络是个神奇的东西，明明已经聊了这么久，可是文字传过来的消息总让人觉得不真实，现在，他才真正相信，原来那个陪他聊了这么久的女孩子真的存在。

两人随便说了几句，不到五分钟。任建军不好意思打扰她太久，便推说自己还有事。

“好的，那下次联系。”

“嗯，拜拜……”任建军犹豫了一下，但实在是想说出来，终于咬着牙含混不清地吐出了最后一个字，“……姐。”说完，他心里轻松极了。

对方又是轻笑一声：“哎。再见。”

两年后的任建军想，如果人生能重来一次，他绝对会改了自己脾气不好的毛病。以前他从来不认为这是毛病，还觉得这是出来混社会的人该有的霸气，现在，他后悔了。

可是后悔也晚了，在漆黑的夜色中，他看着手中染血的刀，面前倒在地上抽搐的素不相识的黄毛年轻人以及地面上不断扩大的血泊，一切已成定局。

几分钟前，刚在牌桌上输得身无分文的他满心郁闷，独自赶回打工的地方，路上迎面碰见这个一身酒气的家伙。两人视线相对，本来一交错就可以擦肩而过，但双方偏偏都是火气旺的主。

黄毛斜眼瞪着他，没好气地说："你看什么看？"

"看你怎么了？"任建军不甘示弱地回了一句，感到自己受到了侮辱。

两人从对骂上升到互相推搡，然后扭打在一起。黄毛掏出一把甩刀装模作样地甩来甩去，一个手滑掉在了地上，两人同时去捡，任建军抢先了一步，顺手扎进了黄毛的肚子。多年以后，当性格已经变得稳重的任建军沉着地做事情的时候，总会想起当年把刀捅进人身体的手感，想到为争一口气就陷入深渊的自己是多么愚蠢。

他把刀扔到地上，惊恐地后退几步，拔腿就跑。他一口气跑出了几条街，来到了县城的主路上。昏黄的路灯默默伫立在道路两旁，任建军顺着大路茫然地向前走。他不知道自己该怎么办，要做什么。他只知道，自己犯下了不可挽回的大错，一生就此完了。他感到脸上冰凉，伸手一摸，自己不知何时已泪流满面，也弄不清楚是因为后悔还是恐惧。他摸了摸自己的口袋，除了一张电话卡之外别无他物。

前方路上正好有个电话亭，任建军想给老家的爷爷奶奶打个电话最后再听听他们的声音。但是已经抬起话筒正要拨号时转念一想，这时候给老人打电话，除了让他们惊慌之外，没有任何好处。他已经万念俱灰，满心充斥着绝望和无助。

突然，任建军的脑子里闪过一个号码，他鬼使神差地拨了过去。

“谁啊，这么晚了？”半天才有人接起来，接电话的女声中充满了困倦和怒气。

“我找我姐。”

“谁是你姐？”

“……”任建军张口结舌说不出话来，他突然意识到，自己根本不知道认识了这么久的这位姐姐的名字。

“再不说挂了啊？”对方不耐烦地催促。

“等等，可能是找我的。”任建军听到电话里有个熟悉的声音响起来，然后匆匆接过了话筒，“是小军吗？”

这时，任建军的情绪再也忍耐不住了，他哇地哭出声来：“姐……”

对方吃了一惊，然后一言不发，只能听到关门的声音，大概是怕影响到舍友拿着话筒出去接了吧。等他平静下来，对方柔声问：“怎么了？”

任建军把一切和盘托出。

对方沉默良久，依旧冷静地问：“那你打算怎么办？”

“我不想自首，我想跑了。”

“去哪儿？”

“不知道。”任建军抽噎着说，这是他的真实想法，“以后我就是杀人犯了。我没脸再跟你联系……你忘了我这个弟弟吧……”他对未来全都是惶恐。

可是对方又沉默片刻，给出了令他震惊的回复：“要不，你来找我吧？”

任建军没有多少时间思考，或者说，他根本没有思考的余地，只能听从。放下电话后，他直奔县城火车站而去。每天夜里都有一趟慢车，车上人不多，小站也不怎么查票。只要他能上了那趟车，以后的路就好办了。

那趟车的终点是北京站。

刑警大队赵队长盯着案件记录，若有所思地一下下敲着桌子。

这是那起工地发现银行高管尸体的案子。已经三个月了，毫无进展。因为经侦科老蔡事先请求，为了配合他们那边的工作，刑警队这边不能对几位可能的知情人提出过多的讯问，憋得直想骂娘。好不容易等他们的案子落听，几个人都抓了，刑警队迫不及待地去审问这几个人。

然而，除了些经济问题外，可以说没有任何有价值的收获。

赵队长看着汪铁之前的调查记录，明明查到了死者最后见过的人是真城房地产开发的老总萧思语，却把调查重点放到了跟宋明有男女关系的公关经理何小敏身上，而这个何小敏也在宋明案件发生后不久意外身亡了。

汪铁的调查记录上写着，萧思语从银行取出三百万元，依照宋明所说来到她自己的工地交给他后离开，之后宋明在那里身亡。尸体检验结果显示，宋明是被高空坠物砸断颈椎当场死亡。从现场推断，坠物很可能是从起重机上落下来的，但是现场并没发现凶器。而且，除了一张一百元钞票压在了宋明身下，那三百万元钱也消失了。

汪铁推断，宋明跟某人约在工地做另一笔交易，萧思语走后，与他相约的人拿走了钱，并杀害了宋明。

赵队长摇着头，拿起红笔在记录中萧思语的名字上重重地画了个圈，真想写上“这就是凶手”几个字。汪铁是瞎了吗？这种话也能被忽悠过去？这案子是他一直在跟，原本以为很快就能破案，却卡在了这里。赵队长前后明示暗示了几次，萧思语这个女人绝对有问题，汪铁却听而不闻，气得他真想把他撵出去。

赵队长亲自调查了何小敏意外死亡的案件，得知置她于死地的这辆车竟然也是萧思语的，这种感觉就更强烈了：萧思语跟这一串案件有关。

然而，交通队出具的案件调查结果是车辆尾气管被积雪和淤泥堵住，车内一直开着空调，发动机工作的废气无法排出车外，再加上三环上几车追尾造成交通阻塞，都是不可控的客观因素。也就是说，何小敏的死亡是完完全全的意外。

而宋明的案件，没有凶器，没有证人，现场以及周边环境中都没有什么可调查的痕迹。萧思语主动交代了她与宋明见面的事实，她看似坦荡的态度让警方没办法在没有佐证的情况下审讯她——她声称没有任何隐瞒。

赵队长想，在这种情况下，只能一边暗中调查萧思语这个人，一边等待新的线索出现。他特别后悔当初信任了汪铁的侦查能力，这家伙真是个纸上谈兵的主啊，怎么被人随便忽悠两句就相信了呢？但是为了不伤下属的自尊心，他并没有把汪铁从这个案件调查组里踢出去，虽然一时的大意导致案件陷入停滞状态，但没有功劳也有苦劳啊，大过年的就剩他值班，跑现场、跟后续，都是他全程跟下来的。看调查报告，他还在大年初二追到了萧思语家里询问，也是够累的。

赵队长恨恨地骂着自己：你这个心软的老东西，怎么这么废物。

他暗中派了几个人监视过萧思语，并没有任何可疑踪迹。她日常出入的公共场所除了公司就是各大饭店，身边总是跟着一群人，有公司员工，也有不少看着像客户的人。私生活方面，她只去健身房，还在一个类似教画画的地方上了个兴趣班，除此之外就是回家，或者回父亲家，没见她有什么特殊交情的人。跟了几天，赵队长觉得这样的跟踪毫无意义，萧思语这样的商人，一定有很多复杂的人际关系，这可不是跟踪能跟出来的，必须从其他方面入手。

从经侦科提供的线索来看，真城公司先后几次向信商银行超额贷款，但都如期还上，并无不良记录。这女人，赚钱还真是够厉害的。赵队长抽着烟一行行看她的贷款记录。

等等，怎么回事？在 2009 年之前，真城公司的借贷记录中所登记的法定代表人并不是萧思语，而是一个叫作齐修远的人。难道说，萧思语是从这个人手上收购了这家公司？她父亲不过是个高中教师，她哪里来的资金？凭什么坐拥这样一家公司？

事情越来越有意思了。

赵队长戴上老花镜，在警察系统内部网络上调查这个叫作齐修远的人，却发现他的身份证号已注销。也就是说，这个人已经死了。

赵队长掰着手指头算，宋明，何小敏，齐修远。与萧思语相关的人，已经死了三个了。

这时，一直调查工地案件的年轻警察风风火火地冲了进来："赵队，我们查到真城公司那个可疑的人了。"他把一张偷拍的照片拍到桌上，"这人是真城的司机，叫常欣。他果然有案底，我们取了他的指纹，跟十几年前河北某县城一桩命案的嫌疑人一致。"

任建军第一次见到"姐姐"的时候，真的被她惊艳到了。都说网络不靠谱，网上的美眉都是"恐龙"，但这个姐姐分明这么漂亮。两人聊天这么久，从来没有互相要过照片。任建军开始时当然是想要的，想看看网友长得怎么样，但是后来他确实把这位姐姐当成亲人看待，也就不怎么想知道她的样貌了。

那天，他逃票坐了一夜火车来到北京，一下车就转了向，茫然地站在出站口看着人潮拥挤的火车站广场，她答应来接他，她真的会来吗？正在不知所措的时候，任建军看到一个美女朝他走过来，轻声问："小军？"任建军心中一喜，立刻想要上前，却又突然感到恐慌，不由自主地向后退缩。

她高挑纤细，穿着普通的牛仔裤T恤衫，皮肤白皙，五官清秀，站在朝阳的光晕中微笑。

他自己呢？坐了一夜车，样子多么狼狈，衣服又脏又旧，黑黝黝的皮肤一看就是个早已辍学的打工仔。而且还杀了人，身上说不定已经溅上了那人的血液。

她那么美好，而自己这么丑恶卑微，叫他怎能不惶恐？

可是姐姐似乎毫不在意，她看到他的反应，知道自己找对了人，上前来不由分说地拉住他就走。任建军任凭她带领着向前走去，以后，她就是他的方向。

姐姐请他吃了饭，又带他坐了一趟长长的公交车，来到郊区相对偏僻的地方，以自己的名义在群租房里给他租了间房子。临走前，姐姐给了他几件换洗衣服和一些钱，说："我会常来看你，可是你得换个名字想办法找点事做。你得靠自己活下去。"

任建军真的想不明白，她那样一个人为什么对自己这么好。但是现实根本容不得他多想，必须做点什么。偷、抢是绝对不能做的，现在，他必须远离所有会被警察注意的事情。好在他闯荡惯了，之前也打过不少工，吃得了苦，什么都能做。这一片很偏僻，却有很多出租房，大部分租客是外地来北京打工的人，有人摆摊做小买卖，有人在更远的工厂上班。大家都是外来客，多一个人少一个人根本不会有人在意，任建军就这样在这个杂乱的环境中站住了脚。

姐姐不定期会来看看他，问问他过得怎么样，有时走的时候会留一些钱，除此之外，她跟他再无别的关联。几次接触下来，任建军感到，他们两人之间根本没有他想象的那么亲近，他们的距离其实很遥远，他们之间有永远无法跨越的鸿沟。最早聊天的时候，任建军曾经也有过网恋的冲动，但长达两年的聊天过程让他逐渐把她当作了亲人对待，青涩的情感反而被压制住了。如今他们终于见了面，她是前途无量的大学生，而他是个逃犯。

他永远不可能再对她产生任何男女之情，那对她是种亵渎。任建军非常感谢她的帮助，在他前途未知、人生没有任何光芒的时候，她给了他一条路，那么今后，他愿意为她做一切事情来报答。

对于杀人这件事情，任建军已经过了最紧张不安的时期。不再彻夜难眠，恐惧被警察冲入出租屋拉走，不再时时眼前浮现那张已经记不清楚的面孔上痛苦狰狞的表情。然而该怎么说呢，夺取一个人的生命这件事情本身，就成了他人生无形的枷锁。就好像他的世界原本是彩色的，现在成了黑白的；原本是每天阳光灿烂的，现在则一直是愁云惨淡的。无论他做什么，都处于雾霾般的背景里，模糊不清，不真实。他也常在梦中梦到自己仍是那个无所畏惧的少年，放肆地活着，但是一醒来，立刻就感到现实的压抑；他常梦到自己杀人的那一瞬间，看到鲜血喷出来时，心中再一次重新感受当时的冲击，惊慌、绝望，等他醒过来，意识到刚刚的只是个梦，又再次想到现实确实就是这样，稍微平复的心情立刻再次跌入绝望的深渊。

他知道，他一生都无法逃开这个噩梦。

经过这件事后，任建军的性子突变，以前怎么也收不住的脾气都自然而然地隐藏了起来，整个人踏实又规矩。任建军用假身份证打工，被老板夸稳重能干的时候，总是淡淡一笑，继续埋头干活。他在心中后悔，如果当年的自己有这么成熟该多好，然而人生已经无法再重来。

后来，任建军在这里住得久了，就算再怎么避免跟人来往，也终究在这批外来人口中与很多人混了个脸熟。这群人中有个烤红薯的老头儿，爱聊天，跟所有人扯淡，算是和任建军关系比较好的。老头儿来自安徽，没家没室，一人吃饱全家不饿。他很精明，看出任建军的难处，有意无意地接近他，常常跟他说些有人犯了案子跑掉，换了新身份成了老板的事情，任建军觉得他可能已经猜出了自己的事情，正在套话，跟他的交往就警惕了起来。直到一天，老头儿开诚布公地跟他挑明，有办法给他办个新身份证。

确定他不是说谎后，任建军动了心。

那时姐姐已经工作，虽然手头并没有多少钱，却还是给他凑来了一笔不小的数目。任建军用这笔钱跟卖红薯的常老头儿回了趟安徽老家，顶替了他离家出走多年、父母刚刚辞世的侄子的户口，办了一张二代身份证。那是2005年，他正式成了常欣。

大概又过了一年，姐姐来找常欣，她自己刚跳槽到一家连锁餐饮公司上班，手下管着几个人，也算稍微有点权力。

“你要是愿意，就到我这来上班吧？”姐姐很随意地建议他，丝毫没有居高临下怜悯的意思。

常欣一口答应下来，不管收入有多少，能在她身边，为她做事才是最重要的。

姐姐莞尔一笑：“好啊，那么有件事要先说清楚。我在这公司也才来不久，还没站稳脚跟就往里带人，让大家知道了多不好。所以你不能告诉任何人我跟你的关系，在公司里也不能叫我姐姐，要像其他人一样，叫我萧经理。”

“我明白。”常欣当然清楚，就算她不特意吩咐也会这么做的，但还是有点不甘地追问了一句，“那私底下呢？”

萧思语仍然笑：“还叫我姐啊。”

最开始，常欣跟着萧思语在一家快餐店后厨帮忙。他年少时就学过厨，加上他肯干又不爱说话，在这里做得得心应手，后来萧思语升职离开了连锁店，常欣却继续留了下来，当然，即使萧思语不在，他仍然没有告诉过任何人他们之间的关系。

萧思语偶尔还是会去出租屋看他，并且出钱让他去学开车。常欣聪明机灵，在修车厂时本来就已经差不多会开车了，很快就考下了驾照。萧思语把他调到了总公司做司机，平时开运货的小车跑腿，但偶尔也会开一辆高档的商务车，车上总是载着同一批人——几个年轻的女大学生，还有两三个年纪不小的老色狼。

常欣对他们的言谈听而不闻，对他们的举动视而不见。他能感到萧思语在筹划一件事情，并且隐隐地觉得这件事情并不那么光明正大，但她从不向他解释，常欣也从来不问。他对于萧思语的任何行动都从来没有过疑问，甚至根本不会去想她为什么要做某件事。她那么聪明那么厉害，她所做的一切必然有她的理由。

两个月后，萧思语又来到常欣的出租房，两人像往常一样随便吃着买来的快餐，聊聊天。晚饭后，萧思语没急着走，反而拿出一包烟，递给常欣一支。常欣有点吃惊。其实早在萧思语包庇他这个杀人犯的时候，他就清楚她并不是自己原本以为得那么单纯，但是这么久以来，她还从未在他面前流露出另一面。她永远是平和地微笑着，为他提供帮助。

两人无言地抽了会儿烟，任建军心里一直有点忐忑，想问问她是不是有什么事，却又不敢开口，还是萧思语先扯起了一个话题：“小军，当年杀人时是什么感觉，你还记得吗？”

自从他改名叫常欣之后，萧思语就再没有叫过他“小军”，现在突然提起似乎有什么特殊的意味。常欣沉吟片刻才如实回答：“害怕，后悔。”

“就这些？”

“就这些。”他说的是心里话。年少时人有活力，生命力旺盛，什么都不在乎什么都不怕，对死亡也并没那么在意，以为杀个人就跟碾死个蚂蚁是同样的感觉，没什么大不了。越长大懂得越多，约束和规矩也越多，人就会越容易害怕。如果杀人这事发生在他十来岁的时候，他可能会没什么感觉，但是发生在他将近二十岁、刚刚成人，懵懵懂懂地对世界、社会和人生都有所了解的时候，这件事的影响就不一样了。那是他永远想要逃离却挥之不去的梦魇。

萧思语听完，凝视着从自己手指上升起的缭绕烟雾，无声地笑起来。她吸进一口烟，又慢慢吐了出来，轻声说："现在我想让你为了我，再杀一个人。"

常欣全身一震，他早有预感迟早会有这么一天。从客观来说，他知道，一个毫不犹豫包庇杀人犯的人，不可能是彻底的好人，他总觉得她帮他肯定也是为了什么，说不定某天会用这件事威胁他，他早就做好了这个准备；从自身来说，萧思语就是帮助了他，就算她不是个好人，至少她曾真的对自己好，常欣不喜欢单方面亏欠谁，总在找机会报答她，他也知道自己做不出别的什么能回报她的事情，也许只有能替她杀人了。

所以，他冷静地回答："你说吧，要杀谁？"

萧思语毫不意外他的回答，仍像往常一样笑着，缓缓地说出了自己的计划。她的计划周密而详细，跟他当年冲动地杀人不同，前后几乎没有漏洞，让常欣佩服又感到恐怖，而她在说这个计划的时候，表情完全和平时一样亲切。

"常欣，是吗？"审讯的警察看样子有五十岁了，身材矮壮，隔着衣服都能看到他肩部隆起的肱二头肌。他打量着身份证上的照片和本人，突然露出一个轻蔑的微笑，把身份证扔到常欣面前的小桌板上。

塑料卡片发出咔吧的细微声音。

常欣垂眼瞟了一眼，一声不吭。他心里还在疑惑究竟是为什么被抓了进来，不是不知道自己干了什么，而是不清楚警察究竟查到了哪一件。反正哪一件都有人命，不过是个死罢了，早就想到会有这么一天。常欣这么想着，不由得扯扯嘴角露出冷笑。

这个微小的表情没能逃过老警察的眼睛：“嗨哟，心理素质过硬啊，这都能笑得出来。是不是知道……”他弯下腰靠近常欣的脸故意压低声音，“反正也出不去了？”

常欣抬抬眼，依然不动声色。

老警察背着手回到桌子背后，突然说：“逃了这么多年，不想家吗？任建军？”

听了这话，常欣心中咯噔一下，紧张了片刻后骤然又放松了。彻底的放松，没有丝毫恐惧、惊慌之类的其他情绪。他长出了一口气，向后瘫倒在椅背上，像是吐出了心底积蓄多年的秘密。

一边忙着记笔录的年轻警察咬着下唇心里乐开了花，对赵队长的佩服又升了一个台阶。原本是汪铁一直在跟工地男尸的案子，后来赵队看他太久没进展便开始亲自插手。他在汪铁的调查结果上直接圈出了一个人要大家重点调查，这人就是真城房地产开发公司的美女老总萧思语。调查小组的人看了看，都觉得她是最后一个见过死者的人，确实有嫌疑，却不知为什么，汪铁一口咬定，她肯定跟这案件没关系。

在整个调查组里，只有汪铁正面接触过这个女人，他说自己刚发现这条线索的时候就对这个女人展开了明里暗里的调查，发现她说的确是事实。汪铁对赵队不信任他的分析很不满：“我敢打包票，现在再去查萧思语只能是白费工夫，还不如直接扩大范围寻找嫌疑人……”

汪铁在队里虽然算不上最能干，可也是老资历了。他无亲无故，父母双亡，大龄单身汉一个，可以说把所有的精力都奉献在了工作上。但他一个人惯了，做事比较独断独行，不是很好沟通，上头对他实在是喜欢不起来，就一直没有提拔上去。

就像这次案件，明眼人一看都觉得萧思语有必要再调查，他非要拦着，脸红脖子粗地指控赵队不信任他的能力。赵队没办法，表面应承了下来，转而背着他暗地调查。

赵队特别指示，如果真是萧思语杀了宋明，她不可能自己开着吊车命令对方站在既定的位置上瞄准，必然还有一个帮手。这人应该是个年轻的男性，会开吊车，估计背景比较杂，学历不高，而且跟萧思语私交不错。赵队让两个年轻警察去排查一下萧思语身边的人，有没有符合这些客观条件的。

“如果有的话，尽量把嫌疑人的指纹搞到手，查查看有没有案底。能帮别人杀人的人，自己绝不会太干净。”赵队特意交代。

很快，两个年轻警察注意到真城的一个司机比较符合这些条件，虽然他并没有表现出跟萧思语私交很密，但他跟何小敏一样，都是萧思语从真味公司带来的。年轻警察跟了他几天，发现了一处疑点，根据他的身份证显示，户口原籍在安徽，但他说话不带任何口音。警察们用安徽方言试探过他，发现他完全不懂。于是他们想办法弄到了他的指纹，回来扫好到库里匹配，果然是有案底的，而且是杀人潜逃。

常欣真名任建军，原籍河北，三十一岁。他是个孤儿，原本跟祖父母一同生活，初中未毕业时就外出打工，于 2002 年在河北某县城因与人发生冲突，用一把匕首杀死一人后潜逃。他已经多年没有回过家了，音信全无，如今终于找到了他的下落。找到了他，不仅破了多年前的旧案，还等于找到了新案件的突破口，两个小警察心里美滋滋的。不费吹灰之力把人带了回来，赵队直接给弄进了审讯室。

审讯过程异常顺利。由于当年任建军作案后慌忙逃窜，把凶器留在了现场，那把甩刀的光滑钢面手柄上清晰地留下了他的指纹。他杀人潜逃是铁打的事实，对上了指纹，就是找到了这个人，案件本身没有任何争议。

任建军长出一口气后，痛快地把多年前的旧案招认了，并且说出自己是如何潜逃到北京、怎样办了假户口改了身份。然后对口供、签字，整个流程还不到两个小时。

赵队挠着头皱眉，心里颇有不满。看得出任建军说的都是真话，但是在他招认的所有事情中，跟萧思语一点都没有关系。他用指关节敲打着桌面，出其不意地开口：“任建军，潜逃这么多年，你就一点都不想家？”

犯人不吭声。

“杀人潜逃，很可能是死刑。你就不想做点什么能立功的事情，给自己争取一下减刑？”

任建军仍然不说话，但是手中的笔突然停住了。他竖着耳朵听。

“我问你啊，你这潜逃不去小地方，干吗非得上北京来？你来干什么？投奔什么人？”赵队起身向他弯下腰，“还是说，有人帮你？”

“没有，就是觉得死前怎么也得来趟首都，就来了。”任建军面无表情，在材料上签上自己的名字，突然有点遗憾地咂咂嘴。

赵队伸头看去，他把名字写错了，写成了常欣。这么多年来，他已经把自己当成了另一个人。“你们的老板，萧思语……跟你是什么关系？”

“雇佣关系。”任建军言简意赅地回答。

“就这么简单？”

任建军点头。

赵队想了想，觉得今天已经审出来旧案，应该趁热打铁把后续问出来。

但转念一想又觉得，他现在还是在吐露心事后放松的阶段，关于这个问题可以慢慢再渗透。关于萧思语跟任建军的关系，还是跟进调查一下，掌握了详情后再问，会更容易。他挥挥手，示意把人带下去。

那一晚，常欣开着商务车等在夜总会门口，凌晨三点多，才见何小敏扶着一个迷迷糊糊的女大学生走出来，他拉开车门把女生架上车的后座。何小敏脸色很差，满身烟味，神色有些紧张，交代了把女生送回学校后，她转身又进入夜总会。

常欣开着车在夜色中朝昌平近郊的大学驶去。车开了半个多小时，女生醒了，她动了动，这才发现自己是在车里。常欣从后视镜里看到，女生整理了自己的衣服，瞬间坐直，然后脸色一下子变得惨白，她开始发起抖来。

女生沉默了一会儿，不由自主地泪流不止，逐渐开始抽泣，转而歇斯底里地号啕大哭。

常欣看了她片刻，减速把车停到了路边。女生感到车停了，惊恐地看着他，不停向车内蜷缩着身体。常欣不说话，递给女生一瓶水，示意她不要害怕，然后转身下车抽烟。十分钟后，常欣又上了车，看到女生已经不哭了，满脸麻木，抱着水瓶发呆。

“别难过了，喝口水吧。”常欣轻声说。

女生呆了几秒，机械地打开水瓶，喝了半瓶水下去。

常欣发动轿车，继续朝学校驶去。他问女生：“要不要找你的同学来接你？”

女生木然摇头，突然说：“等等，我不想回学校，你送我回家吧。”

“不行，萧经理交代，必须把你们送回学校。”

她好像突然想起了什么事情似的：“对了，还有三个人呢？为什么就我自己？”

“不知道。”

女生好像明白了什么，面露悲愤，望向车外的黑夜再一次哭闹起来。常欣又一次停下车，留女生自己在车里发泄。

快要五点了，但是距离天亮还早。冬季的北方有着漫漫长夜，一天中的大半时间都是黑暗，这样的夜长到让人怀疑白昼还会否到来。好在大都市里几乎大街小巷都布满了路灯，它们的光芒在自己的脚下形成了一个个橘色的小区域，给人以前行的希望。常欣站在路灯照亮的区域之外，用力裹紧羽绒服，他回过头看车上已经开始沉睡的姑娘，她一定比自己更冷，而她即将步入的地方比整个冬天还要寒冷。

常欣想，她是走错了路，也因此付出了代价，感到无比后悔绝望。可是她真的罪过致死吗？他看着她的脸上肌肉逐渐放松，凌乱的头发粘在面颊，她在沉睡，然后再也不能醒来。他想起多年前那个夏夜，自己也因为犯了错悔恨痛哭过。可同样是杀了人，那时的心情却和现在完全不一样，此刻，常欣已经没有了堕入深渊万劫不复的绝望感，他只是作为一个凶手在执行任务，他看着自己杀害的人正在死去，心中只是多少流露出一丝同情。

他打开后车门，试探了一下女生的鼻息，还算均匀，推了推她，没有醒。于是，常欣掏出准备好的药瓶，把剩余的药片给她灌了进去。女生无意识地吞咽，呛咳，但仍然没有清醒，跟萧思语推断的一样，她不会立刻死的。常欣把药瓶擦干净后，用一条手帕垫着先后放到了女生的左右手中沾满她的指纹，然后又在她衣服上蹭了蹭，再重复了几遍这两个步骤，为了让瓶子上的指纹更真实，最后，他把空瓶放入女生的包里。

他完全按照萧思语的吩咐仔细行事。为了她，他可以做任何事情。

天亮之前，他把女生送到了学校宿舍楼下，用她的手机给同宿舍的女生打了电话。过了片刻，几个朴素的女孩不满地走了过来，常欣用力推着车上的女生，她迷茫地睁开了眼睛，但是明显意识不清，一副萎靡的表情。女孩子们虽然嫌弃满身酒气的舍友，还是上前来搀扶她下了车。常欣解释说，她喝多了，麻烦跟老师请个假。女孩子们没说什么，合力把她扶进了宿舍楼。常欣看着她趺趺撞撞的背影，知道自己的任务已经完成。尽管她还活着，可是很快就要死了。

过了几天，常欣跟着萧思语去解决后续的问题，除了他们两个以外，车上还带了一个中年男人，是个律师。常欣默不作声地开车，听萧思语和那人的对话。

“钟律师，这次真要麻烦您了。公司正在扩大规模期间，要是这种事闹大了，真不知道会有什么样的影响。”

“放心。你的预期是多少呢？”

“我还没跟王总汇报这件事，这个数目我没办法决定。最快的能息事宁人的方法是什么呢？”

“你要想影响最小，那就是一次性钱到位，这件事刑警那边还没定性，到底是属于意外还是自杀还在调查。如果家属这边先消停了，调查那边……也好办。关键是，意外对我们更有利，自杀的话赔偿额度要大一些。”

常欣听着他们的对话，似乎警方根本没有考虑他杀的情况。

“唉，说实话，我也觉得那孩子是自杀……我没想到那两个人做得那么过分。”

“你跟我说的就是全部经过？两个客户确定是强奸了你们的兼职公关吗？不是自愿的？”

“肯定不是自愿的，我们公司不会让员工做那种事。没想到那两个人居然这么……”

“现在的关键点在于这两处。第一，死者吞食的安定来源不明，虽然从瓶身上只检出了她一人的指纹，但是根据家人和室友说，并不知道死者有服用安眠药的习惯。第二，她所服用的量很微妙，如果说是为了自杀，并不是很大剂量；倒像是只为了泄愤一时冲动，却因为喝酒导致了悲剧的结局。这个嘛……反正你们公司是脱不了干系的。”钟律师侃侃而谈。

萧思语叹口气说：“我明白。不管是意外还是自杀，她的死跟我们公司都有必然联系。虽然强奸这事儿是我们都不愿意发生的，但既然发生了，我们肯定要负责任。”

钟律师突然冷笑一声：“我们这边还算好办，难办的是我师哥那头，他被银行那两个人请去了，当然是要说成自愿而不是强奸。要是自杀的话，考虑到死者的自杀动机，他们那边的刑事责任要比我们更大一些。他昨天刚去见了死者家属了解他们的态度，跟我透了些底，这事儿，还能再往低价压一压。”

萧思语默默点头，问道：“但是，如果这样的话，肯定要上法庭的吧？这案子对我们公司的影响……”

“不，如果查明是自杀而且死前性行为没有强奸证据的话，只要做好死者家属的赔偿，基本上就不会有别的问题；要是判定意外死亡，两边的责任就更小，赔偿金额也能压低，但是家属可能会不满提起上诉；除非是他杀，才会直接公诉……”

萧思语直接打断了他的话：“这么说起来，我们对家属直接认同她是自杀，一笔赔偿到位的话，就可以息事宁人了？”

钟律师呆了两秒，一般来说，这种情况下委托人都会希望结果是意外，推卸责任降低赔偿金，她却反其道而行之。但是对于这些不缺钱只希望降低社会影响的人来说，倒也可以理解，那就得是另一个思路了，还是先见见被害人家属再决定吧。

“我要最低的影响，赔偿无所谓。”萧思语加重语气强调。

“那也好办。”钟律师露出自信的笑容。

到达辛宁家的时候，萧思语让常欣留在车上，她跟钟律师进去。

片刻后，常欣就听见这个十来平方米的家里传出歇斯底里的号啕和痛骂，他从车窗向外看去，萧思语稍低着头躲在钟律师身后，既不反抗也不低声下气，看不出她是什么态度。一男一女两个正在悲泣的中年人想必是那女孩子的父母了，还有几个态度激烈的人冲着钟律师推推搡搡，想必是家中的什么亲戚。

钟律师相当沉着地舌战群雄，不过几句话，本来朝萧思语指指戳戳的死者家属们都怏怏地缩回了手，激动的人群似乎胆怯了下去。钟律师转向辛宁的父母，稍微弯下身子说着话，人们都平静下来，原本激动的神情变得丰富多彩，有人疑惑，有人悲伤，有人惊讶，甚至有人流露出了欣喜。

常欣点燃一支烟。他觉得很奇怪，本以为自己见了死者家人会悔恨难当，现在心中却毫无波澜。不知道为什么，他竟然一点都不内疚，再次杀了人，却没有任何感觉。他透过车窗看那家人的痛苦挣扎，就像在看一场皮影戏，他看着邪恶的一方最终以少胜多，得意地占据了上风。

两人从进门到出门只用了半个多小时，家属们的态度改变巨大。萧思语出来时，甚至有两个男人谄媚地为她开门，客气地送了出来。

回到车上，常欣发动了汽车。

“多亏你了，钟律师。”

“这算什么，都是小意思。这些人我见多了。”钟律师说着，露出不屑的表情，“三十万元也太多了，你答应得太早，还能再砍价很多呢。”

“算了，人家女儿养这么大也不容易，三十万元也并不是太多，至少我们还拿得出。只要他们答应和解不起诉我们就好，公安那边也会好办吧？”

“你老操心公安那边干什么，反正这人的死不是意外就是自杀，还能是他杀？”钟律师颇不以为然。

萧思语不动声色：“要是家属闹大了，公安再找到我们公司去，王总知道我把这事办砸了，我的饭碗就丢了。”

“你的意思是不打算告诉公司？那这笔钱你自己承担？”

“三方一共三十万元，他俩出大头，我最多补个七八万元吧，已经很不错了。”

钟律师沉默片刻说：“这家人我看得透透的了，一家子都很物质，就认得钱。说句不好听的，幸亏死的是这家的姑娘，你刚也看见了，我跟他们说，如果公安局证实是他们女儿自己卖淫，那得走公诉程序，不但得不到赔偿还得挨罚，全家都呆了，全想着怎么多要补偿，根本没想到名誉问题，真是钻钱眼里了。物质的人最单纯，只要钱到位，什么都能解决。万一死的是别人，家属不要钱的，那才难办呢。那姑娘也是，同样给你打工，怎么别人都不出事，就她出事？还不是想勾引勾引客人多拿点钱，结果大发了，又想要钱又豁不出去那是不可能的。对付这种人，不用讲什么情面，还能再压压价。你还是太嫩太善良。”

萧思语听到这话，看了钟律师一眼，不置可否，只是微微露出笑容。常欣在后视镜里看着萧思语的脸，那上面并没有表现出一丝得意，尽管一切都在她的掌握之中。

后来萧思语带着他到了真城之后，常欣才慢慢厘清楚这到底是怎么回事。估计她是用这件案子威胁了两个银行高管长期合作，再用公司名誉威胁王总让她独立。赔偿的钱由两个高管来出，她不花分毫就得到了一家公司，只不过消耗了一个生命。她真的很厉害。

可是常欣忘不了，当钟律师说萧思语太善良的时候她脸上露出的神情，没有愧疚没有得意没有嘲讽，她面无表情，甚至看上去有些迷茫，就好像她并没有想要这一切。

据任建军交代，他是潜逃几年后自己想办法洗白身份的，这一点已经得到了户口原籍处警方的证实。他在洗白身份后，开始在真味连锁餐馆打工，一开始是做服务员、帮厨，后来做司机。因为他有案子在身，行事低调谨慎，又踏实肯干，才得到了店长萧思语的认可，把他推荐到了总公司。任建军很感谢她的提拔，所以在她离开真味时，他也辞了职跟她一起走了。两人间并没有其他更深的关系。

可是赵队认为，萧思语对于任建军是个逃犯的事实大概是知情的，他并没有什么证据，只是有这种感觉。

翻回来再看萧思语，光看宋明这一起案件，她在作案时间和方法上的确非常有嫌疑，可是正如汪铁说的，动机不足。真城公司在与信商银行的业务往来中虽然有违规借贷记录，但并没有还款不良，经侦科也没有查到真城公司有经济犯罪、偷漏税等问题。如果她借给宋明三百万元纯属个人行为，干什么要杀他呢？杀人现场附近找到了装钱的空箱子，那笔钱又被谁带走了呢？如果萧思语自导自演了这场戏，她究竟是为了什么呢？

如果动机是钱以外的事情呢？

假设案件是萧思语伙同任建军故意杀人，这会是他们第一次杀人吗？真城公司那个叫作齐修远的原本的老板，是怎么死的？

要翻旧案，调查更多证据，才能逼任建军开口。

常欣没有想到，萧思语会第二次吩咐他杀人。

那是到真城快一年的时候，常欣坐在办公室里，已经习惯了他打杂的身份。一个初中都没上完的人，能在首都跟这些白领坐在一起工作，他对自己的状况已经很满意了。他的工资足以支付更高额的房租，甚至存下了不少钱。他的身份已经洗白，可以大方地使用真正的身份证。他搬离了那处人员混杂的合租房，找了一处小户型的公寓住下。他几乎忘记自己曾叫任建军，忘记自己是个在逃的杀人犯。

这天下班后，常欣回到家里打游戏，突然听到门铃声，他打开门，诧异地发现萧思语站在门口。自从他来到新公司、搬了家之后，萧思语跟他的距离就越来越远，纯粹是工作上的往来了，她还从来没来过他这里。

“萧经理？”常欣纳闷地说。

“现在又不是在公司，你不叫我姐姐吗？”萧思语笑着兀自走进来。

“……姐。”常欣闷闷地叫了一声，关上门。他很久没用过这个称呼了，有点陌生，也有点不情愿。他有种不祥的预感，似乎这个称呼叫出口就不会有什么好事。

萧思语不客气地坐到沙发上，开门见山：“齐修远跟他老婆要退股，回老家去。”

“哦。”

“他们已经提交了公司营业执照变更的手续，但是等不及彻底办完，过两天就要走。”

“嗯。”

“你帮我在路上杀了他们。”萧思语直截了当地要求。

常欣看着她，说不出话来。他以为自己已经帮她杀过人了，就还完了人情，他已经帮她解决过最大的问题了，他不想再涉及任何命案。半天，他才反问：“为什么？”

“为什么？”萧思语惊讶地看着他，似乎没想到他会反问。她觉得自己根本没必要做任何解释，他就应该照做。但她想了几秒还是耐着性子回答，“如果他要求退股的话，这个公司的资金就没办法继续经营了。我好不容易得到了这家公司，不可能任他带走这么多钱。”

理由很充分，常欣无法辩驳，但他并不是很相信。他问：“钱对你真的那么重要吗？”

这回轮到萧思语反问他：“为什么这么问？”

“不知道。就是觉得，你做什么事情不像是为了钱。”

“那我是为了什么？”

常欣看了她一会儿才犹豫地说：“我不知道……为了刺激？”

“刺激？”萧思语哑然失笑，“是吗？”

“当年你帮我，不是为了刺激吗？”

她说不出话来。

常欣想，难道不是吗？除了这个理由，还有什么呢？难道她一开始就打算利用他吗？她怎么知道将来的一切呢？那时，他的处境那么迷茫，而她的未来却是一片光明。

两人对视了几秒，萧思语开始说她的计划，她默认常欣已经答应了，而他确实也无法拒绝。

“你在他们出发的早晨坐飞机先到昆明，然后找地方租一辆车。我会在齐修远的车上装定位，告诉你他的位置。云南那边盘山路多，你选择晚上动手……”

常欣听着她的计划，一一记下细节。有了上次的例子，他相信，只要按照她说的做，肯定万无一失，绝对不会留下痕迹，他只是不愿意再杀人了。

可他无法拒绝。

“姐，我答应你。不过这是最后一次了。”

“最后一次什么？”萧思语正要走，听到这句话回头不解地问。

常欣看她的表情好像真的不知道他在说什么，心里觉得特别苦涩。“杀人。我不想再杀人了。”他说。她没有亲自动手杀过人，怎么会知道杀人是什么感觉。

萧思语的表情舒展开，甚至露出一丝笑意安慰着：“你用不着把杀人看得太重，我要的是他不抽走资金，杀人只不过是手段，没什么大不了的。你能想个别的方法把资金留住？”

常欣当然不能，他无言以对。她把杀人当作自己的手段，可是实施的人却是他，罪恶感只加在他自己身上。“姐，你知道，我本来就是个杀人犯，是你给我续了一条命。我已经没有什么方向，所以全听你的，你走的路就是我的方向。但是现在我发现，你要的东西太明确，你的路太难走，我可能跟不上你了。”

萧思语认真地看看他不说话，像是在思考什么。

“最后一次。”他强调。

常欣人生中第一次坐飞机，多少有些兴奋。起飞后，他看着越来越细的道路和逐渐远去的地面上的一切，觉得心情很好，可是进入平流层后，他看着机翼下的云海，却一点都找不到方向，又想到此行的目的，他感到茫然若失。他的人生是朝哪个方向前进的呢？

到达昆明后，常欣找地方租了辆SUV，然后按照萧思语的吩咐等在某条盘山公路的入口处隐蔽的小路上。萧思语说，齐修远昨天已经开了一天车，休息了一晚，大概会在今天晚上到达这里。这段公路要开上三四个小时，过了这里，离他的老家就不远了，他们很可能会不休息直接开回去。这是动手的最好时机。

当晚十一点钟，常欣接到萧思语的电话，让他注意着，齐修远已经到达了昆明，很快就要上盘山公路了，常欣打起精神盯着入口。

云南的道路很多都在山上，从上到下一直是弯道，不算很险，可也需要始终保持注意力。路上车辆并不多，尤其是晚上，有时候十几分钟不见一辆车经过，可是拉石头的大货车居多，所以小车经过非常显眼。大概二十分钟后，常欣注意到有辆白色越野驶入盘山公路。他前后看看没有其他车辆，便发动汽车跟了上去。

盘山公路上非常空旷，土路，还没有铺上沥青，没有路灯，全靠车辆的车灯给自己照明。两辆车开得都不算快，常欣始终保持着一个弯道的距离跟在齐修远后面。开了半个小时，对面只开过来三四辆车，这个时候应该很安全了，常欣开始稳步提速。在远光灯的照射下，他逐渐可以看到丰田越野的京字牌照，没错，正是他们。

齐修远的车开得不太稳，从车速上可以看出司机已经在疲劳驾驶。常欣从左侧匀速超过丰田，两车并排的时候，他看到齐修远正在打哈欠。正是好时机。常欣还没完全超过丰田时，突然朝右打方向盘并刹车，狠狠别了他一下。丰田慌不择路地躲避，车头撞断了右侧的护栏，不受控制地朝山下跌去。

这里的垂直高度有四五十米，如果车辆能稳定地滑下去，车里的人大概不至于全死。常欣看着那车徒劳地减速，然后翻着个儿顺着山坡往下滚。他没停，掉转车头顺着来时的路往山下开，一直高速行驶，几分钟就到了山脚。他把车停好，顺着野地深一脚浅一脚地徒步跑向车辆坠落的地点。几分钟后，他看到了丰田的惨状：车子四脚朝天地翻着，驾驶室变形严重，车内了无声息，油箱正在往外滴答滴答地漏油。常欣想判断里面的人是不是死了，便俯下身用手机的光照向车内，他看得不是很清楚，但是后座的女人好像正蜷缩着掉落在底部，颈部扭曲着，一看就知道已经折断。

没想到这么顺利，常欣松了口气。他想了想，还是掏出打火机点燃了渗在荒地上的汽油。火腾地燃起来，常欣转身要跑，突然听到一个令他毛骨悚然的声音。

那是一声若有若无的婴儿的啼哭。

他陡然站住了脚步，惊恐地回头看去，只见车身正在熊熊燃烧，他已经无力再做任何事情。常欣本能地开始狂奔，捂住耳朵，不去分辨那爆炸声中是否真的有婴儿的哭声，迅速逃离了现场。

常欣想，别人的死亡都是瞬间到来的，生命戛然而止，可他的死亡却分了几次。第一次，他死于自己的匕首下；第二次，他死于谎言和金钱的掩埋中；第三次，他死于婴儿的啼哭里。现在他已经死透了，只剩一具行尸走肉，等待着意外或者疾病来收割。

从云南回来，常欣已经身心俱疲，长途旅行和连夜开车本身已经是很大的体力消耗，何况还要按计划进行谋杀。常欣简单地汇报了两句，萧思语点点头示意他没什么问题，拉开抽屉递给他一张银行卡，说："里面有十万块钱，你随便用，密码是你生日。"

常欣听了心里不禁有些感动，不是因为钱，而是因为他的生日。就算她利用他，把他当枪使，她还记得他的生日。常欣犹豫片刻，接过卡转身想走，却又被萧思语叫住。

"小军，有件事我得告诉你一下。可能你会难过，但是我觉得你应该知道。"萧思语很少这么吞吞吐吐地说话，面露难色。

常欣站定，不解地看着她。

"其实……你奶奶上个月过世了。而且，你爷爷也是前年就没了。"

常欣脑子里“嗡”的一声，顿时一片空白。离家这么多年来，他怕有警察蹲守，从来不敢回去看爷爷奶奶。最开始，他常常想起他们，觉得自己愧对两位老人，又想念又内疚。时间长了，他渐渐有了新的生活，对他们的思念也就淡了，可是他们是他在世上仅有的亲人，却因为一直潜逃，只能压抑着自己的感情。在潜意识里，爷爷奶奶仍然是他离开家时的样子，他们会一直健康长寿地等在家里，那才是他的根。

可是，现在他什么都没有了。

“我知道你想家，但又怕你做什么傻事被警察发现，所以一直以来都是背着你找人关照他们。我托人找了你们村里，年年评低保什么的都是你家，而且还额外用别的借口给过他们钱用，所以生活上还是挺充裕的。从你走了后，他们虽然一直担心你，但是生活得还不错。去年你爷爷去世后，我让人给他操办了丧事，场面挺大的，村里很多人都特羡慕。上个月你奶奶没了也是这么做的，反正听说老人都走得挺平静的，就是放心不下你。我不知道怎么跟你说，正好今天就告诉你吧。”萧思语一口气说完，才松了口气地向后靠在椅子上，看着常欣露出略带伤感的笑容，轻声补充，“以后你是个孤儿了。”

常欣转过身面向萧思语，咬紧牙关控制住喉咙里的颤抖，朝着她扑通跪了下去。他本来以为自己已经死得不能再死，无法再找到任何活着的意义，可是现在，他真切地感到自己活在这世界上，有着和其他人一样的情感，而且可以再为了她死掉成千上万次。他紧紧握着手中的银行卡，感到有泪水从眼里不受控制地涌出来：“姐，我的命就是你的。”

任建军虽然对杀人的旧案供认不讳，但只要问及萧思语的问题，他要么缄口不语，要么就三个字儿：“不知道。”

刑警队经手的案子没有推理小说中那么多谋杀，但是偷窃、抢劫、暴力等犯罪却屡禁不止，让人应接不暇，赵队没办法把警力都集中在这犯人身上，只得先把旧案的材料捋好交给法院准备公诉，力图判刑后尽早将任建军收监。任建军虽然逃跑多年，但照他所述，当年的案件应该是故意伤人致死，且认罪时对案件供认不讳，大概会判个无期。萧思语这案子还得继续收集证据，把任建军收监后一样提审，不急。

任建军的情况不适用取保候审，直接就去了看守所等待审判。一个月后，他的案子开庭了，由于案子明确且证据确凿，本人也供认不讳，没什么疑问，流程走得很顺，一审当庭宣判无期徒刑，任建军表示不上诉，接下来就要收监服刑了。任建军回到住了两个来月的看守所，想着很快就要离开这里了，听说监狱里的生活要比这里好过一些，不过他也不抱什么希望。

看守所里判决完毕的犯人是可以探视的，但任建军没想到，萧思语这么快就来了。

任建军很惊讶她还会来看自己，本以为自己已经没有利用价值了，她也就不会再来，可是现在她来了，她来做什么呢？

在法警的注视下，两人说不出什么话，只好默默无语。任建军看着萧思语的眼睛，也就明白了她的目的。

之前过年的时候，宋明的案件调查到了何小敏身上。任建军听萧思语的话，买了一张黑电话卡。萧思语吩咐他，一旦何小敏打了这个电话，她就没有退路了。

何小敏果然打来了。之后，萧思语告诉任建军几点在哪里制造一场车祸，造成交通阻塞，他照办了。再后来，何小敏就在他后边阻塞的路上死于一氧化碳中毒。那时候任建军就明白，自己早晚也有这么一天，而他能做的就是接受这个命运。

现在，她来了。

任建军想说，我不会出卖你的，即使我死了，我也不会说的。但是他无法说出这句话。他看着萧思语，什么都说不出来。

“你以前说过，你的人生没什么方向，只能跟着我走。”萧思语突然淡淡地开口了，“其实，我想告诉你，我也没有方向，我也不知道该往哪里走。”

任建军看着她想，这是什么意思?

“我要的东西并不明确，到手的就到手了，没得到的就算了。我不知道我朝哪个方向走，我只知道你走错了。你走到了一条不该走的路上，我拉不回来你。”萧思语说得意味深长。

所以你的意思是让我彻底消失？任建军想问。他并没太感到悲伤或者震惊，他迟早要为自己做过的一切付出代价的，现在，只不过是她在要求罢了。

“听说看守所里挺不好过的，你们号子里有个死刑犯？你可别惹人家，别被他欺负。要不要我找律师关照他们一下，大家会对你好一些。”萧思语说得轻描淡写。

“嗨嗨嗨，别有的没的随便说啊。”狱警插话了。萧思语转头朝他抱歉地笑，狱警一怔，便看向别处。

任建军听懂了她话里的意思，自己的时刻终于到来了。

他苦笑起来：“不用。我懂。”

他顿了顿，看看萧思语最后说道：“你说我走错了，我也没法回头。我知道我该怎么办。”他起身往回走，忍不住又回头看着这位自他十九岁以来引导他人生的姐姐补充道，“希望你能找到对的方向。”

经过这么多年的逃亡，任建军此时的眼神又回归坦率，他真心希望这个曾给过自己一条路的女人能过上真正的人生。

可惜她的眼里满是空白。

三天后，赵队听说任建军在看守所里滋事，被同号子里的死刑犯勒死。他亲自察看了任建军的尸体，没有多少反抗的痕迹。赵队知道了萧思语曾去探视，气得一拳打裂了桌上的玻璃隔板。

这个女人手下又多了一个牺牲品。而他们手中则少了一个有利的人证。

我很喜欢狗。狗对主人忠诚又有帮助，所以我喜欢这种动物，不管它是不是我的。有时候我在路边看到流浪的野狗，也会特意去买些吃的喂喂它们，并不图它们什么。当我有能力住上自己的院子的时候，我就想养一条狗，于是我把喂过的流浪狗带回来，并不是当作宠物，而是为了看家护院。我喂养它，给它提供吃喝和住的地方，它保护我们的地盘，这就是人跟狗之间最原始的关系。

虽然狗的作用最终还是保护主人，但有兴致的时候，我也会抚摩逗弄小狗，我们都很享受这样的嬉戏，并从中得到自己想得的东西。

但是狗毕竟是狗。当有一天它发了疯，或者重伤，不能再履行自己的义务，主人有义务负责给它解脱，不需要太过悲伤或者不舍，因为狗自己其实是最不愿意伤害主人的。我们只要记住这一点，就是替它完成了它的使命。

我是乘公交去偏远的看守所看望小军的，回来的时候也是。那辆车又大又破，座位也不多，不过开始时人很少，整个车厢只有零星几个人，后来开到市区内，乘客渐渐坐满了。我坐在公交车的最后一排靠窗的位置，一个醉醺醺脏兮兮的中年男人中途上车坐到了我旁边，看上去不过四十多岁，却满头油腻的花白发，全身散发着令人作呕的体味，眯瞪着双眼，随意往地上吐痰。

他真恶心。我看着他，想，这样的生物为什么能生存呢？他的存在有什么意义吗？他是否养着一家跟他同样恶心的男女老少？他是否有和其他人相同的七情六欲？他看起来是那么不堪，令人反感，这个人活在世界上，好像都玷污了整个世界。

他真的不该存在。

看着他，我心里开始生起无法压制的执念，就像有强迫症的人看见地面上一块突兀拼错的地砖般抓心挠肝地纠结。我无法放弃“这个人不该存在”的想法。汽车到达了我该下的车站，可我挪不动脚步。

我打量着车内，前后车门的监控都只对着下车的方向，而且后车门上方的摄像头歪着，明显已经坏掉了很久，没有修理。看来我可以处理自己的“让这个人消失”的欲望。

这趟公交贯穿整个北京市，从东到西。经过一个多小时，拥挤的车厢再次宽松下来，乘客渐渐只剩下几个。汽车越开越偏僻，速度也快起来，司机距离我们很远，售票员开始打起瞌睡，车厢前半部分的爱心专座上有两个用收音机大声放着京剧的老爷子。到达郊区，道路变的颠簸，这个恶心的人张着嘴，半垂着的头随着车辆摇晃。

我站起来，突然抓住他的头发，趁着一个颠簸将他的后脑用力磕在椅背后的铁箱边缘。

破烂的车体不时发出咯咯吱吱的摩擦声在车厢内回荡，加上前排拉着长音、夹杂噪声的京剧，掩盖了我弄出的声响。我看向男人的表情，他的眼睛似乎微微睁开了一条缝，又合上了。我不懂解剖，不知道撞击的是他后脑的什么位置，但他的脸色似乎有变化，本来就下垂的肌肉更松弛了，嘴张开得很长，有口水顺着嘴角溢出。车辆一颠簸，他的身体不受控制地向旁边歪了一下，人却没醒。我没有试探他的鼻息，不知道他是不是死了，也不需要。只是完成了这个动作，我就感到异常地舒心，非常愉快。就像吃到了想吃已久的美食，感到完完全全的满足。

可能这就是上瘾的感觉。想要时抓心挠肝，完成了称心如意。

我在下一站下了车，心情愉悦地朝前走，觉得整个世界突然间无比通透。

第十章

尽管看惯了各种杀人现场，但没有一个比这个更残忍，汪铁看到现场时都被震惊了。

虐杀，绝对的虐杀。一家四口人，三个大人一个小孩，统统被绑在椅子上围坐在餐桌旁，像是在共进晚餐，可是桌上并没有佳肴，所以更像是在举行什么仪式。中年男女和六七岁的小女孩都是被人从背后一刀插入，刀子没有拔出来，出血不多，地上只形成了几个小血泊，无法判断凶手身上是否有喷溅。老年妇女则死得很惨，被挑断了四肢的筋脉，挖掉了眼睛和舌头，外耳道流着血，估计是耳膜被戳破了。

卧室的床上有个哭哑了的婴儿，就是因为她啼哭不止，才被人发现这一家的意外。卧室取证后，汪铁吩咐人把她抱出去照顾。

三个年轻的警察怕毁掉了房间里的线索，顶着丢人跑到外边去吐了。剩汪铁独自一人面对现场，他戴着鞋套手套，不放过任何一点细节地调查着，虽然自己也有点恶心，不过更多的是无法抑制的激动：属于他的机会终于到了！

仇杀，绝对是仇杀。在现场勘察一圈后，汪铁做出了判断。首先，家中没有被翻找过的痕迹，梳妆台下抽屉里的金银首饰都在，钱包中现金和卡也分文未动。汪铁往卧室的衣柜里找了找，很容易就发现了他家放房产证等文件的地方，也没有翻动的痕迹。基本可以确定，这家的财物可能分文不少。

倒是有抢劫犯虐杀被害人的，但是没有抢劫犯或者小偷不掠取财物的。所以基本可以肯定，犯案的目的不是劫财。这么残忍地杀人，除非是有特殊癖好，凶手跟这家人一定有着深仇大恨。汪铁想，可以往被害者生前有过节的人上考虑。

他回头继续观察尸体，发现三具尸体上的刀具手柄一样，像是崭新的。小女孩的胸膛被刀身贯穿，刀尖从胸前露出来一点。汪铁弯下腰看着锋利的刀刃想，这三把刀大概是同样的吧，可能是凶手特意带来的，有可能是在超市或者杂货店买的，可以在这些商家问问，如果最近有人同时买了三把相同的刀，店主可能会有印象。能把刀精准地从背后插入人的身体，这需要多大的力量？凶手有几个人呢？汪铁思量着直起身来。

这时，他看到了死者的表情，每个人脸上都透露着恐惧和绝望，这一定极大地满足了凶手的虐杀欲。汪铁不由得开始考虑另一个问题：凶手是先杀了谁呢？

特大灭门案的调查进行了一个星期，进展不大。

案发小区位于五环外，建成了十来年，居民很多。周边已经从偏僻的村落发展成为颇具规模的社区，有两个大型商场，还有地铁和公交枢纽，流动人员很多，治安环境一般。如果凶手犯案后立刻逃离，现在恐怕早已经离开北京了。

要说被杀的这一家人，无论是从东北老家的亲属还是从左邻右舍或者两个人的同事、朋友那里，都没有得到什么好的评价。比方说，喜欢问亲戚借小额度的钱，之后拖着久久不还；仗着是亲戚占便宜，还沾沾自喜认为别人笨；对用得着的人谄媚，用不着的人就完全不搭理。邻居们的反应就更多了：他们家小孩子不分时段尖叫吵闹影响他人从来不管，楼上如果走路稍微大声点立刻上去疾言厉色地指责；怀孕期间趾高气扬地要对门把宠物送走，被拒绝后大骂人家没素质，还理所当然地禁止宠物跟他们进入同一架电梯；老太太在楼梯间、电梯里公然抽烟，压根不理别人劝阻；洗手间装修不好渗水，楼下找上门来硬不承认，最近还在通过物业解决。

听闻这一家死得这么悲惨，邻居都非常震惊，但是对于警察的调查还是说出了客观的想法："这家人是真讨厌，可要说为了这点事儿杀人还不至于。估计还是有别的仇吧。"

从被害夫妇的同事和朋友处得知，两人在工作、日常交际中人缘都一般，也常跟人吵吵嘴什么的，却没有什么深仇大恨。甚至连两人的情史都查了，前任们与此事毫无关联。

调查了一大圈，没有找到可能作案的嫌疑人。除此之外，现场处理得异常干净，一点脚印指纹都没有留下。现在只能判定作案时间是晚上六点到八点，正是居民楼里人多的时候，但是除了这家人没有制造噪声消停了一晚，邻居们丝毫异常都没发现。已经调取了物业的电梯内及单元楼门口监控，警方发现，案发前、后一天时段内，进出电梯的除了业主，还有几个送外卖或者快递的小哥，另有几张生面孔正在调查中。但根据出入时间可以判断，其中并没有嫌疑人。

那么，凶手很可能就在这楼里居住。

警方再次走访死者的邻居们询问线索，包括楼上楼下。

邻居们觉得挺无奈，纷纷表示不是自己干的。虽然这家人很没公德惹得众怒，可是谁都不会为了日常琐碎杀害他们，还得搭上自己一条命，这不是犯傻嘛？再说人都死了，他们对于人家的私生活并不清楚，也不想再乱说什么。

不过，与死者住同一楼层的两家人倒是说出了点微妙的可疑之处。

正对门住的是个单身汉，家里养了两条狗。电梯监控显示，他在案发当天傍晚拎着外卖盒子回了家，两个小时后又下楼遛狗。也就是说，死者一家被害的时候，他应该正在家里吃晚饭。难道一点动静都没听见？

单身男子气得把警察拉进了自己家，指着墙说："我家狗平时很少叫，一叫他家人就跑来敲门骂我，倒是他家的孩子天天吵吵嚷嚷烦得要死！我是没办法，只能把整面墙都贴上了隔音棉，门缝都封上了，真的什么都听不见……"说到这里，男人好像想起了什么，突然变换了表情，若有所思地话锋一转，"不过，那天我家狗确实对着门缝叫过……"

他说，大概是六点半，他正对着电视吃饭，两条狗都趴在门边对着门外吠叫了几声。他以为是楼道里有贴小广告的，就喝住了狗没理会，但是下楼遛狗的时候，门上光光的，什么广告都没有。

而住在楼道尽头的那家人则说，听到过死亡的老太太在楼梯里和什么人争吵了几句，似乎说的是漏水的事情，具体时间记不清了。

如果狗叫的时间正是老太太跟人争吵的时候，那对方很有可能是凶手。警方把调查重点放到因为漏水曾与被害人争执的楼下一家人身上，但当晚那家人有明确的不在场证明。而物业也称当天他们没有去过死者家里。

那么那个人，是谁呢？

汪铁的调查思路又没有头绪了，气得要死。

自从一年多以前坚持萧思语不是工地男尸案件的凶手被赵队长开出调查组之后，这是他接的唯一一个重大案件，眼看着又跑偏了方向。

没有物证，没有可疑人，没有动机，没有任何线索。该死的，这不是仇杀，还能是跑来个陌生人，进去后一个个把人都宰了，然后什么都不拿就走?

该不会是变态杀人狂吧。

冷俊第一次被警方找到的那天，正是他刚被彻底从真城公司开掉之后。

自从齐修远意外离世，冷俊消沉了一段时间后振奋精神回到公司，却发现一切都已不再在他的掌控之中。公司里的人还是那些人，业务还是那些业务，可是已经没有他的位置。

萧思语不知为何成了真城公司唯一的老总，她提拔了原本冷俊手下的几个助手分摊了他的工作，只给他留下“总经理”这个名存实亡的职位。这时冷俊才明白，自己跟齐修远两人创办的公司已经彻底属于这个女人了。

冷俊很愤怒，想夺回自己的东西，却不敢贸然行动，因为见到了齐修远的惨状，他知道自己斗不过萧思语，尽管她还是那副人畜无害的样子，他再也不敢轻视她。但是，冷俊还是想把齐修远该分得的那一份争取出来，留给他们的家人。他明白自己玩阴的玩不过萧思语，只能正面跟她理论。

半年多的时间，冷俊软硬兼施，却根本套不出萧思语一句话。他记得齐修远要求把自己的投入按照比例分成抽出，萧思语当时是答应的，但是现在人都不在了，又没有字面合同，她自然不肯认这笔账。一次次交涉后，萧思语最终只肯把他们创办公司时投入的资金全额交给冷俊，那笔钱对于现在的真城来说已经算不上什么了。冷俊没更好的方法，只得拿了这笔钱交给齐修远的家人，也算是自己为他做的最后一点事情。

之后的几年，冷俊越发消极。他早已经不再痴迷萧思语，也对爱情彻底死了心。他对事业也提不起精神来，渐渐越来越少在公司出现，只剩下一间常年空着的总经理办公室守在真城。公司规模不断扩大，人员越来越多，但除了最早的几个老员工外，已经没人知道这公司有一位叫作冷俊的创始人。

所有人的眼中只有萧思语。

冷俊领着真城发给他的高额工资，浑浑噩噩地过着花天酒地的生活，觉得这样也不错。直到两年前，萧思语叫他务必来公司一趟。冷俊多少有些预感，自己终于也要离开真城了。

萧思语带着几个西装革履的精英人士坐在会议室里，宣布冷俊不再担任总经理职位，跟他稍微讨论了赔偿后，冷俊自觉地离开了会议室，收拾为数不多的东西走人。他穿过大厅，看到萧思语正带着那几位精英人士在公司里到处参观，不知道说些什么。

冷俊走进电梯，听到萧思语正在对全公司说："……从今天开始，真城公司正式与夏仡集团合作……"冷俊惊讶地睁大了眼睛，此时电梯门关上了。

冷俊弄不明白，萧思语这是……把真城给卖了？她到底是怎么打算的？夏仡集团是国内首屈一指的房地产巨头，说是跟真城合作，实际上就是吞并吧？萧思语就这么把千辛万苦弄到手的公司卖了？还是说，她想故技重施弄到夏仡？

真是人心不足蛇吞象。她以为夏仡那么大的集团，能被她这点小伎俩搞到手？冷俊不自觉地扯扯嘴角，露出鄙夷的冷笑。

晚上，冷俊接到萧思语的电话，她想和他谈谈。

事到如今还有什么可谈的。他想了想，还是答应了。

两人约在一家咖啡厅。萧思语跟从前一样准时到达，穿着打扮也丝毫未变。冷俊在她对面坐下，紧盯着她的眼睛，她毫不躲闪，也面带微笑地注视着他，眼神坦荡。冷俊想从她的目光中找到一点情绪，得意、炫耀，或者愧疚、慌乱，可是什么都没有。不如说，她的眼睛里空无一物。

"我把真城卖了，卖了个好价钱。"萧思语主动说道。

冷俊话里带刺："不是又惦记上夏仡了吧？小心你吃得下吐不出。"

"你以为那么大的夏仡是我能搞定的吗？你以为人人都跟齐修远那么傻？"她毫不示弱地针锋相对。

"你承认当初是你用美人计逼走齐修远了？"

萧思语仍是笑："我还不至于看上一个有妇之夫。不过你愿意怎么想就怎么想吧，在你眼里我是有多饥渴？"

"对我，对齐修远，你不都是很主动吗？"

萧思语不说话，盯着手中的杯子，半晌才轻声笑，语气中多了点值得玩味的情绪："你觉得我对他和对你一样？"

冷俊心里一动。

两人相对沉默了片刻，萧思语继续说："当年我在真味干得很好，可是因为在争取贷款的时候出了桩岔子，王总很生气。她想终止房地产开发的事情，但我已经为这事投入了这么多，如果那时候停下来，对你们也没法交代。"

"什么岔子？"

"在陪信商银行那几个人应酬的时候，真味的兼职员工被占了便宜，其中有个年轻姑娘想不开，自杀死了。"

萧思语说得轻描淡写，冷俊却倒吸了一口气，他根本不知道还有这么回事儿。

"所以，我不得不硬着头皮个人担下来。我要求以真味为抵押借款的事情必须进行到底，等工程结束后，这一笔开发的盈利全归真味，之后新公司就与真味再无瓜葛。我告诉王总，如果她不答应，我就把这个事件闹大。后来你也见了，工程结束后真味的人都撤了出去，就我留下了。"

这么说，真城曾处在生死存亡的关头上，是萧思语救了他们。冷俊想着，对她的敌意就减了几分。

“真城是我靠一条人命威胁才活下来的，我对它有多么上心，你能理解吧？”

冷俊只得点点头。“但是你为什么要……”

“我没勾引齐修远，是他自己想多了。后来我跟他和陈紫婷说得很清楚，是他们自己的感情出了问题，没道理怪到我头上吧？我只做了一点很过分的事情，就是他们想要以比例抽走股份的时候，我并没同意。在彻底谈妥之前，齐修远就出事了，这时我确实反悔了。我不可能看着公司垮掉，所以我扣下了他们的股份。后来你也把那笔钱要回去了，这事儿还有什么可说的？”

她说得似乎很合乎逻辑，冷俊没办法反驳。

“我真的喜欢过你，但是正好就发生了那么多事。你没给我解释的机会，而且你交往过的女人太多，我又算哪根葱，干吗还要对你掏心掏肺？”萧思语说着，露出一副自嘲的表情。她这句话彻底把冷俊软化了。

“你做的一切都是为了真城，那现在干吗把它卖了？”

“要说是为了真城，不如说是为了我自己。本来真味和你们公司合作的事情是我一手操办的，我只想把它做好，谁知阴差阳错最终让我得到这个位置。”萧思语叹了口气，“这几年你也看到了，我并没有多好的商业眼光，也没什么管理能力。公司能一直壮大发展都不过是因为你们建立的好班底，还有市场和时机的客观条件。现在房价飞涨，越来越多的人来分这块市场蛋糕，大公司有绝对的优势，中小公司早晚淘汰。你天天在外面享受人生，我又不是这块料，不赶紧并入大公司，难道要把所有人饿死？我年纪也大了，事业上力不从心，倒不如早早退休，还能趁着年轻找个人嫁了。”

冷俊突然知晓萧思语太多心思，一时惊讶得说不出话来，觉得长久以来都是自己误解了她。半晌，他才问："那你现在有什么打算？"

"我在夏仡挂了个名誉经理，算是给他们打工了，实际上也没什么事，可能先休息一段时间吧。"萧思语说着，语气有点惆怅，把目光投向窗外。

"我以为你是那种为了钱可以不顾一切的人。现在觉得，是我把你想得太坏了。"半晌，冷俊才讪讪地说。

萧思语摇摇头："要是为了钱不顾一切，那我该多么单纯。"

冷俊不明白，贪钱的人怎么会单纯，那不单纯的人又是为了什么呢？"那你想要什么？事业？成就感？"

"我也不知道。"萧思语认真地回答，眼里满是茫然。

如果警方早一天找到冷俊，问他萧思语有什么可疑之处，他肯定会把齐修远的死还有真城公司易主事件中自己的疑虑全都说出来，但是恰恰是在萧思语跟他谈完之后。

冷俊想起萧思语满脸茫然的神情，坚定地回答警方："没有，一切都很正常。"

小区门口处有个带象棋盘的桌子，每到下午就有许多老头儿拥在旁边。萧立夫不屑于跟这些臭棋篓子对弈，往往看两局就走了。不过从上周开始，有个没见过的老头儿蛮厉害，一个个地战胜了小区里几位高手，萧立夫忍不住跟他对弈几盘，勉强打个平手。自那之后，两人就常在小区门口见面，不好天天占着桌子，就每下上几盘歇一会儿，聊聊天。

那老头姓赵，特别能侃，天南地北的什么都聊。但是上年纪的人，生活重心还是在子女身上，每每聊到这个话题，赵老头儿就唉声叹气，说自己的女儿三十好几了，也不结婚，也不找对象，真是愁人。萧立夫就劝，犯不着操心子女的事儿，儿孙自有儿孙福，自己闺女也一样。

对方一听立刻来了精神："你闺女也是啊？多大了？"

"三十七了。"

"哟，一直没对象啊？"

"前两年谈过一个，是个警察，我看挺好的，不知道怎么又分了。"萧立夫叹气。

"哎哟，那可不好找了。现在剩的女的多，男的好找，女的就没戏喽。"

"前几个月我托人给介绍了一个，现在谈着呢。"

"哦，能见你介绍的人，那你闺女还算听话的。"

"可不，她从小就懂事。"萧立夫想起女儿小时候乖乖的样子，不由得笑起来，顺带着说了几件女儿小时候的事情。

"你闺女做什么工作的？"

"房地产。她大学毕业后本来在一家国企化工厂，后来自己不愿意干，非要到民营企业找工作。我劝她吧，劝不动，她可有主意呢……"萧立夫生平一大爱好就是显摆自己女儿，他又内向，平日找不到人说，难得这人愿意听，就滔滔不绝地夸起来。

赵老头儿也是个爱操闲心的人，听得津津有味。两人一聊聊了大半天，棋也没下成，还约着下次再聊。

过了两天，赵老头儿又来下棋，跟萧立夫对战了两盘不过瘾，干脆跟他到家里来了。萧立夫一个人惯了，家里很少来客人，心里很高兴，拿出好茶招待他。客人下了几局，都输给了萧立夫，索性不下了，两人又闲聊起来。

"我给我闺女找的那对象又吹了！"老头儿抱怨着，话题又扯到了女儿身上。

萧立夫呵呵笑，忍不住又开始说自己女儿有多乖，还翻出相册给客人看。

赵老头儿听着他一个劲儿夸耀自己女儿并没嫌他啰唆，倒是饶有兴致地顺着他的话题问东问西，一副爱操心的模样。看着相册，客人冷不丁问了一句："哟，怎么没有你闺女的出生照片啊？上了小学才有照片？"

萧立夫一时语塞。想了想这又不是什么秘密，他就如实告诉了对方，女儿是领养的。

赵老头儿听了，露出恍然大悟的表情，又恭维了几句，两人不自觉地换了话题。时间渐渐到了傍晚，客人起身告辞。

从萧立夫家里出来，赵老头儿背着手驼着背晃晃悠悠地去了菜市场。从市场后门出来时，已经挺直了脊背目光炯炯，一改懒散老大爷的模样，又恢复成了精干的刑警队赵队长。

调查了萧思语将近两年的时间，她身边发生的事件还真不少。齐修远一家、宋明、何小敏、任建军，这几个接连死于非命的人都跟她有千丝万缕的关系，但要说她跟他们的死有直接关联，似乎没有实质性证据。可是，她确确实实脱不了干系。

赵队感到最不可思议的地方，就是摸不透这个女人究竟做了什么。如果说犯罪动机，她为了得到真城杀害齐修远，为了灭口杀害宋明、何小敏和任建军，这些都说得过去，可她究竟是怎么做的？如果任建军在前几起案子中是帮凶，或者说是直接凶手，他为什么愿意为她做这一切？他的死在某种程度上可不可以解释为自杀？他跟萧思语是什么关系？

赵队先后调查了几个相关人士，真味连锁餐饮的老总、真城的前老板冷俊，他们都一口咬定萧思语并没有什么可疑之处。他们说的是自己真实的感觉，还是为了某些不可告人的原因说谎？她明明有着重大嫌疑，却能保证周边的人不起疑心，或者说，即使知道也不出卖她。而且汪铁调查过她的案件后，明明得到了值得怀疑的线索，却死心塌地地相信着她。她到底对他们做了些什么?

赵队对于整件案子的直觉并没改变，萧思语就是凶手。可是他也对这个女人渐渐好奇起来，于是，他最终找到了萧思语的家里。

从萧思语父亲那里几乎没有得到任何有用的线索。这个女人的经历平淡无奇，虽然是被领养的，但是这段经历似乎没有对她产生不良的影响。从她父亲的叙述里，基本可以看出这个姑娘从小乖巧温和，性格好，成绩好，不叛逆，也没什么不良嗜好，跟众人眼中的萧思语印象一致。

可是，这是她的真面目吗？如果她这种温顺的性格是装出来的呢？赵队一心认定她是几件案子的幕后主使人，所以自然而然地产生了这种疑问。领养的经历对她真的没有产生影响吗？她的原生家庭是什么样的？她有着怎样的基因？也许，她生来就是个贪婪、极端的人，可是后天的环境使她隐藏了自己真实的面目。假设一个人一直都在假扮完全不同于自己内心的人格，会积累很大压力吧？

可是，又怎么证明，自己对她的印象才是真实的呢？

就算她生来就坏到了骨子里，这么多年却一直接受了很好的教育，后天的培养真的敌不过先天的基因吗？自己的判断真的正确吗？他头一次对自己产生了怀疑。

林森的小工作室位于京郊，乍看上去就像普通的农家，但走进去就立刻能感受到扑面而来的艺术气息。院子的一半空间架上了玻璃房顶，搭建出采光很好的室外房间。整个院子到处都摆满了各种植物，大棵的树木，小盆的草本野花，所有的植物都长得枝繁叶茂，草木葳蕤。在这些花木的掩映中，洁白的墙壁上挂着林森自己比较满意的作品——十几幅油画。林森虽然年过花甲，但仍然保持着旺盛的创作热情，这些画便常常更换，总有新的取代了旧的。

除了一幅。

房间最深处有一幅少女的肖像，是他最为得意的作品，还是十几年前他刚回国时所作，模特儿是他朋友的女儿。

林森就在工作室里接待了贸然前来的老刑警，而后者的目的很明确，就是来询问他关于画中少女的事情。林森很吃惊，但是警察坚持什么都不肯透露，只是单方面地问话，态度倒是蛮好，对林森这个艺术家也很尊重。所以他虽然弄不清楚自己到底是否知道些线索，也愿意配合，索性像讲故事一样从头讲起。

林森回国后便建立了自己的工作室，好多老朋友前来拜访。其中有他高中时最好的朋友——裴凌。两人是高中同窗，因为都热爱艺术，很谈得来。裴凌是带着家人一起来的，她的丈夫也是个教师，看上去温文尔雅，女儿则长得清秀可人，虽说五官并不像裴凌，可气质却和她少年时相似。

初次见到萧思语时，林森只觉得她很漂亮，但是多看了几眼，从一个画家的角度，林森觉得她的长相实在不可多得，忍不住想要画下来。他请小姑娘做他的模特，画普通的肖像画，裴凌和丈夫都愉快地答应了，萧思语自己却有些腼腆，最终还是答应下来。

林森作画很快，可这幅画却整整画了一个暑假。萧思语每天下午都要到画室来待上半天，他要她坐直，保持最放松的心态，只要尽量别动，不需要摆出什么表情。萧思语很乖，就那么挺直身子呆呆地坐着。

她的五官很精致，眼角、唇边、鼻尖都有着恰到好处的角度，虽然立体，却不深刻。整张脸的骨骼轮廓很圆润，椭圆的鹅蛋脸，衬得她整个人在古典东方美人的气质中又透出些许现代的、年轻的生命力。不施粉黛的少女肌肤胜雪，明亮生辉，眼神却有些迷茫失焦，稍显黯淡。这样的反差赋予她某种神秘的美感。林森一边作画，一边不断在她脸上发现灵感。他想，这样一张脸，将来化了妆描重五官之后会是个夺人眼球的大美女，但会落入俗套，不会像现在这样美丽却淡泊，充满无限可能。

肖像画即将完成时，林森总觉得自己差了一点东西。萧思语最吸引他的气质总是时有时无地隐藏着，他自己也说不清楚那是什么，可是他就是觉得那才是她最深的本质的东西，他还没有抓到。终于有一天，在两个小时的静坐后，萧思语无聊地向窗外瞥了一眼。林森不知道她看到了什么，也许什么都没看到，但她的表情有了细微的变化，似乎瞬间丢掉了所有的防备，流露出真实的面目。

林森抓到了这一瞬，马上记录下来。

肖像画完成了，裴凌和丈夫来看了，都觉得很像，可又都觉得不像。他们惊讶地说，女儿好像不是这样的，但确实又是这样的。林森笑而不语，他觉得，自己比他们夫妻俩更了解这个女孩子。

肖像画上，美丽的少女微微弯起嘴角，好似蒙娜丽莎般神秘。可是要仔细端详良久，才能发现少女的神情透出深深的厌世感。她的笑容不是肯定，而是鄙夷，是嘲讽，是凌驾于一切之上的骄傲，是极度的漠然和孤独。她似乎在质疑一切。

如果说好的画作总是流露出积极向上的人生观，那么这幅画中则透露了截然相反的信息，它是所有负面情绪的总和。林森很高兴自己创作出了这样一幅作品，但又觉得，这并不是自己的功劳，而是少女本身太过精妙。他隐隐有种不好的预感：有这样神情的女孩子，将来大概会过得很不好。

几年后，裴凌因病去世，林森在葬礼上又见到萧思语。果然，长大成人的她失去了少女时代神秘莫测的美感，在妆容的掩盖下，变得漂亮却没什么内容了。

为了分散母亲去世的悲痛，萧思语开始跟着林森学画画。她像个小孩一样从最基础的素描开始学起，林森以为她过一阵儿就会失去兴趣，却没想到她竟然坚持了下来。

最初，林森对她要求不高，可是萧思语很聪明，很快入了门。随着她的进步，林森对她的要求也越来越严，当到达了某个阶段，萧思语开始停滞不前了。

她画出的东西规整认真，下笔一丝不苟，严格按照他的要求，可是缺乏情感，林森并不认为是天赋所限，这离拼天赋的境界还远着呢。

他就这个问题跟萧思语讲过好多次。

“你的画没有感情。”林森说，“我强调过很多遍了，色彩、明暗、构型，你画的都一板一眼的，要是完全写实用照相机多好？我看不到你在这里面投入什么样的感情，我不知道你要表达什么。”

萧思语垂头看着自己的画。

“你有没有在感受？我不认为你是个很无趣的人，我觉得你是有丰富的情感的，但是你在压抑着什么？”

“老师，我要是错的怎么办？如果我有的想法是错的，我怀着不该有的情感来画，那我不就错得更远了吗？”

林森叹口气，他知道萧思语在事业上很顺利，没想到她居然做起了商人，本以为她是个感性的人，结果居然干的是纯理性的工作，确实也为难她了。这个姑娘明明曾经灵气十足的，为什么总是紧张兮兮地恪守规则呢？她好像在刻意压制着自己。

“错了就错了，至少你能表达出来。我现在的感觉就是，你确实很努力，但是你找不到努力的方向。因为你不知道为什么总是压抑着该释放的东西，这堵住了你的路。可能就是因为你太努力了吧，反倒把自己弄得迷迷瞪瞪，找不到自己最想要的了。不如停一段时间，放松放松吧。”

萧思语仍是固执地坚持着，多少有点进步，可是仍然没什么大的起色，就这么有一搭没一搭地学着。后来，萧思语说她辞了职，要到处旅游转转，林森倒是蛮支持。

她一走就是将近两年，回来的时候，带了很多画作给林森看。画的内容很丰富，构图和色彩也不错，可还是一样，没特色。林森多少指点些便失去了兴致，萧思语明显地流露出失望的神色。

“还是不好吗？林老师？”

林森很无奈：“为什么我总感觉你想表达的东西是虚假的呢？这些景物，你是在揣测它们的环境和色调应有的感觉而绘画，而不是表达发自你内心的感觉。你为什么不愿意正视你自己的感觉？绿色是有希望的，红色是热烈的，蓝色是忧郁平静的，说到底这都是人类的印象，但并不是绝对的，你要遵从内心的东西，而不是世人的印象！我很好奇，你为什么要压抑自己的感情呢？”

萧思语呆了片刻，什么也没说，收拾起东西离开了。

林森觉得自己年纪大了，不该这么激烈急躁。可是，活着就是这样，你不投入些激情和活力，人生也不可能回馈什么热烈的反应，只能过着最平淡的日子。如果想要人生有所追求，想要艺术上有所追求，必然要不计成本地投入一回。他很纳闷，萧思语的人生明明已经小有成就了，但她似乎还在追求着什么，而她自己似乎都不知道是什么。

两周后，萧思语带来新的画作，她把卷着的画摊开摆到林森的面前。

那是一张黄土地的画作，土地上千沟万壑，有反光的溪流淌过，有深渊，有洞穴，林森一时看得有些蒙。他看不出这画的流派，说是写实，可是细节并不特别到位；说是印象，可光感并不强烈，也不十分突出。他甚至弄不清楚她的画究竟意义何在，可是视觉效果很不错。不知为何，他在这张画上感到了悲痛和绝望，他蓦地想起自己给萧思语画的那张肖像，突然感到两幅画作的情感上有互通之处，她这个人瞬间统一了起来。

林森当着萧思语的面撤下了自己的一张旧画，把萧思语这幅裱起来挂到了墙上。

"老师，您这是对我的肯定吗？"萧思语非常兴奋。

林森点点头："坦白说，我不知道这幅黄土地表达了什么，用笔和功力看起来也并不完美，但是我感受到你的感受了。"

"我是什么感受？"萧思语笑着问，目光中隐隐含着挑衅。

"对自己身上所有负面的认同。"

林森简短地说完，萧思语的表情僵住了。随即，她释然地莞尔一笑，算是答复。

那天林森很高兴，两人在画室里随便地聊天。长久以来，萧思语是林森朋友的女儿，是他的晚辈，又是他的学生，对待他的态度总是很恭敬很拘谨，但是画出这幅画之后，她多少对他敞开了一些心扉，说话也随便起来。

两人坐在院子里，看太阳逐渐西斜，喝着茶漫无边际地东拉西扯着，从艺术到人生，从抽象到具体，林森占了主导。不知怎么就谈到了人性的话题，林森叹道："……人性本恶还是本善，一直以来争议从未停息。"

萧思语咯咯笑起来："我可不懂哲学。老师怎么觉得呢？"

林森开始引经据典地侃侃而谈。说实话，他承认自己在这个问题上是困惑的，不仅根据读过的书，更是靠自己的人生经历，他的内心常常在两个观点间徘徊。说着说着，他就说服了自己倾向于其中一种，但是再稍微思索，立刻又觉得另一种也有道理。

林森认为，世界由自然和社会组成，两者各有各的美，各有各的凶险和不堪。人类的智慧和感情正是两者的衔接。人啊，人类是世界上最精妙复杂而又邪恶的物种，他对人类怀着复杂的情绪。

看林森自己把自己纠缠在一个问题里不能自拔，萧思语忍不住笑出声来，插话说："其实我觉得很简单，不知道为什么全世界要争辩这个问题。"

"哦？你怎么看？"

萧思语认真地看着林森的眼睛说："有的人性本善，有的人性本恶。"她从根本上把人类分开了，不作为一个整体看待，她说的倒也算是种观点。

"可是什么人性本善，什么人性本恶呢？"林森问。

她露出一脸不可思议的笑容，似乎很惊讶他竟然连这种事情都想不通："当然是性本善的人本善，性本恶的人本恶呀。"

林森哑然失笑："那一个人是性本善还是性本恶，该怎么判断呢？你并不能从表面看一个违法乱纪的人就说他性本恶，一个总是做好事的人就性本善吧？"

"嗯……"萧思语考虑片刻才回答，"应该是感受吧？"

"感受？"

"对，感受。就像老师您告诉我的，作画应该依从自己内心深处的感受，而不是客观的印象。"

"哦？"林森有点感兴趣，"具体说说？"

"我不知道人类比其他物种高明在哪里，可是从根本上来说，都是生物。生物的本能就是生存，不是吗？

性本善的人，就是善良的。他倾向于美好，无论他迫于环境、外力影响做了什么坏事，就算他的是非观也是颠倒的，他还是本能地会厌恶阴暗，会为伤害他人感到内疚，对不幸心生怜悯。性本善的人希望他人能够活着。

而性本恶的人可能并不会做为非作歹的事情，但他是畏惧法律法规，而不是不想。性本恶的人眼里只有自己的欲望，他的快乐来源于自己的欲望得到满足，无法与他人共情。看到他人的痛苦、遭遇都漠然处之，甚至会感到开心。性本恶的人对他人的生命也毫不在意。

是否能感到同情和爱，是否能从中获得快乐，我觉得就是人性善恶的最大分别。”

“你怎么说得这么肯定呢？”

萧思语懒洋洋地抬眼看着林森，笑着回答：“因为我就是个性本恶的人啊。老师，你知道我是妈妈领养的吧？”不等林森回答，她淡淡地描述了自己被裴凌捡到并领养的经过。“那时我就知道，我可以不惜一切代价来满足自己的欲望。老师，我是个坏人吧？”

林森突然有种醍醐灌顶的感觉，并非是对人性本恶这个问题，而是想通了萧思语为何年少时会有那样阴暗凌厉的神情。他早知道裴凌体弱多病，而萧思语长得也并不像他们夫妇任何一方，也曾怀疑过她是领养的孩子，但是万万没想到还有这种隐情。

他看着萧思语良久，才找到一句最适合自己心意的话：“人性向善，犹水之下。”

萧思语眯眼望着夕阳：“那么我这样性本恶的人，根本不配做人啰？”

“不。”林森注视着她，严肃地回答，“你有没有想过，也许你愿意接受自己是一个性本恶的人，并且表现得毫不在意，正是因为你太过于内疚当年的选择，才觉得自己不配为人呢？”

“我一点都不觉得内疚。”

林森顿了顿，提起自己的往事：“年轻时，我的恋人跟我分手，我并没怎么伤心，而且表现得很理智，帮她打包行李送她离开，真心祝福她有个美好的人生。我想可能是因为我没有那么爱她，所以感受不到伤心，也不会失去理智。到现在二十几年了，我没再爱上过其他人，也一直没有忘记她。我才明白，正是因为我太爱她，才会理智行事不去伤害她，太过于伤心，才觉得自己难过得还远远不够。”

萧思语笑起来：“老师，你好肉麻，听起来都有点可笑。”

林森点头认同：“是的，因为最真诚的感情本身就有着某种荒唐可笑之处。也许你曾经认为虚假可笑的种种，都是别人发自内心最真实的感情。”

两人停止了讨论，静静看夕阳沉入地平线，满天的云朵被染得绯红，然后一点点改变颜色，整个世界色彩缤纷。晚风拂来，满院的植物叶子窸窸窣窣作响，伴着远处隐隐的蝉鸣。

林森不由得轻声感叹：“彩霞真美。”

几秒钟后，萧思语的声音犹疑地响起来：“老师，您说什么？”

“我说，彩霞真美。”林森重复了一句，她没再回答。

几分钟后，云朵的色彩褪尽，林森看向萧思语，发现她在静静地流泪。

他深深叹口气说：“你是个迷失的小姑娘。”

再次沉默良久。

萧思语开口问：“老师，恶人的人生是不是没有价值？”

“生而为人……”林森不知怎么说，又停顿了很久，才把话说完，“我只能说，没有感到爱或者慈悲带给人的快乐，那是对生命的浪费。”

萧思语点点头，转脸直视着林森，挂着笑容和未干的泪水请求：“老师，能再给我画一幅肖像吗？”

林森觉得自己已经老迈，根本无法像以前那样自如地控制画笔，可是绘制这幅肖像仅用了一个晚上，主要得益于模特儿脸上一直呈现出稳定的神情。画完后，林森把萧思语少女时的肖像取下来，将这幅挂到墙上，与她画的那幅黄土地正相对。人至中年的萧思语五官仍然精致，有些松弛的肌肉和皮肤自然地下垂，面目温和安宁，林森觉得自己画出了她内心的平静。

老刑警听完整个故事，并没说是否有需要的线索，仔细端详过林森的肖像画和萧思语的画作后便离开了。林森送他出了大门，独自走回屋里，抬眼正看到墙上萧思语的画，一下子愣住了。他感到全身发冷。

从这个距离看，那根本不是干涸的黄土地，而是一幅类似毕加索超现实主义时期风格的肖像，依稀可看出那是一个老年妇女的扭曲的脸，布满纵横交错的皱纹，外翻的鼻孔和无声呐喊的口唇，透露出绝望的神情。他本以为是流过土地的小溪，正是那老年妇女的眼泪。

对面的墙上，萧思语的画像直视着这幅画，面露安宁。

灭门案还是没有进展。汪铁现在一门心思扑在这件案子上，下了班也把资料带回家分析。

反复调查过案发小区电梯监控录像，没有可能的嫌疑人。如果嫌疑人是从消防楼梯走上去的，确实可以避免在电梯监控中出现，但会出现在小区大门的监控中。调查案发当天出入小区的所有人，这个工作量实在太大，到现在也没有查完。目前工作组的重心放在居民楼内的住户中，尤其是跟死者一家有过矛盾的几户邻居。

汪铁甚至猜测，这一家人张扬跋扈，会不会是几家人联合起来把他们全家灭口，互相作伪证？但警察的直觉告诉他，这样的可能性几乎为零。

还是跟以前一样，没有物证，没有嫌疑人，没有动机。调查组大部分人的思路是再挖一挖死者一家的人际关系，必然是有深仇大恨才会招致如此灾祸，只有汪铁换了个方向。

刚吃完晚饭血液黏稠，并不适合严谨的推断，却适合胡思乱想。

汪铁已经开始按照变态杀人狂犯案的思路来推理这件案子了。假设真是这样，凶手是为什么盯上死者一家的呢？按照常规的变态杀人案来看，被害人虽然都是随机，但通常会伴随强奸、侮辱、残杀、肢解尸体等行为。而这件案子中，除了老太太外，其他人都是一刀致命，看上去像是以杀害其余几人来逗弄她，欣赏她的绝望和痛苦。汪铁想，凶手把这几个人富有仪式感地绑到餐桌前，就是凶手嘲弄死者的一种方式。

他按照随机杀人的思路写了一篇长长的分析。窗外起了风，夏末秋初的晚风带着凉意，却吹不走汪铁的烦躁。他气恼地合上案件调查报告和自己洋洋洒洒分析了半本的笔记本，转头扑到床上睡去了。

睡梦中，汪铁隐约觉得家中进了人，而且已经走进了自己的卧室。他警觉地睁开眼睛翻身起来，却看见一个熟悉的身影坐在桌子前回过身，台灯昏暗的灯光照着她的侧脸，凸显出美好的轮廓。这美丽他只在一个人身上看到过，她回来了。

萧思语朝他一笑："你醒啦？"

汪铁愣了片刻："你什么时候回来的？"

"前两天。"萧思语说完，继续看他的笔记。

汪铁赶紧站起来夺过本子合上："你别看！这都是机密，谁让你偷看我东西的？"

萧思语毫不在意他的粗鲁："不看就不看呗，有什么稀罕的。"她抬手开了大灯，日光灯管挣扎了两秒才亮起来，她的脸在明亮的光线下看起来越发漂亮。

萧思语对汪铁家里很熟悉。任建军的案子了结之后，赵队把汪铁开出了调查组，不许他继续跟进那一系列案件，汪铁心里冷笑，等你们瞎耽误时间无功而返的时候，就知道我才是对的了。而后，萧思语主动约他出去过一两次，坦诚地表达了对他的好感。

“以前你调查的案件跟我有关，我不敢跟你联系。现在你不参与了，我就算是个嫌疑人，也可以跟你有特殊关系了吧？”

汪铁看着她漂亮的脸热血沸腾：我还偏就跟嫌疑人在一起，看你们能怎么办！

两人短暂地好过三个月，近距离接触后，汪铁才发现自己所认识的小女人萧思语，只是她不同面目中的一个。萧思语是那种擅长见什么人说什么话的人，似乎非常圆滑，但她本人的性格倒埋在这表象之下，看不清楚了。她的个性不突出，甚至根本没什么个性，可她就是让人看不透。他根本收服不了她。

后来萧思语想要放下工作长期旅行，汪铁却不能。她一走就走了一年多，从未失联，但也不怎么主动找他。开始还是远距离恋爱，后来联系就越来越少，汪铁也闹不准他们是不是还好着了，但是他不好意思问。他已经在容貌、能力、财产等方面都被萧思语压倒了，不能再输在洒脱上。

可是她突然毫无征兆地回来了，就坐在他面前。

“你在调查这个……灭门案？”萧思语拍拍本子漫不经心地问。

“是啊。”

“不能叫灭门啊，不是还剩个小孩呢吗？”

“叫你别看我们内部文档！”汪铁愠怒地瞪着她。

好像逗他生气是件很有意思的事儿，萧思语故意继续说：“不过你分析得还挺好啊，那个变态杀人，看着跟小说似的。”

“要真是这样就好了！你什么时候回来的？”汪铁没好气地哼了一声，想换个话题。

可萧思语却不肯："分析得有些部分很正确。"

汪铁揶揄："正确？你看了几眼文档，就能评论我的分析正确还是错误了？你知道凶手是谁？"

"知道。"萧思语认真地点点头。

汪铁立刻紧张地笑不出来了："是谁？"

"是我。"

一阵沉默过后，萧思语得意地笑。汪铁悬着的心又放下了，顺着她开玩笑："是你啊，那你倒说说，为什么是你？"

"我都能杀了宋明、何小敏，你们队长不还说我雇凶在看守所里解决了常欣嘛。为什么不能随便杀几个人？"

原来她对被诬陷为凶手耿耿于怀。汪铁笑着摇头："那你说说动机。"

"动机？变态杀人还需要动机吗？杀人就是目的啊！"

"为什么是他们一家？"

萧思语认真地想了想说："因为很讨厌那个老太太，想让她消失。"

"讨厌她？"

"对啊，自私自利，张扬跋扈。"

这些在案件调查中都提到了，汪铁想，看来在自己睡觉时她来了有一会儿了，居然看了这么多内容。"具体呢？"

"有一天，我看到她在路边杀一只兔子，正血淋淋地剥皮。"萧思语正色说。

"什么？"汪铁不知道她又想起了什么故事在胡诌。

"是啊，她在杀兔子。很残忍。"萧思语突然露出悲伤迷茫的表情，好像在回忆什么，"她杀了一只白色的兔子，长毛的，不大，像是宠物。旁边有人问她哪里买的兔子这么瘦，她说，是家里养的，孙女不喜欢了，她又没时间养，干脆杀掉吃了。我听到了。她说这话的时候，特别顺畅，特别理所当然。”

“是挺残忍的。”汪铁赞同，“所以你因为她残忍，就故意更残忍地杀了她全家？”

“这理由不行吗？”

“反正对于我没什么说服力，凶手会看不惯残忍？”

“你到底要不要听凶手的自白嘛！”萧思语踢着腿撒起娇来。

汪铁坐直身子：“听，听，你说吧。”

在大街上，我看见一个老太太正在扒一只兔子的皮。血色挂在兔子雪白的长毛上，白色搭配红色，细软的毛发里混着黏稠的血液，空气中飘荡着甜腥。我一下子就走不动了，呆呆地盯着看。

有人问：“老太太，这长毛兔太瘦了，哪儿买的？”

“我家养的，孙女非要宠物，养了一阵没人有空伺候，还特别骚，她就不喜欢了。干脆杀了吃。看看，都没什么肉。”

“哎哟，自家养的啊，要我，可还真下不了手！”

“嗨，有啥下不去手的，这玩意儿，就是添麻烦的……”

“那养的毕竟有感情啊……”

“什么感情？过去家里养猪养鸡养鸭子，最后不都得杀了吃？矫情的……”

我顺着她麻利地剥皮的手看上去，看到她的脸。暗黄色的皮肤蜡质一般，满脸干巴的皱褶堆挤出一张刻薄的面相。下垂的上眼睑盖住眼睛，脸上生生出现了两条深凹的裂缝般的眼睛，冷漠的眼神。她看上去已经七十多岁，却有着尖利的噪声一般的嗓音。我不由自主地想着，如果是这个老太婆被绑着，杀掉，如果是她血流成河面临死亡，她的脸上还能是这副雕刻般冷漠的表情吗？她会怎样用这样呆板的五官来表现恐惧、痛苦和绝望？我觉得她会是一个绝好的模特儿，我想看。我想看！

我感到我的手在发抖，心跳加快。我全身心都处于亢奋的状态，我知道，我犯了瘾。我整个人在跃跃欲试。

杀掉她。

我装作若无其事地离开了，在对面街道路边的小摊上边喝冷饮，边注视着她拎着收拾完的兔子走进小区，然后悄悄跟上。她走到了健身器材前的那栋楼道口拐进去，等她跟两个人一起进了电梯，我注意电梯停了两次，看到了楼层。

我立刻找人帮我在这栋楼里找房子租住，等了半个多月才等到一个八楼的一居室户型。我只带了很少的东西搬了进去，除了房东，甚至没人知道这里多了一个租户。

我找机会跟踪过老太太，渐渐弄清楚了这一家人的很多信息。具体房号、人口、车位、出行时间。根据车辆，我又跟踪了这家的男主人，得知了他的工作单位和上下班时间。我在那一层楼道里装了针孔摄像机，录下她们每天进出门的情况。虽然每次只有十几秒，但是偷窥他人生活真的是件乐在其中的好差事，而且能从每天的这十几秒钟发现很多有意思的细节。渐渐地，我看出，他们全家人都是那种视道德如无物的人，在社会生活中完全以自我为中心，以耍小聪明为傲，沾沾自喜地认为那些容忍他们的人们都是蠢货。这家人很值得戏耍一番。

我决定换一个更好的剧本。

“你是怎么进去的？”汪铁随意地问。

“冒充物业来检查漏水，她一边诅咒楼下一边回屋，我趁机闪身进了屋。

房间里动画片的声音震耳欲聋，小女孩站在沙发上吃零食。我跟随老太太进到卫生间，掏出刀子从背后抵上她的脖子。她立刻发出尖叫，我顺势扎了进去，她感到刀尖刺入皮肤后，马上不吭声了。”

“你一个人制服了她们两个？有那么容易？”

“嗯，很容易。老太太吓傻了，她不敢回头，紧闭着眼睛，用力推我的手。我把随身带的包扔到地上，让她自己捆上手脚。她真的很听话，乖乖地一点都不反抗。当时我一直在想，如果她现在尖叫反抗的话，也许我不一定能成功，可她根本不反抗，也许是看出我确实有杀人的意思。当自己的生命受到威胁的时候，人的智商和抵抗力都降到了底线。我异常顺利地制服了她，把她的嘴缠上了厚厚的胶带。

紧接着是小女孩，她看到奶奶被捆得像个粽子之后就彻底吓呆了，连哭都哭不出声来。我几乎不费吹灰之力把她同样捆好后，绑到了餐桌旁的椅子上。”

汪铁很不屑：“制服两个人哪儿有那么容易。”

萧思语继续说：“我欣赏这两个人泪流满面却哭不出声的样子，她们把希望寄托在还没回来的两个人身上。她们害怕，她们不知道到底发生了什么事情，可她们在轻视我，她们眼里有怀疑，也有愤恨。她们认为，很快就能得救然后加倍报复到我身上。她们的眼神更激起了我的兴奋。我把电闸拉了下来。”

“拉电闸干什么？”

“为了制服接下来回来的人啊。人回到家看到一片漆黑，都会愣怔一下，这就是我的机会。

几分钟后，有人在开锁，男人进门后想开灯，嘟囔着‘停电了’，我顺势从背后把刀逼在他的脖子上。几天来从监控中我就看出这个男人外强中干，是个欺软怕硬的主儿，但没想到会屣成这个样子。他哆哆嗦嗦地坐在地上，爬了半天都爬不起来。我把绳索扔到他怀里，他感到我是个女人，刚想试图挣扎，我就把刀子逼近了他的脖子。这母子俩一样，非要挨一刀才安心。”

“你编也编的像样点，这么轻松就搞定男的啦？”

萧思语耸耸肩：“你以为有多少人面对未知敢于反抗？”

“接下来呢？”

“一样绑上，堵住嘴，然后女的就回来了，这时间赶得太好了，一点不浪费。”

“那……你先杀了谁？”汪铁也不清楚自己为什么这么关心这个问题。

“你猜。”

“小孩儿？”

萧思语嗤笑：“为什么？”

“因为孩子最小，先杀掉她可以看到一家人的绝望和痛苦啊。”

“哦……”萧思语点点头，“你这么想也有道理。但是还有一个婴儿呢，为什么不把她一起杀了？”

“不……你……接着说吧。”

“你的分析很对，老太太是最后死的，杀她的家人就是为了欣赏她的表情。我从好几个小店里分开买了相同的刀具，所以不会很快被警方查到。那三个人都是一刀毙命的，那种刀的刀柄长，握着很舒服，刀锋做得流畅，用起来特别省力。只要往前使劲一刺，就可以贯穿人的身体。我欣赏了老太太那张丑脸上的丰富表情后，先捅破她的耳膜，再一只一只挖掉她的眼睛，戳烂她的喉咙。其实我希望她活下去，被人救了，然后永远无法告诉别人她知道这一切是怎么发生的，凶手是谁，目睹至亲被杀害却无能为力，甚至没办法自杀。那该多爽。可惜她还是很快就死了。”萧思语叙述得非常真实，语气异常平静。

“别再说了。”汪铁不知道自己为什么要出言阻止她，他只觉得她越说，自己就越想相信了，明明凶手的形象并不符合他的想象，不知为什么作案方法和细节却让他觉得特别真实。他上前揽住萧思语的肩低声说，“我想要你。”

“你不相信我说的？”

汪铁被她推开，两人近距离互相注视着对方的眼睛。室内的灯光并不明亮，可是萧思语眼神清澈，熠熠生辉，倒映着汪铁惊慌失措的双眸。他企图用吻来安抚她，可她拒绝了。

“你在开玩笑，对吧？”

“你看着我。”萧思语双手捧着汪铁的头，直直盯着他的眼睛。“是我杀的。”

汪铁硬挤出一个笑容：“那你先杀了谁？”不知不觉间，他已经有点相信萧思语说的了。

“那个女的，老太太的儿媳妇。”

“为什么？”

“因为接下去要杀她的孩子，觉得她看到了会生不如死，很可怜。”

汪铁突然放松下来：“这都残杀了，为的就是看人家痛苦吧？这时候还能想到可怜这女人？你这是不是编漏了？前后矛盾。”

萧思语却神情认真：“凶手为什么不能有心理矛盾？想杀一个人，同时又对她感到可怜，这两种心思矛盾吗？”

汪铁觉得确实也不是不可能，虽然情感逻辑上说不过去，可是现实中人的内心比书本上的分析要更为复杂，如果犯人就是有这一点恻隐之心，又有什么不行呢？

“我不信。”汪铁用力把她推倒在自己的床上。

萧思语毫不反抗，叹了口气说：“我爱你。”她头一次跟汪铁说这句话，神情和“我杀了人”一模一样。

汪铁怔住了。

萧思语仰躺在床上，把双手交叠枕在脑后，直视着汪铁露出戏谑的表情：“如果你相信这句是真的，那我杀了人也是真的。如果你不信我杀了人，那么这句话也是假的。你自己选择吧。”

“别说了。”汪铁粗鲁地脱着她的衣服，俯身盖住她纤细的身体。同时他很痛苦，尽管她近在咫尺，却让人感觉遥不可及，因为他根本一点都不了解她。

可是他宁愿相信，她从来都没爱过自己。

第二天上班后，汪铁调出小区的监控记录往前一天天翻着，足足看了一整天，感觉犹如被人兜头泼了盆凉水。

就算他再怎么愚钝，再怎么被感情蒙蔽理智，毕竟还是个警察，无法对可能的罪犯坐视不理。他唯一一次期待着自己的调查毫无收获，可他还是查到了。在案发四天前的电梯监控中，出现了萧思语的身影，她在十层下了电梯，直到案发两天后，她才又出现在电梯中。

八层有一个小户型是短租房，属于非法出租，房东只跟租客有过口头约定，收到钱后，连人都没见到过。就算萧思语看了汪铁的笔记，也不可能根据他知道的线索编出这样巧合的故事，除非她说的都是真的。

汪铁感到自己一直以来坚持自欺欺人的理由已经完全站不住脚了。

真相就跟赵队推测的一样，她除了跟宋明的案件有关，还跟后来的几起命案都有关。汪铁翻看着灭门案的证据，回想起萧思语的叙述，确实能够对得上。她是个连环杀手，不仅杀人，而且诛心，他感到一阵阵窒息，好像自己也马上就要被她杀死了。

他抱着头趴在办公桌上，忍不住呜咽出声。同事们看到他的样子，都被吓呆了，没人敢上前来询问。

赵队那边对萧思语的调查已经进行了一年多，但是似乎并没有得到什么进展，而且他也绝对不会想到，萧思语会跟最近这件看似毫无关联的案子有联系。

汪铁还是不知道萧思语杀人的动机，就算她自己已经说得清清楚楚，他还是一点都不理解。她明明是那样温柔可人，明媚的笑容下却隐藏着丧心病狂的灵魂。汪铁咬牙切齿地感到痛恨，他觉得自己从来没有这样恨过谁。

缓了半晌，汪铁起身奔出办公室，给萧思语打电话。

她很快接起来："喂？"

"在哪儿啊？"汪铁装作若无其事。

"有事吗？"

"想你了，想见见你。"

萧思语轻笑了一声："今天不行，我要跟男朋友约会。"

"男朋友？你又交新男朋友了？那我算什么？"汪铁已经掩饰不住自己的愤怒。

"你是我爱的人啊。"

汪铁不懂，他已经完全弄不懂这个女人在想什么了。"我要见你。"

"那九点以后吧。"萧思语说出一个地铁站，约好见面时间便挂断了电话。

汪铁下班后在单位挨到八点，觉得心里越来越烦乱，就干脆直奔地铁站。

一号线建成五十多年，无论是墙体建筑还是硬件设施都要比其他线路老旧，最近正在装置屏蔽门，很快就将投入使用，以后就不会有跳轨自杀的人了。汪铁背靠柱子看着地铁站里穿梭的人流，脑子里漫无边际地瞎想。人固有一死，或重于泰山，但是绝大部分人将死得轻于鸿毛。我们这些平庸的人，在世上活一遭，最后命运给个合适的方式死去，这样的一生有什么意思呢？人生的意义在哪里呢？可是我们还是想要活着，想要好好地正常地活下去，这或许就是生命的本能。汪铁是个非常实际的人，他的日常生活不过就是衣食住行，踏实工作。在他看来，人生不需要什么意义，做好眼前的事情就足够了。他见过许许多多命案，动机无外乎是为了钱，为了名利，为了一时冲动，为了所谓尊严。可是萧思语的动机是什么呢？她到底追求什么？以剥夺他人生命为乐的人，又是怎么想的呢？

萧思语。

汪铁愣神的过程中，似乎看到一个熟悉的身影匆匆晃过。他反应过来时，那人已经消失了。汪铁凭着感觉顺楼梯朝下走，四处张望。站里响起隆隆的车声，他瞥到车站尽头只有零星几个人在等车，最末尾的那个人身穿风衣，高挑纤细。她猛地向前一跃，淹没在刺耳的刹车和人群的尖叫声中。

汪铁飞奔上前，挤入人群中，只看到四处飞溅的血液。他不忍心往下看，转身维持秩序。等工作人员急忙赶来现场，汪铁才发现她的包掉在站台上，他翻出了她的手机，在她父亲的名字上犹豫良久，从通信记录里拨通了最后通话的号码。

“怎么啦宝贝？”对方是个油嘴滑舌的男人。

即使这种情况，汪铁还是不由得升起一丝醋意，他问：“你是萧思语的家人吗？”

男人警觉起来：“你是谁？”

“我是警察，她刚刚在地铁站遭遇意外，请你过来一下。”

“她怎么样了？”

汪铁想象着这个人对萧思语能有多深的感情，亲口把这个消息说出来，甚至有点幸灾乐祸地想看到他是多么痛苦：“她已经去世了。”

妈妈身体孱弱，常出入医院。但是那次，我们都感到，她可能不会再回来了。

当时我刚大学毕业，在国企上着乏善可陈的班，好在时间很宽裕，就常常去陪她。妈妈渐渐昏睡的时间更多，我想，可能她会在睡梦中静静地离开。

她去世前一天，在我陪着她的时候曾经清醒过。

她看到我坐在旁边，尽力地朝我微笑。我扶她坐起来，她看着我，目光中流淌着慈爱，一如当年在路边初次看到走丢的我。

面对她这样的目光，我没法不流泪。

“不要哭。”她虚弱却清晰地说，“乖宝，这么多年来，你幸福吗？”

我拼命点头。我当然是幸福的，能被她收留在大城市里，享受富裕的生活，享受父母的宠爱，无论从物质还是精神上，我都不可能不幸福。

可是她却流露出悲伤的神色，她说：“我真的时时刻刻都在后悔当年硬把你留下来。这么多年，你实在是太乖太懂事了，是因为知道自己是收养的孩子，在压抑自己的天真任性吧？你不需要这样的，你本来就值得拥有更自由轻松的人生。你的亲生父母一定特别难过吧？他们丢失了自己的孩子该多么伤心！是我太自私，是我太鬼迷心窍了……如果你能回到自己家里，也许会比现在要幸福得多……”

她说了很多话，说到后来就已经听不清楚，逻辑也混乱了。可是她在愧疚，愧疚私自篡改了我的人生。我把她的手贴在脸上，心里涌出莫名的惶恐。难道我现在不幸福吗？难道我选择了更富裕的生活是错误的吗？难道这么多年我得到的娇宠和爱，都不值得肯定吗？妈妈，你不能愧疚啊，如果你都感到愧疚，那我该怎么办呢？

我觉得自己永远都像是站在这个城市的街头，看着高楼大厦和车流人海，心中充满恐慌，也本能地憧憬着。我不知道什么才是好的，什么是应该追求的。而带我进入这个世界的人松开了手，我永远地迷失了。

我的人生从那时开始就偏离了正轨，表面上很正常，可是早已失去了方向。

而在浑浑噩噩的日子里，杀人带给我活着的意义。

杀人就像偷窃一样。

第一次无意中从店里带出了一颗糖果，尝到甜头后，会不自觉地再次尝试偷出自己想要的东西，屡屡得手后，偷窃本身就比偷来的东西更让人感到刺激。这时，就不再考虑要偷的东西的价值、是否好得手、如果被抓是否值得。只要是偷，就让人欲罢不能。这就是上瘾。

郭期鸣的死带给我保送生的资格，这就是我第一次无意中偷到的“糖果”；而自作聪明的万芳芳激怒了我，产生了除掉她的心思，是我第一次刻意杀人；许志洁本来就是个乏味的人，他对人生根本没有任何思考，是个家族蛀虫，他的死不过是顺水推舟；而后来的辛宁、齐修远等，他们的死本身对我并没什么意义，不过是达到其他目的的手段。是宋明的死第一次让我感到谋杀一个生命的成就，而后何小敏和任建军原本就是我的工具，不能用了就自然扔掉。公交车上陌生的男人，还有那个倒霉的老太太一家，才让我真正感到主宰他人生命的自豪、体会到了真真切切的快感。

如果非要说我杀掉的这些人有什么共性的话，就是他们都和我一样浑浑噩噩，没有人生的目的。他们的存在没什么意义，我试图给予他们特别的死法，帮他们和我自己的生命增添一点乐趣而已。这就是我的动机。

可是现在一切都结束了，连这些回忆也不能让我再激动起来。我已经彻底对他人和我自己的生命都失去了兴趣，我已经活的足够长，足够厌烦。如果说我还有什么想做的，就是我想要尝试着跟别人一样去爱一次，我想要爱一次，我必须得爱一次，我想知道爱能带来的快感和杀人是否一样。

现在我知道了，并不一样，爱所带来的快乐中不包含轻视、骄傲，更单纯，却更浓厚。它更美好，可是我已经来不及享受。

我并不后悔杀任何人，也没有对死者们产生愧疚或者怜悯。当然我也不觉得杀人有多么自傲值得夸耀。我把这些说出来也不为了什么，不管别人多么憎恨我，厌恶我，鄙视我，我还是想说，世界上有人这样活过。

我很孤独。

陈默读完了萧思语的信，心中的震惊是无与伦比的。

他只是个普通人，受不了这么大的刺激。但是他至少弄清楚了一件事，就是萧思语爱的并不是自己。

虽然她死后把巨额财产都留给了自己，可是也把最深重的罪孽感留给了自己。一想到自己交往过的女人竟然是个冷血的杀人犯，他就感到从头到脚的汗毛都竖了起来。如果她爱他，她就不会把这些令人作呕的回忆统统告诉他。现在，他无法再在这由死亡堆砌的房子里住着，他感到全身发冷，这个世界充满阴谋和陷阱。陈默觉得，自己也不过是她戏弄的对象罢了。她的自白并不是信手编造的故事，而是可以查证的真实案例。她的灵魂就充斥在这房子里，散发着让人恶心的味道。

陈默冲到卫生间不住地呕吐，他感到自己的身体被掏空了，他过去所相信的善良美好都被抽离，他亲眼见识到了地狱的模样。

陈默觉得，自己是无福消受这些财产了，他必须把所有的一切都交代给警方，这也意味着将失去所有财富。得到又失去，才是最令人不甘的，可他别无办法。你赢了，萧思语。你让我得到一笔飞来横财，然后让我体会到彻骨的寒意。作弄人真的那么有意思吗？你是该孤独，你真是坏到了骨子里。

时隔多年再翻未结旧案，颇费了一番工夫。汪铁认为既然凶手与他有关，案子自然也与他有关，自愿参与调查。这些案件有判定为意外的，有判断为自杀的，这么一来，这女人真是狠狠地涮了所有人。因为凶手已经去世，自白也写得很清晰，基本可以判断其真实性，但是所有人都感到异常窝囊。

所有事情告一段落后，汪铁辞掉工作，打算清闲一阵子散散心。

他偶尔会去墓地看看萧思语，什么也不带，就在那儿坐坐，看看。

她到底是个什么人呢？汪铁想，玩世不恭这个词真的很适合她。

汪铁想起她说过，如果她说自己杀人是实话，那么那句爱他也是实话。汪铁想不通，她为什么会爱上平凡无奇的自己呢？而被这样的一个人爱着的感觉，似乎也没什么不同。他们明明都可以过着与众人相同的乏味的生活。

但是，她其实活的比谁都认真，就是因为太较真，才会太跟自己过不去。然而这个世界本身就是复杂而充满矛盾的，是她太高看了自己，太想弄清楚人生的本质，才把自己逼到这个份儿上。

世界原本就是一片荒凉，所有人都必然是孤独的。

爱就是所有孤独的人在人世间互相慰藉的方式。

汪铁吃着别人家上坟用的水果，抬头看明朗的蓝天。